U0105655

三网融合大时代

范金鹏　刘骞　丁桂芝　编著

清华大学出版社

北　京

内容简介

　　互联网、电信网、有线电视网三网融合的应用,催生出了新的移动互联网、物联网和云计算等新兴的产业。每个新产业都是万亿元以上的大产业。这些新产业的发展趋势及产业的走向将会如何?特别是当前最热门的移动互联网产业将给我们的生活带来什么?给我们的产业带来什么?给我们每一个人带来什么?本书从历史的视角、产业的视角和生活的视角进行了全面诠释。

图书在版编目(CIP)数据

三网融合大时代/范金鹏,刘骞,丁桂芝编著. —北京:清华大学出版社,2012.1
ISBN 978-7-302-27927-3

Ⅰ.①三… Ⅱ.①范… ②刘… ③丁… Ⅲ.①信息产业－经济发展－研究－中国
Ⅳ.①F49

中国版本图书馆 CIP 数据核字(2012)第 008839 号

责任编辑:束传政
责任校对:刘　静
责任印制:杨　艳

出版发行:清华大学出版社　　　　　　　　　　**地　　址:**北京清华大学学研大厦 A 座
　　　　　　http://www.tup.com.cn　　　　　　**邮　　编:**100084
　　社　总　机:010-62770175　　　　　　　**邮　　购:**010-62786544
　　投稿与读者服务:010-62776969,c-service@tup.tsinghua.edu.cn
　　质　量　反　馈:010-62772015,zhiliang@tup.tsinghua.edu.cn
印　装　者:北京鑫海金澳胶印有限公司
经　　销:全国新华书店
开　　本:185×260　　**印　　张:**11.5　　　**字　　数:**245 千字
版　　次:2012 年 1 月第 1 版　　　　　　　　**印　　次:**2012 年 1 月第 1 次印刷
印　　数:1~4000
定　　价:28.00 元

产品编号:043484-01

序

网络技术的飞速发展，使各种技术逐步走向融合。电信网络与互联网的融合产生移动互联网；电信网络与互联网络、有线电视网络融合形成"三网融合"的应用；互联网与物联网的融合，使"云计算应用"的深度和广度无限延展。

网络融合时代，网络应用百业待兴，到处都是"处女地"，到处都是"金矿"。移动互联网时代提供的商业机会足以使我们的世界再容纳 2 个比尔·盖茨、2 个乔布斯、2 个李彦宏、2 个马云、2 个马化腾……

网络融合时代，美国的"三巨头"（苹果、微软和谷歌）在操作系统市场，中国的"三足鼎立"的运营商（移动、联通和电信）在网络运营市场，中国的"BAT 三国"（百度、阿里巴巴和腾讯）在应用市场，"大中华"（大唐、中兴和华为）在设备市场，正绘制着一幅波澜壮阔的网络融合应用的画卷。

范金鹏

2011 年 6 月 6 日端午节于北京

目录

人类社会生活的演进

第一章

本章标题:

☆ 农业社会的生活方式

☆ 工业革命使社会变化天翻地覆

☆ 第三次浪潮——信息革命

政治、经济、文化和技术在不断地推动着社会的发展,人类的社会生活在不知不觉中演进着。新技术是重要的推动力。人们的生活方式按历史阶段可以划分成:农业社会的生活方式、工业社会的生活方式和信息社会的生活方式。在农业社会,因生产力低下,地主成为社会的主导阶级;在工业社会,拥有先进生产工具的资本家成为主导阶级;在信息社会里,信息、知识和创意的拥有者(知本家)将逐步成为社会的主导阶层。

第一节　农业社会的生活方式

　　人类有多种生活方式,按历史阶段可以划分成:农业社会的生活方式、工业社会的生活方式和信息社会的生活方式。农业社会的生活方式按地域,又可以分成西方类肉食动物的生活方式和东方类草食动物的生活方式。

一、西方类肉食动物的生活方式

　　肉食动物的生活方式以老虎为典型代表。在老虎的生活圈中,每一只雄性老虎都有自己圈定的生存空间,即势力范围。一旦老虎来到某一地区,必定通过在区域内四处撒尿的方式来建立势力范围。当确定了势力范围后,别的老虎是不能进入的。"一山不容二虎",否则就会出现战争,战争的结果是弱者被赶出这一势力范围,强者成为这一地区的主人。因此老虎在自然界是一种"满天星"式的分布,在可能的分布范围内,单独居住。老虎的数量如果出现过剩,不会出现彼此缩小势力范围的现象,而是某一地区的老虎通过战争确定此地唯一的主人。老虎仔成年以后必须离开其父母生活的领地,另寻生路。如果没有生存能力,将会灭亡。实际上,这是老虎为了不缩小捕食空间,维护基本捕食区域的一种自我保护行为,是一种确定生存底线的行为。过密的空间是无法满足一只老虎的食物需要的。

　　类似于老虎生活方式的代表性地区是西欧。其社会经济结构特点是:实行长子或者幼子继承制度,家庭中的其他男子要么离开家庭,要么只能作为雇工存在。男子结婚时间较迟,大多独立居住,类似于生活在非洲和欧亚大陆上的老虎的,排他式、独居生活,存在领地和势力范围概念。他们的移民模式是"一山不容二主",类似于"满天星"式,且很早就开始向外移民。

二、东方类草食动物的生活方式

　　草食动物生活方式与肉食动物的完全不同,其代表性动物有非洲大草原上的角马和羚羊。首先,它们是以群居的方式生活,一般情况下不独居。草食动物没有领地的概念,一般逐水草而生活,居住的范围是在其周围地区。在种群数量增加的情况下,是以整个群体的生活质量下降为前提,即如果数量过剩,每一个个体依然生活在原有的空间中,不会有谁被赶出群体。当数量过多时,往往是大家都少吃一点,所谓"多一个人只是多一双筷子"。只有当一个地区的动物数量实在太多时,才会向周边地区转移。长此以往的结果是,某一地区的草场可供采食的时间越来越短,它们只能更加频繁地转移。在草料采食完毕以后,它们通常是向周围地区寻找食物,我们可以称这种生活方式为"块移动"方式,即"食尽一山则移一山",即一地没有草了,大群的动物寻找另一处草场。通常是由于无法采食而饿死或者被肉食动物捕杀而减少种群的数量,以维持一定生存空间中一定的种群数量,不像肉食动物,有一个自我调节机制来减少种群的数量。草食动物是被动地由外界因素,诸如天敌、食物的充足与否等来控制其种群的数量。

古代中国社会即属于这类生活方式。其社会经济结构有独特的地方,即实行多子平均继承制度,家庭中的每一个男子都是一个经济单元,男子结婚时间较早,家族聚居式生活在一起,类似于非洲草原上的草食动物,非排他式、群体生活,没有领土和势力范围的概念,移民模式是"食尽一山则移一山"。在当时的生产力水平下,土地始终处于一种紧张状态。早期的广种薄收,与当时地广人稀相联系;后来的精耕细作与当时局部地狭人稠有关。中国历史上,很早就必须依靠多季种植,食物以素食为主,单位面积上所供养的人口数量较多。但是较大基数的人口存在,使土地的负担沉重。正如《王祯农书》中所说:"盖田尽而地,地尽而山,山乡细民,必求垦佃,尤胜不稼!"

人其实是杂食动物,可以选择偏向于肉食,也可以选择偏向于素食。那么是什么因素促成了古人选择肉食动物式的生活方式,或者是草食动物式的生活方式呢?原因可能很复杂,也许与最初的自然环境有关。如早期的人类如果以狩猎为生,后来可能发展到定居的养殖,附带种植,其食物中肉类占主体。反之,如果早期以采集生活为主,那么后来可能发展到定居时,以种植为主,食物中素食的比例就高。食物的结构确定以后,继承制度就会强化这一特征。因为在定居的生活环境下,人的生活空间是有限的,如果允许多子继承,那么提供给后代的生活空间势必缩小,经过若干代以后,就会人满为患,且在利益空间上会相互渗透。

素食生活的群居方式,很早就形成了较大的群体社会、早期文明和城市,以及独特的社会组织。在聚居的生活环境下,宗法制度起主导作用。在中国古代,经常是一个村落由若干个同祖同宗的小家庭聚族而居,形成一个大的群体。《梁书·沈瑀传》说:"余姚县大姓虞氏千余家。"家族内部由宗主来维系各个家庭之间的关系。北宋政权曾经"劝上户口有力之家,切须存恤本家地客,务令足食,免致流移"。对宗法制度的提倡与扶持,形成了经济上的利益共同体。宗族一般都有田产,作为共同的家业以维护整个家族的利益,这些族产往往不会分割和变卖。"房屋、田地、池塘,不许分割及变卖。有故违者,声大义攻之,摈斥不许入祠堂。"因尽量使得各个家庭能够感受到共同体的关照,宗族内部也因此具有极强的向心力,宗族内部的各个小家庭也"兄弟析烟,亦不迁徙,祖宗庐墓永以为依。故一村之中,同姓者至十家或百家,往往以姓名其村巷焉"。结果是一个家族的聚居地成为其永久的居住地,发展的结果是生活方式"食尽不移",生产方式必定走向"精耕细作",意味着对土地的过度索取。

商鞅变法规定:"民有二男以上不分异者,倍其赋。"对那些"禄厚而税多,食口重"的大家庭,商鞅"以其食口之数赋而重使之",迫使民户划小,使一夫一妻的个体家庭成为最基本的社会细胞。一夫一妻的个体农民家庭,是最适合的生产形式,它把耕织两大产业结合其中,血缘亲和度最为密切,财产关系最简单,监督成本最低,生产积极性最高。秦的分户政策,在某种程度上满足了某些家庭成员自主自利的欲望,并由此途径形成大批的自耕农阶层,无疑对农业生产的发展是有利的,也为其耕战政策提供了足够的兵源。但这种以夫妻为核心的个体家庭成为户籍的最基本单位后,往昔那种存在于大家庭中的和睦的道德、伦理、亲情关系,也逐步被冷冰冰的物质利害关系所代替。其消极方面还表现在单一家庭经济总量太小,无法抗拒各种风险;而单一种植业结构风险大。历史上之所以兼并盛行,就是因为个体小农抗风险的能力差,许多人因为各种原因不得不卖掉赖以生存的土地。汉代晁错在《论贵粟疏》一文中说:"今法律贱商人,商人已富贵矣;尊农夫,农夫已贫贱矣。故俗之所贵,主之所贱也;吏之所卑,法之所尊也。"汉代奉行的重农抑商,结果是业农者"贫贱矣"。弱小贫贱的农民只能过度利用土地以获得食物,由此对环境产生更大的破坏。

第二节　工业革命使社会变化天翻地覆

19世纪的工业革命是以机器生产逐步取代手工劳动,以大规模工厂化生产取代个体工场手工生产的一场生产与科技革命,后来又扩大到其他行业。

工业革命不能仅仅归因于一小群发明者的天才,但是天才无疑起了一定的作用,更重要的是18世纪后期种种有利因素的结合。在工业革命前数世纪,人们已经掌握了许多科学原理,但是,由于缺乏需求的刺激,它们未被发明者用于工业新发明。蒸汽动力在希腊化时代的古埃及已为人们所知道,并用于开关庙宇的大门,但其应用仅此而已。直到18世纪,英国人为了从矿井里抽水和寻找能转动新机械的机轮,急需一种新的动力之源,才发起了一系列发明和改进,最后研制出适宜大批量生产的蒸汽机。史蒂芬孙制造的蒸汽机车如图1-1所示。

图1-1　史蒂芬孙制造的蒸汽机车

这一系列发明,不但在交通运输方面,而且在通信联络方面引起了一场革命。以往,人们只有通过运货马车、驿使或船将信送到遥远的地方。18世纪中叶英国人查尔斯·惠斯通与美国人塞缪尔·莫尔斯和艾尔弗雷德·维耳发明了电报。1866年,人们铺设了一条横越大西洋的电缆,建立起东半球与美洲之间直接的通信联络。

自远古以来,人类一直以坐马车、骑马或乘帆船旅行所需的小时数来表示不同地方之间的距离。现在,人类穿着一双"跨七里格"的靴子跨过了地球,能够凭借汽船和铁路越过海洋和大陆,能够用电报与世界各地的同胞通信。这和利用煤的能量、成本低廉地生产铁、同时纺100根纱线的成就一样,表明了工业革命第一阶段的影响和意义。它使世界统一起来,而且统一的程度超过了早先的罗马人时代或蒙古人时代,并且形成了欧洲对世界的支配,一直持续到工业革命扩散到其他地区。

工业革命的第二阶段也以大量生产技术的发展为特点。美国在这一方面领先,德国在科学领域中领先。美国拥有明显的有利条件,使其能够在大量生产方面居首位,例如巨大的原料宝库、土著和欧洲人充分的资本供应、廉价的移民劳动力、巨大的国内市场、迅速增长的人口以及不断提高的生活标准等。

大量生产的两种主要方法是在美国发展起来的。一种方法是制造标准的、可互换的零件,然后以最少量的手工劳动把这些零件装配成完整的单位。第二种方法出现于 20 世纪初,即"流水线"。亨利·福特发明了能将汽车零件运送到装配工人所需要的地点的环形传送带。

接着,在美国引发的金融危机波及全球,这既是危机,也是机遇。产业模式或产业结构转型,是新经济新产业时代的特征。技术革命带来的是产业革命。在英国中西部爆发第一次工业革命(18 世纪 60 年代—19 世纪 40 年代)之后,在欧美几乎同时爆发了第二次工业革命(19 世纪 70 年代—20 世纪初),社会产业结构的形成与经济的增长发展到了一个新的历史时期。中国明清时代,纺织和印染、采矿等工商业已经萌芽,晋商和徽商形成"丝绸之路"南、北两端的著名商业模式。西方近现代科学的发展,在中华文化中也可以看到一些因素,比如,儒家的社会伦理化(社会规范)、墨家的实践经验化(实验方法)、禅家的概念澄清化(思维顿悟)和道家的系统逻辑模式(结构模型),以及一些技术发明的原型等。中国近现代工业化经历了曾国藩、盛宣怀时代的江南制造业,以及广东、福建的经济特区时代,开始从"珠三角"、"长三角"和"渤海湾"向中、西部发展。经济增长的实质是科技创新与产业化,体现在发明家、企业家与金融家的社会活力。瞄准新科技革命,及时抓住从技术创意到产品市场化的整个经济链条,带来的是经济从根基上崛起的机遇。进入 20 世纪,科技方法论从实证分析向系统综合转型,人工智能、微电子技术的发展,导致了计算机、电信等信息产业革命,带来基因组计划、生物信息学的发展。综合哲学远在系统科学诞生之前已形成,例如,19 世纪末和 20 世纪初斯宾塞的综合(synthetic)哲学、罗素的哲学分析与综合、怀德海的有机哲学等。20 世纪 80 年代末 90 年代初,中国科学、哲学界讨论了综合哲学、系统科学与传统医学、中国哲学,中国科学院曾邦哲(曾杰)于 20 世纪 90 年代阐述了系统生物工程与系统遗传学的概念,并于 1999 年在德国创建了系统生物科学与工程网。2000 年,美国的 L. Hood、日本的 H. Kitano 等建立了系统生物学研究机构。2003 年,美国的 J. Keasling 成立了基于系统生物学的遗传工程——合成生物学系。2005 年,法国的 F. Cambien 和 L. Tiret 论述了动脉硬化研究的系统遗传学观念。随后,全球爆炸性地走向了计算机科学与生物科学整合的科技与产业发展,带来了 21 世纪的细胞制药厂与细胞计算机的生物工业化时代,欧美国家科技决策机构纷纷制定教育、科研、产业改革政策,中国也出台了基因生物技术、系统医药学开发以及中医药产业现代化的重大立项与决策。

2007 年 6 月,英国皇家工程院生物医学与生物工程学部主席 R. I. Kitney 院士称:"系统生物学与合成生物学耦合,将产生第三次产业(industrial)革命。"颠覆计算机、纳米、生物和医药等领域的技术与产业变革,即生物工业革命。21 世纪的整个产业结构,将转型为系统生物工程的生物(化学)物理联盟工业模式,也就是生态、遗传、仿生和机械、化工、电磁的工程应用整合的材料、能源、信息产业,体现为机器的生物系统原理(进化、遗传计算)、生物材料(纳米生物分子、工程生物材料)和基因工程生物体等。计算机科学理论源自动物通信行为、神经系统的控制论和信息论的研究；细胞内、细胞间通信行为的探索，导致了系统生物科学与工程发展，将形成未来的材料、能源与信息全方位生物产业。

第一次工业革命开始于纺纱与织布的工业规模化与蒸汽机的广泛应用，以内燃机发明、汽车工业的起点为结束；第二次工业革命开启了电气化和电话、电子通信产业的发展，在计算机互联网技术达到了顶峰；第三次工业革命应该以有机化工为末尾，基因工程的开始、系统生物学与合成生物学的迅速发展为起点，生物工业革命的显著特征是学科交叉和技术综合，以有机化学合成技术、高精细分析化学、纳米分子科学、微电子技术、超大规模集成、计算机软件设计、转基因生物技术、高通量药物筛选技术等学科与技术的综合集成，开发生物分子计算机元件、人工智能生物计算、合成细胞生物系统等，将在未来 30 年内带来的是人工设计的新型生物分子材料、藻类人工细胞合成石油、纳米医疗细胞机器人等产业的发展，其支持重心转移到把资金力度放在潜在的高科技开发与发明，将是带来未来支柱企业发展的基础。

总之，工业革命带来的变化使人类的生活发生了翻天覆地的变革。

在较早阶段的工业革命中，人们被迫适应新的生活环境，从农村搬到城市，许多人大半生都在工厂工作，产生了许多新的关于卫生、福利及老年人照料的问题，有些问题一直未获解决。在城市人口密集之地，有清洁、住房、警察及犯罪等问题。随着工业化程度的提高，使得多数人的生活标准也得以提高。较之过去，有更多的物品可供使用，成本也更低廉。但是，需求增加，意味着原料的消耗和环境的污染。由于采用了更先进的生产技术，世界各地区的文化特征及生活方式上趋于标准化。工业化也改变了政府。许多国家通过支配原料和市场，来支持工业的发展。工业工人（无产阶级）要求参与社会管理，有了更多的发言权后，逐步学会了人员的组织与谈判技巧，因此加速了民主化的进程。

第三节　第三次浪潮——信息革命

如果说前两次工业革命是"充满武力"的浪潮，那么第三次革命则是"知识"的浪潮。

在第三次浪潮中，经济改变了力量资本的形式，货币可以以数字化的形式支付。它实时传递，支付结果可以在电视屏幕上立即看到。事实上，它本身几乎是一种视频现象。第三次浪潮中，资本和货币越来越脱离其物质表现形式，随着历史发展而变化，并一个阶段一个阶段地向前发展，由完全有形发展到象征性的，最终发展为"超象征性的"形式。在这一系列转变的同时，人们的信念也发生了深刻的转变。由信仰像黄金或纸币这样永久的有形东西，转为相信最无法触摸的、转瞬即逝的电子信号。

第三次浪潮形成了高知意识形态，知识变得尤为重要，如果没有语言，没有文化，没有数据，没有信息，没有专门知识，就没有哪一家企业能够运营。除此之外，在创造财富所需的各种资源中,没有一种资源比上述资源更富多变性。事实上,知识(资料)可以用来代替其他资源,是最终的替代物。知识除了能替代原材料、运输和能源外,还能节省时间。时间本身是最重要的经济源之一,时间是一项隐形的投入,尤其在变化加速度发生的时候,缩短时间(例如,通过迅速传递信息或迅速把新产品投入市场)的能力可能成为决定盈亏的因素。新知识使事情加速运转,驱使社会走向一种即时经济。知识不仅可以使产品小型化和减少仓储场地,还可在其他方面带来节约。以计算机和先进知识为基础的新的电信联系能力有可能把生产从费用高昂的城市分散出去,进一步降低能源和运输费用。知识已成为企业的终极资源。在任何经济中,生产和利润无可逃避地依靠三个主要力量来源,即暴力、财富和知识。从历史上看,暴力逐步地转变成了法律。接着,资本和金钱正在转变成知识。工作变得越来越多地依靠操纵符号。随着资本、金钱和工作全都向一个方向前进,经济的整个基础起了革命性的变化。它成为一种超符号化的经济,按着与"大烟囱时代"流行的规律根本不相同的规律运转。知识因为减少了对原料、劳动力、时间、场地和资本的需要,成为先进经济的最重要资源,因此知识的价值扶摇直上。从高知意识形态来看,真正的战略武器以知识为核心。对每一个国家来说,最重要的是脑力劳动的产品,即科学和技术研究成果、职工的教育、精密的软件、巧妙的经营管理、先进的电讯、电子化的财务……这些都是明天力量的主要源泉。在这些战略武器当中,最重要的莫过于高超的组织方式,尤其是信息本身的组织方式。高知识意识形态还认为,不仅财富依赖知识,暴力本身的性质正在发生深刻的变化,日益取决于知识密集型技术,如微电子、先进物质、光学、人工智能、卫星、电信以及先进的模拟和计算机软件。暴力已在越来越大的程度上依赖于知识,这也反映了今天具有历史意义的力量转移。

　　第三次浪潮的部门是信息密集型的,不光包括蓬勃上升的计算机和电子公司以及生物工艺,还包括各领域中先进的、信息驱动的制造业,包括日益信息化的服务——金融、软件、娱乐、媒体、高级通信、医疗服务、咨询、训练和教育。总之,它包括所有以智能劳动而不以体力劳动为基础的工业。在第三次浪潮部门工作的人们很快就会成为优势选民。与工业时代的"群体"不同,正在崛起的第三次浪潮选民是高度多样化的、"非群体化"的,由珍视各自差异的个人构成。正是这种异质性决定了他们缺乏政治意识,比过去的群体更难在许多方面一致。但在若干关键的问题上,比如从那些服务于旧时代的企业大亨和官僚的规则、条例、税赋和法律中解放出来,这是广大未来选民的一致愿望。第三次浪潮的选民力量日益壮大,因为第三次浪潮者占据着大批强大的基层组织,他们支配着交互网络和雨后春笋般出现的新电子社区。第二次浪潮创造出了"群体"的人。与此相反,第三次浪潮经济将要求并奖赏完全不同种类的劳动者。他们会思考、提问、创新,敢冒企业风险。换句话说,第三次浪潮经济偏爱个性,使文化、价值和道德都非群体化了。非群体化的媒体还把不同的甚至是相互竞争的信息带进文化。社会上不仅有更多样化的工作,而且有更多种类的休闲、艺术风格和政治运动,还会有更多样化的宗教信仰体系。第二次浪潮者要保留或者恢复群体社会,第三次浪潮者则要解决怎样使非群体化社会有效运作的问题。权力高度集中的情况,仍然是第二次浪潮典型的解决问题的方法其结果是导致"决策超载"。

第三次浪潮组织把尽可能多的决策权从高层推向边缘,不再增加功能,而是减少或转让功能,从而保持自身的"苗条"。

农业社会几千年,生产力和社会变迁缓慢;工业社会几百年,生产力和社会变迁明显加速,火车、汽车、飞机、轮船、收音机、电视机无不使我们的生活焕然一新;信息社会几十年,对社会和生产力的影响力更加明显,计算机、互联网、移动互联网、三网融合、物联网、云计算、智能手机、平板电脑和智能电视都将深刻地影响人类的生活方式。

第二章

信息时代的发展图景

本章标题：

☆ 个人计算机时代

☆ 互联网风起云涌

☆ 移动互联网新潮

☆ 三网融合新生活

☆ 物联网与泛在网

☆ 云计算的新世界

从20世纪50年代末起，计算机的出现和普及，把信息对整个社会的影响逐步提高到一种绝对重要的地位。信息量、信息传播的速度、信息处理的速度以及应用信息的程度等以几何级数的方式在增长，人类进入了信息时代。

第一节　个人计算机时代

电子计算机是人类在 20 世纪最重大的科技创造之一。自 20 世纪 40 年代诞生第一台用电子管制造的现代电子计算机以来,电子计算机的主要元件经历了真空管、晶体管、中小规模集成电路、大规模超大规模集成电路等 4 代。超大规模集成电路的发展,把计算机的主体——中央处理单元(CPU)集成在一个芯片上,称为微处理器,使计算机进入了微型计算机时代。

自从 1981 年 IBM 公司进入微型计算机领域并推出 IBM-PC 以后,计算机的发展开创了一个新的时代——微型计算机时代。微型计算机迅速普及,广泛应用于工业、农业、科学技术领域以及社会生活的各个方面。以前的大型机(Main Frame)、中型机、小型机的界限日益模糊并消失。随着微型机应用的普及及技术发展,芯片与微型机的功能和性能迅速提高,目前其功能远远超过 20 世纪 80 年代以前的中小型机甚至大型机。

到了 20 世纪 90 年代,随着局域网、广域网、城际网以及 Internet 的迅速普及与发展,微型计算机从功能上分为网络工作站(客户端,Client)和网络服务器(Server)两大类型。网络客户端又称为个人计算机(台式机或笔记本)。

相信许多普通用户接触到的第一个操作系统是微软的 DOS。从那时起,随着 DRDOS 等一批早期竞争者的黯然退场,一部 PC 操作系统的历史,基本上就是微软公司操作系统的发展史。虽然,从 DOS 到今天的 Windows XP(简体中文版)直至 Windows 7,指挥千千万万台 PC 运行的操作系统历经多次重大变革,已经“面目全非”,但从它给整个 PC 产业界带来的数次“变革”中,我们不难看出,这些变革背后所体现出的无不是客户导向所引发的强劲动力。

一、视窗的胜利

1981 年,为 IBM PC 配套的操作系统 MS DOS 1.0 诞生了。从那时起,到 20 世纪 90 年代初最后的 6.11 版为止,绝大多数用户的 PC 上运行的就是这个字符界面的操作系统。有过那种经历的人恐怕不会忘记,当时要想玩转 DOS,专业英语知识、熟练的指法缺一不可,要不然,碰上了“File Not Found”等提示,一般用户还真会不知所措。“界面简陋却令人兴奋”的 Windows 1.0 于 1983 年研发成功,1987 年微软又推出了 Windows 2.0 版,现在来看,在 Windows 的这两个早期版本中虽然引入了图形界面,但受制于当时的硬件水平,更多体现的是一种“技术演示”性质。

1990 年,Windows 3.0 和 3.1 版先后推出,引发了 PC 操作系统史上的第一次真正变革。这时,Windows 虽然还只是 DOS 上的一个“外壳”,不能单独运行,但随着越来越多的 ISV 在 Windows 上开发出越来越多的应用软件,图形界面、所见即所得、鼠标操作的优势开始体现出来。

同时,除了在界面上更加为用户着想外,在内核上,微软也开始大动手脚,准备在原有的以保持兼容性为第一考虑的操作系统内核之外"另起炉灶",研发一个全新的32位操作系统,彻底摆脱 DOS 的羁绊。为此,微软专门把原 DEC 公司 VMS 操作系统的主要研发人员"挖"过来担纲重任。功夫不负有心人,1993 年,包括服务器和工作站两个版本的 Windows NT 3.11 正式面市。回顾历史,"NT"所代表的,可能并不仅仅是"新技术(New Technology)",更多的是 PC 操作系统史上的又一次革命。此后,微软 PC 操作系统一方面开始根据家庭/个人用户和商业/办公用户的不同需求分成了两支齐头并进;另一方面,特别针对不同规模商业用户的需求,微软商用操作系统分成了工作站版、服务器版等多个版本,以更好地进军企业级应用。到后来Windows 2000 问世时,更有"数据中心版(Date Center Server)"。

二、迎接个人计算机时代

与拥有一个相当优秀的 NT 内核相比,1995 年问世的 Windows 95,加上几乎同时面世的 Intel 奔腾处理器,在彻底淘汰字符界面的 DOS 的同时,更因为宣布 Wintel 体系时代的到来而在操作系统、乃至整个 PC 产业界引发了新的革命。同样是图形界面,主要针对家庭和个人娱乐及一般办公用的 Windows 95,向以客户为导向的目标迈进了一大步,"开始"菜单的引入、即插即用(PnP)功能的实现、对主流多媒体设备的支持、DirectX 编程接口的出现……使得配备了 Windows 95 的 PC 不再是专为办公所设,而是第一次从满足"消费者"需求的角度,全面拥抱了普通用户。

另外,值得一提的是,从 Windows 95 OSR 2 版起,IE 浏览器开始与操作系统集成到了一起。千万不要小看这一集成,它一方面直接导致了靠浏览器起家的Netscape 公司一蹶不振;另一方面,使微软数度以"垄断"的嫌疑被告上法庭。

继 Windows 95 之后,微软先后发布了 Windows 98、Windows 98 SE 和Windows ME 三个面向家庭和个人用户的 PC 操作系统;而在商用操作系统领域,继Windows NT 3.11 之后,微软相继发布了 Windows NT 3.5 和 4.0 两代操作系统,并在 NT 4.0 上采用了已被 Windows 95 充分验证过的成熟的用户界面。在那几年中,微软的两大操作系统家族可谓各司其职,Windows 9×系列负责验证全新的用户界面及其他易用性特征,NT 系列则在纯 32 位内核的稳定性和可靠性等企业级特征上下工夫,其间的每一次升级,基本上都是此前两大家族成果的一次交叉使用。

不过,这两大产品线并存的状况到了 Windows 2000 发布时,已经趋于合二为一。虽然微软收回了"Windows 98 是最后一代打有 DOS 烙印的操作系统"的预言,发布了 Windows ME,但不难看出,从 Windows 98 时代开始的,对重要应用软件的Windows 98/NT 双重操作系统认证,较之 NT,吸收了更多"消费类客户"需求的Windows 2000 专业版已经基本上能在稳定、可靠的内核与消费类应用软件的需求之间达成平衡,为下一代 Windows XP"一统天下"打下了坚实的基础。

进入 2001 年,在面世的 Windows XP 中,高度客户导向的界面和功能设计则为业界揭开了一场应用软件设计的新的革命。这一革命首先反映在界面风格的全新变化上,更重要的体现在软件的设计思想和功能包装上。举个简单的例子,同样是对数码相机的即插即用和自动识别,以前的 Windows 只是提示说找到了一个新硬件,得由用户自己去打开"我的电脑",找到那个新发现的硬件,然后进行相关操作;而按照 XP 的设计思想,当 Windows 发现有新的数码相机插入系统时,它不是简单地把它识别为一个"存储设备",而是根据插入的是数码相机还是数码摄像机,提示用户是简单地"保存"文件,还是进行编辑、存储和通过电子邮件分发,更进一步,在通过电子邮件发送时,系统会提示用户按照不同的压缩比,在现有带宽下文件传送需要多少时间。可谓无时不在考虑用户的体验。伴随着 Windows XP 的推出,应用软件从"应用"时代进入真正的"体验"(XP)时代,打头阵的就是微软 Office XP 系列办公套件。

三、.NET 天下

按照微软的计划,在业界和用户对 Windows XP"令人震撼的外表"充分熟悉之后,下一步的重点是推出全线 .NET 产品,说得更精确一点,是 .NET 服务。与 Windows ME 和 Windows XP 中已经内置的"系统自修复"和"系统还原"等包含 .NET 理念的功能相比,在广泛采用了 XML 之后,真正的 .NET 服务使微软有能力把软件以某种服务的形式提供给有需要的客户;另一方面,.NET 战略引领下的新一代操作系统将支持包括 PC 在内的各种智能终端;更有甚者,.NET 战略和技术使得以 PC 为家庭网络中心、以 P to P 计算模式为基础的 Home Network(家庭网络)环境和市场逐渐形成。用户将不再关心正在采用哪种操作系统,而是看谁能提供更好的服务。作者认为,"用之于无形,但又无所不在",也许将是操作系统甚至应用软件的最终归宿。

四、个人计算机对人们生活的影响

对于个人来说,通过使用计算机和网络,人类的工作和劳动方式发生了许多改变。生产活动有劳动者、劳动工具和劳动对象三个要素。劳动者也就是人,是生产活动开展的主体,他们将决定劳动工具和劳动对象以及劳动方式的选择。同时,几个生产要素相互作用,其合作程度将会直接影响到生产的效率和结果。在生产工具和生产水平比较落后的时代,人们在付出了辛勤的劳动之后,收到的回报却十分有限。这正是受到落后的生产环境的制约。

随着人类社会的进步,科学技术不断发展,人类的生产方式和生产能力得到极大的发展。随着个人计算机时代的到来,这一改变更为明显。通过计算机和计算机网络的连接,人们可以足不出户地完成工作和学习任务,节约出更多的时间去处理其他的事,人们在行动甚至思想上都得到了解放。另外,人们可以借助计算机网络把工作思维和方法输入到机器,完成本来必须亲手完成的任务。在企业生产中,不仅可以通过计算机来对产品的外形、包装和性能做全新的设计,还可以通过计算机对产品的生产、包装和发配过程进行全程控制,节省大量的人力和财力。还可以把企业和公司里的计算机组合成为一个网络体系,由一台主机对分机进行控制,形成一个有效的连接网络，保证整个生产流程协调运行。通过网络进入生产过程，人们把原先大量的人力支配的生产环节节约出来，去从事更为灵活的生产活动，这是人类生产发展史上的飞跃。

计算机网络开辟了电子化管理的时代。计算机网络给政府部门的管理工作带来了新的方式和方法，实现电子化的政府管理模式。今后，上到高级政府职能部门，下到地方各级政府部门都可以通过网络，以电子方式来履行管理职能。可以建立专门的政府管理电子系统，发布管理通告，颁布新的政策法律和相关政府新闻，各级政府和部门可以从自身的管理方向出发，建立起电子数据库，为政策的出台和查询提供有效的帮助。另外，通过这些网络，有关部门可以及时了解相关的信息和基层群众反映的情况，从而及时做出政策调整。通过这个专门的网络，使政府和职能的管理工作更加清晰，对社会普通群众的透明度增加，使政府的行为更容易受群众监督，保证社会的稳定。另外，还可以通过网络投票方式决定相关政策的出台和重大决议的推出，提高公民参政议政的积极性，保证政府与群众的有效联系。

计算机网络对老百姓的生活也产生极大的影响。通过计算机和网络，人们拥有新的公共和私人生活领域。网络使人与人之间的沟通更加方便，使人与人之间的关系更为密切，使世界的距离越来越小。网络还提供任何人们需要的服务，比如收发信息、亲友联系、网上购物、了解及时新闻、收看电视节目以及完成工作和学习任务等等。总之，高效的网络系统将为人们解决几乎一切问题。

对现代社会而言，计算机及其网络的普及与发展，对社会生产和生活的各个方面产生了十分巨大的影响，特别是计算机作为一种生产和生活工具被人们广泛接纳和使用之后，其作用更为巨大。

首先，计算机推动社会生产力以更快的速度发展。人类社会经历了好几次技术革命，计算机时代宣告一场新的科技革命的到来。计算机和网络时代的主要元素就是信息，通过计算机和互联网，信息技术的发展空前加快，人们了解信息、传递信息的渠道增多、速度变快，信息的及时性和有效性更强。同时，信息技术的发展推动了与信息相关产业的进步与发展，如生物技术和电子技术等。一些新材料、新能源的开发和利用技术也在这一过程中获得巨大发展，促使科技作为人类社会第一生产力的地位更为突出，甚至逐渐上升为一种独立的力量进入物质生产过程，并成为决定生产力大小的决定性要素。

在计算机时代，信息变成一个重要的社会资源，成为社会发展所要依赖的综合性要素。借助于网络，信息资源的开发和利用更为简单。人们通过建立专门的社会、行业、企业和个人的信息网络和信息数据库，使社会经济的各个部门都能够把企业生产和经营决策建立在及时、准确和科学的信息基础上，推动整个国民经济的水平大幅度提高。近些年来，许多经济发达国家都陷入了一个经济增长率低，甚至经济衰退的怪圈，长时期内在经济低增长、零增长甚至是负增长上徘徊，导致这些国家出现了经济动荡和社会秩序混乱的情况，社会公众对经济复苏的要求十分强烈。在计算机和网络日益普及的今天，这些国家把推动经济再增长的希望押到了建设信息高速公路上，他们把大量的资金和人力投入到发展信息技术和开发计算机软件的行业，希望通过信息产业建设来挽救经济发展不力的局面。事实是他们的努力获得了巨大的回报，带来了国家经济的新一轮发展。目前,无论在经济发达国家还是发展中国家,通过网络延伸的产品已经在各行业中占据了重要地位,成为国家调整社会产业结构、推动经济发展的主要力量。他们已经越来越意识到,在今后的经济竞争中,对信息了解和利用的能力高低对竞争的结果将产生直接的影响。只有建立起高效的社会信息网络,才能为经济振兴获取新起点和一个有效保证。对一个国家如此,对一个企业也是如此。今后,企业参与市场竞争能力的大小将会在很大程度上受制于企业对行业信息的了解能力,企业只有在及时了解市场信息的基础上,才能有效地组织自身的生产经营活动;另一方面,在企业管理、生产销售和财务会计工作中利用计算机和网络通信技术,可以极大地提高企业的生产管理能力和各部门的工作效率。

第二节　互联网风起云涌

互联网(Internet),即广域网、局域网及单机按照一定的通信协议组成的国际计算机网络。互联网是将两台计算机或者是两台以上的计算机终端、客户端、服务器端通过计算机信息技术的手段互相联系起来的结果,人们可以与远在千里之外的朋友相互发送邮件、共同完成一项工作、共同娱乐。

计算机与互联网是继造纸和印刷术发明以来,人类又一个信息存储与传播的伟大创造。

一、什么是 Internet

Internet 是计算机交互网络的简称,又称网间网。它是利用通信设备和线路将全世界上处于不同地理位置的功能相对独立的数以千万计的计算机系统互联起来,以功能完善的网络软件(网络通信协议、网络操作系统等)实现网络资源共享和信息交换的数据通信网。

二、Internet 的起源和发展

Internet 起源于美国国防部高级研究计划署 DARPA(Defence Advanced Research Projects Agency)的网络 ARPAnet,该网于 1969 年投入使用。ARPAnet 是现代计算机网络诞生的标志。

从 20 世纪 60 年代起,由 ARPA 提供经费,联合计算机公司和大学共同研制而发展起来 ARPAnet 网络。最初,ARPAnet 主要是用于军事研究目的,其基本指导思想是:网络必须经受得住故障的考验而维持正常的工作,一旦发生战争,当网络的某一部分因遭受攻击而失去工作能力时,网络的其他部分应能维持正常的通信。ARPAnet 在技术上的另一个重大贡献是 TCP/IP 协议簇的开发和利用。作为 Internet 的早期骨干网,ARPAnet 的试验奠定了 Internet 存在和发展的基础,较好地

解决了异种机网络互联的一系列理论和技术问题。

1983 年，ARPAnet 分裂为两部分，即 ARPAnet 和纯军事用的 MILNET。同时，局域网和广域网的产生和蓬勃发展对 Internet 的进一步发展起了重要的作用。其中最引人注目的是美国国家科学基金会（National Science Foundation，NSF）建立的 NSFnet。NSF 在全美国建立了按地区划分的计算机广域网，并将这些地区网络和超级计算机中心互联起来。NFSnet 于 1990 年 6 月彻底取代 ARPAnet 成为 Internet 主干网。

NSFnet 对 Internet 的最大贡献是使 Internet 向全社会开放，而不像以前那样仅供计算机研究人员和政府机构使用。1990 年 9 月，由 Merit、IBM 和 MCI 公司联合建立了一个非营利的组织——先进网络科学公司（Advanced Network & Science Inc.，ANS）。ANS 的目的是建立一个全美范围的 T3 级主干网，它能以 45Mbps 的速率传送数据。到 1991 年年底，NSFnet 的全部主干网都与 ANS 提供的 T3 级主干网相联通。

Internet 的第二次飞跃归功于 Internet 的商业化。商业机构一踏入 Internet 这一陌生世界，很快就发现了它在通信、资料检索、客户服务等方面的巨大潜力。于是世界各地的无数企业纷纷涌入 Internet，带来了 Internet 发展史上一个新的飞跃。

三、Internet 在我国的发展进程及现状

1. 关于中国公用数据通信网

我国已建立了四大公用数据通信网，为 Internet 的发展创造了条件。

（1）中国公用分组交换数据通信网（ChinaPAC）。该网于 1993 年 9 月开通，1996 年年底已覆盖全国县级以上城市和一部分发达地区的乡镇，与世界 23 个国家和地区的 44 个数据网互联。

（2）中国公用数字数据网（ChinaDDN）。该网于 1994 年开通，1996 年年底覆盖到 3000 个县级以上的城市和乡镇。我国四大互联网的骨干部分大都采用 ChinaDDN。

（3）中国公用帧中继网（ChinaFRN）。该网已在我国八大区的省会城市设立了节点，向社会提供高速数据和多媒体通信。

（4）中国公用计算机互联网（ChinaNet）。该网于 1995 年与 Internet 互联，物理节点覆盖 30 个省（市、自治区）的 200 多个城市，业务范围覆盖所有电话通达的地区。1998 年 7 月，中国公用计算机互联网（ChinaNet）骨干网二期工程启动。二期工程将八个大区间的主干带宽扩充至 155Mbps，并且将八个大区的节点路由器全部换成千兆位路由器。

2000 年下半年，中国电信利用 $n \times 10$Gbps DWDM 和千兆位路由器技术，对 ChinaNet 进行了大规模扩容。ChinaNet 网络节点间的路由中继由 155Mbps 提升到 2.5Gbps，提速 16 倍。到 2000 年年底，ChinaNet 国内总带宽已达 800Gbps，到 2001 年 3 月份国际出口总带宽突破 3Gbps。

2. 关于中国 Internet 的发展阶段

互联网在中国的发展历程大致划分为三个阶段。

第一阶段：1986—1993 年，研究试验阶段（E-mail Only）

在此期间，中国的一些科研部门和高等院校开始研究 Internet 联网技术，并开展了科研课题和科技合作工作。这个阶段的网络应用仅限于小范围内的电子邮件服务，而且仅为少数高等院校、研究机构提供电子邮件服务。发展经历如下：

① 1986 年：Dial up（Terminal）

② 1990 年：X.25（1989.11：CNPAC，1993.9：CHINAPAC）

③ 1993 年：Leased Line（DECnet）（E-mail Only）

第二阶段：1994—1996 年，起步阶段（Full Function Connection）

1994 年，中关村地区教育与科研示范网络工程进入互联网，实现和 Internet 的 TCP/IP 连接，开通了 Internet 全功能服务。从此，中国被国际上正式承认为有互联网的国家。之后，ChinaNet、CERnet、CSTnet、ChinaGBnet 等多个互联网络项目在全国范围相继启动，互联网开始进入公众生活，并在中国迅速发展。1996 年年底，中国互联网用户数已达 20 万户，利用互联网开展的业务与应用逐步增多。

第三阶段：1997 年至今，快速增长阶段

2011 年 1 月 19 日，中国互联网络信息中心（CNNIC）在京发布了《第 27 次中国互联网络发展状况统计报告》。《报告》显示，截至 2010 年 12 月底，我国网民规模达到 4.57 亿人，较 2009 年年底增加 7330 万人；我国手机网民规模达 3.03 亿人，依然是拉动中国总体网民规模攀升的主要动力，但用户手机网民增幅较 2009 年趋缓；最引人注目的是，网络购物用户年增长 48.6%，是用户增长最快的应用，预示着更多的经济活动步入互联网时代。

四、互联网的机遇与挑战

互联网给世界带来了非同寻常的机遇。人类经历了农业社会、工业社会，当前正迈进信息社会。信息作为继材料、能源之后的又一种重要战略资源，它的有效开发和充分利用，成为社会和经济发展的重要推动力和重要生产要素，它正改变着人们的生产方式、工作方式、生活方式和学习方式。

首先，网络缩短了时空的距离，大大加快了信息的传递，使得社会的各种资源得以共享。

其次，网络创造出更多的机会，可以有效地提高传统产业的生产效率，有力地拉动消费需求，从而促进经济增长，推动生产力进步。

最后，网络为各个层次的文化交流提供了良好的平台。

互联网的确创造了奇迹，但在奇迹背后，存在着日益突出的问题，给人们提出了极大的挑战。比如，贫富差距扩大，财富分配不平等；网络的开放性和全球化，促进了人类知识的共享和经济的全球化，但使得网络安全和信息安全成为非常严峻的问题；

网络的竞争成为国家间和企业间高技术的竞争和人才的竞争；网络带来信息的全球性流通，也加剧了文化渗透，各国都在为捍卫自己的网络文化而努力。中国拥有悠久的文化，如何使得这种厚重的文化在网络上得以延伸，这个问题尤其突出。

五、Internet 的发展特点

Internet 发展经历了研究网、运行网和商业网三个阶段。至今，全世界没有人能够知道 Internet 的确切规模。Internet 正以当初人们始料不及的惊人速度向前发展，今天的 Internet 从各个方面改变着人们的工作和生活方式。人们可以随时从网上了解当天最新的天气信息、新闻动态和旅游信息，看到当天的报纸和最新杂志，可以足不出户在家里炒股、网上购物、收发电子邮件，享受远程医疗和远程教育等等。

Internet 的意义并不在于它的规模，而在于它提供了一种全新的全球性的信息基础设施。当今世界正向知识经济时代迈进，信息产业发展成为世界发达国家新的支柱产业，成为推动世界经济高速发展的新的源动力，并且广泛渗透到各个领域，特别是近几年来国际互联网及其应用的发展，从根本上改变了人们的思想观念和生产生活方式，推动了各行各业的发展，成为知识经济时代的重要标志之一。Internet 已经构成全球信息高速公路的雏形和未来信息社会的蓝图。纵观 Internet 的发展史，可以看出 Internet 的发展主要表现在如下几个方面。

1. 运营产业化

以 Internet 运营为产业的企业迅速崛起，从 1995 年 5 月开始，多年资助 Internet 研究开发的美国科学基金会（NSF）退出 Internet，把 NFSnet 的经营权转交给美国 3 家最大的私营电信公司（即 Sprint、MCI 和 ANS），这是 Internet 发展史上的重大转折。

2. 应用商业化

随着 Internet 对商业应用的开放，它已成为一种十分出色的电子化商业媒介。众多公司、企业不仅把它作为市场销售和客户支持的重要手段，而且把它作为传真、快递及其他通信手段的廉价替代品，与全球客户保持联系并降低日常运营成本。例如，电子邮件、IP 电话、网络传真、VPN 和电子商务等。

3. 互联全球化

Internet 虽然已有三十来年的历史，但早期主要是限于在美国国内的科研机构、政府机构和它的盟国范围内使用。现在不一样了，随着各国纷纷提出适合本国国情的信息高速公路计划，已迅速形成了世界性的信息高速公路建设热潮，各个国家都在以最快的速度接入 Internet。

4. 互联宽带化

随着网络基础的改善、用户接入方面新技术的采用、接入方式的多样化和运营商服务能力的提高，接入网速率慢形成的瓶颈问题进一步改善，上网速度更快，带宽瓶颈约束将会消除，互联必然宽带化，从而促进更多的应用在网上实现，以满足用户多方面的网络需求。

5. 多业务综合平台化、智能化

随着信息技术的发展，互联网将成为图像、话音和数据"三网合一"的多媒体业务综合平台，并与电子商务、电子政务、电子公务、电子医务、电子教学等交叉融合。在十到二十年内，互联网将超过报刊、广播和电视的影响力，逐渐形成"第四媒体"。

综上所述，随着电信、电视、计算机"三网融合"趋势的加强，未来的互联网将是一个真正的多网合一、多业务综合平台和智能化的平台，未来的互联网是"移动＋IP＋广播多媒体"的网络世界，它能融合现今所有的通信业务，并能推动新业务迅猛发展，给整个信息技术产业带来一场革命。

第三节　移动互联网新潮

人类对便捷通信的渴望是移动通信发展的重要动力。移动通信具有移动性和动态性等特点，能够满足人们对于自由通信的要求，同时决定了用户端传输必须采用无线传输。无线通信为移动通信提供了可能，但是无线通信并非都是移动通信。移动通信需要在无线通信的基础上，引入用户的移动性，使得无线通信从移动的准动态发展为真正的动态

第一代移动通信系统是模拟移动通信系统，在 20 世纪 80 年代初开始了商业运营。它对移动通信的最大贡献是使用蜂窝结构，频带可重复利用，实现大区域覆盖；支持移动终端的漫游和越区切换，实现移动环境下不间断通信。

第二代移动通信系统（2G）是数字蜂窝移动通信系统，包括广泛使用的数字移动通信系统 GSM 及窄带 CDMA。数字信号处理技术是其最基本的技术特征，提供了更高的频谱效率和更先进的漫游性能。它对移动通信发展的重大贡献是使用 SIM 卡、轻小手机和海量用户的网络支撑能力。使用 SIM 卡作为移动通信用户个人身份和通信记录的载体，为移动通信管理、运营和服务带来极大的便利。与第一代移动通信系统相比，第二代移动通信系统有保密性强、频谱利用率高、能提供丰富的业务、标准化程度高等特点，使得移动通信得到了空前的发展，从以往的个人语言通信补充地位跃居至主流地位。增强了数据业务功能的 2G 系统被广泛称为 2.5G。

"3G（3rd-Generation）"或"三代"是第三代移动通信技术的简称，是指支持高速数据传输的蜂窝移动通信技术。第三代移动通信系统（3G）的目标是实现全球无线覆盖，真正实现"任何人，在任何地点、任何时间与所有人都能方便地通信"。其系统标准包括 IMT-2000、WCDMA、TD-SCDMA 和 CDMA 2000。3G 最基本的特征是采用智能信号处理技术，实现基于话音业务为主的多媒体数据通信，有更高的频谱效率和服务质量，并且成本较低。

3G 系统与现有的 2G 和 2.5G 系统有根本的不同，3G 系统采用 CDMA 技术

和分组交换技术,而不是前面各系统通常采用的 TDMA 技术和电路交换技术。在电路交换的传输模式下,无论通话双方是否说话,线路在接通期间保持开通,并占用带宽。与现在的移动通信系统相比,3G 将支持更多的用户,实现更高的传输速率。

3G 服务能够同时传送声音(通话)及数据信息(电子邮件、即时通信等)。其代表特征是提供高速数据业务。它的优点在于:能够同时传送声音(通话)及数据信息(电子邮件、即时通信等)。

按 ITU(国际电信联盟)总目标,第三代移动通信系统有如下特点:

(1) 提供高速率和多种速率支持多种业务,能支持从话音到分组数据到多媒体业务,特别是互联网应用,能根据需要来提供必要的带宽。其最低无线传输要求是:

- 快速移动环境:最高速率达 114kbps。
- 步行环境:最高速率达 384kbps。
- 室内环境:最高速率达 2Mbps。

(2) 全球覆盖及全球无缝漫游、全球使用共用频段(1885MHz～2025MHz,2110MHz～2200MHz)。但不要求各系统在无线传输设备及网络内部技术完全一致,仅要求在网络接口、互通及业务能力方面的统一或协调。

(3) 高频谱效率。

(4) 高服务质量:具有长话的话音质量,比特错误率小于 10^{-6} 的数据业务。

(5) 核心网由电路交换向分组交换过渡,并最终向全 IP 网演进。

(6) 低成本、低功耗、小体积、高保密等良好的功能特性。

第三代移动通信系统最早由国际电信联盟(ITU)于 1985 年提出,当时称为未来公共陆地移动系统。该系统的一期主频段位于 2GHz 频段附近,所以将其正式命名为 IMT-2000。IMT-2000 系统包括地面系统和卫星系统。

3G 标准化分为核心网和无线接口两部分。ITU 最初的计划是制定统一的无线接口标准和公共的网络标准,但因种种原因无法实现。所以 ITU 提出了"家族概念",核心网分别基于现有的第二代两大网络,即 GSM MAP 和 IS-41 核心网来实现。而无线接口部分形成多个无线技术标准,正在不断融合和演进中。

一、3G 的业务特点

第三代移动通信系统使用户能够在任何时候、任何服务网中获得与在归属环境"看起来相同、感觉相同"的业务。它的目标是在有效利用网络资源的基础上,向用户提供大量的业务,包括现在已经提供的业务和目前还没有定义的业务,以及多媒体、高速数据业务等,并且系统要提供与现有固定网一致的较高服务质量(特别是话音质量)。UMTS 同 GSM 最基本的区别在于,UMTS 可以通过协商业务质量和 QoS 特征的方式支持高比特率的承载业务,并且可以有效地支持突发和不对称业务。所以,UMTS 可以较好地支持单一媒体和多媒体的应用。

但是 3G 的业务与 2G 和 2.5G 的业务有很大不同。2G 时代的移动通信业务主要以话音为主,业务比较简单。而在 3G 时代,移动网络带宽的成倍提高为数据业务提供了广阔的发展空间。3G 业务将能够提供实时在线的数据环境,能够在任何时间、任何地点连接到多媒体内容的服务。针对业务在 3G 网络的实现层次不同,可以将 3G 业务分为承载层业务、网络相关层业务以及应用层的业务。为了能够对 2G 系统具有继承性,3G 依然提供 2G 所能提供的基本业务和补充业务。为了使业务具有可扩展性,3G 网络本身提供业务能力,为上层业务开发提供灵活性。IMS 业务是全新的移动网络子系统结构,为 3G 业务提供基础。

二、3G 的核心应用

3G 将会给生活带来全新享受,主要指:

- 3G 就是出租车里的视频会议;
- 3G 就是你坐火车也不会错过的肥皂剧;
- 3G 就是从现场发回总部供分析用的图像;
- 3G 就是与朋友共享你在摩洛哥的美妙假期。

中国的 3G 之路刚刚开始,最先普及的 3G 应用是"无线宽带上网",6 亿手机用户随时随地可以用手机上网。无线互联网的流媒体业务将逐渐成为主导。

3G 的核心应用包括如下几点。

1. 宽带上网

宽带上网是 3G 手机的一项很重要的功能,人们能在手机上收发语音邮件、写博客、聊天、搜索、下载图铃等。目前的无线互联网门户都可以提供。尽管 GPRS 网络速度还不能让人非常满意,但在 3G 时代,手机变成小电脑不再是梦想。

2. 视频通话

在 3G 时代,传统的语音通话是个很弱的功能了,视频通话和语音信箱等新业务才是主流。传统的语音通话资费会降低,视觉冲击力强、快速直接的视频通话会更加普及和飞速发展。

3G 时代被谈论得最多的是手机的视频通话功能,这也是在国外最为流行的 3G 服务之一。相信不少人都用过 QQ、MSN 或 Skype 的视频聊天功能,与远方的亲人、朋友"面对面"地聊天。依靠 3G 网络的高速数据传输,3G 手机用户也可以"面谈"了。当用户用 3G 手机拨打视频电话后,不再是把手机放在耳边,而是面对手机,戴上有线耳麦或蓝牙耳麦,在手机屏幕上将看到对方影像,用户自己也会被录制下来并传送给对方。

3. 手机电视

从运营商层面来说,3G 牌照的发放解决了一个很大的技术障碍,TD 和 CMMB 等标准的建设也推动了整个行业的发展。手机流媒体软件成为 3G 时代最多使用的手机电视软件,在视频影像的流畅和画面质量上不断提升,突破技术瓶颈,真正大规模被应用。

4. 无线搜索

对用户来说,无线搜索是比较实用的移动网络服务,能让人快速接受。随时随地用手机搜索将会成为更多手机用户的生活习惯。

5. 手机音乐

在无线互联网发展成熟的日本,手机音乐是最为亮丽的一道风景线。通过手机上网下载音乐是电脑的 50 倍。3G 时代,只要在手机上安装一款手机音乐软件,就能通过手机网络,随时随地让手机变身音乐魔盒,轻松收纳无数首歌曲,下载速度更快,耗费流量几乎可以忽略不计。

6. 手机购物

不少人都有在淘宝网上购物的经历,但手机商城对不少人来说还是个新鲜事。事实上,移动电子商务是 3G 时代手机上网用户的最爱。目前 90% 的日本、韩国手机用户都已经习惯在手机上消费,甚至是购买大米、洗衣粉这样的日常生活用品。专家预计,中国未来手机购物会有一个高速增长期,用户只要开通手机上网服务,就可以通过手机查询商品信息,并在线支付购买产品。高速 3G 可以让手机购物变得更实在,高质量的图片与视频会话能使商家与消费者的距离拉近,提高购物体验,让手机购物变为新潮流。

7. 手机网游

与电脑的网游相比,手机网游的体验并不好,但方便携带,随时可以玩,这种利用了零碎时间的网游是目前年轻人的新宠,也是 3G 时代的一个重要资本增长点。3G时代到来,游戏平台更加稳定和快速,兼容性更高,即"更好玩了",像是升级的版本一样,让用户在游戏的视觉和效果方面感觉更有体验。

距离国务院常务会议研究同意启动 3G 牌照仅一周,工业与信息化部就迅速向三大运营商发放了 3G 牌照。工业和信息化部宣布,批准中国移动通信集团公司增加基于 TD-SCDMA 技术制式的 3G 业务经营许可,中国电信集团公司增加基于 CDMA 2000 技术制式的 3G 业务经营许可,中国联合网络通信集团公司增加基于 WCDMA 技术制式的 3G 业务经营许可。

对于运营商来说,3G 牌照发放意味着新一轮市场角逐的开始;对于设备商来说,这意味着 3 年至少 2800 亿元的投资大蛋糕摆在了面前;而对于用户来说,3G 意味着手机上网带宽飙升,资费越降越低。

3G 网络能给我们带来这么多的便利,我们的工作、生活将会更加方便、快捷,当 3G 网络覆盖全面实现,人们可以仅仅通过手机,随时随地上网,在电梯里、办公室走廊里、交通工具里进行网络的视听阅读、观点交流。这样的生活想必一定是大家所期望的。虽然中国的 3G 网络建设处于刚起步阶段,但是相信随着网络的逐步完善和运营商大力度的推广,3G 应用很快就会开始影响我们的社会生活。

第四节　三网融合新生活

　　三网融合是指电信网、计算机网和有线电视网三大网络通过技术改造,能够提供包括语音、数据、图像等综合多媒体的通信业务。

　　三网融合是一种广义的、社会化的说法,在现阶段它是指在信息传递中,把广播传输中的"点"对"面",通信传输中的"点"对"点",计算机中的存储融合在一起,更好地为人类服务,并不意味着电信网、计算机网和有线电视网三大网络的物理合一。三网融合主要是指高层业务应用的融合,如图 2-1 所示。其表现为技术上趋向一致,网络层上可以实现互联互通,形成无缝覆盖,业务层上互相渗透和交叉,应用层上趋向使用统一的 IP 协议,在经营上互相竞争、互相合作,朝着向人类提供多样化、多媒体化、个性化服务的同一目标逐渐交汇在一起,行业管制和政策方面也逐渐趋向统一。

图 2-1　三网融合

一、三网融合简介

　　所谓"三网融合",就是指电信网、广播电视网和计算机通信网的相互渗透、互相兼容、并逐步整合成为全世界统一的信息通信网络。"三网融合"是为了实现网络资源的共享,避免低水平的重复建设,形成适应性广、容易维护、费用低的高速宽带的多媒体基础平台。即电信网、广播电视网、互联网分别在向下一代电信网、下一代广播电视网、下一代互联网的发展和演进过程中,网络的功能趋于一致、业务范围趋于相同,都可以为用户提供打电话、上网和看电视等多种服务。三网融合的本质是未来的电信网、广电网和互联网都可以承载多种信息化业务,创造出更多种融合业务,而不是三张网合成一张网,因此三网融合不是三网合一。三网融合是现代信息技术融合发展的必然趋势。加快推进三网融合,是我国当前和今后一个时期应对国际金融危机的重大举措,是培育战略性新兴产业的重要任务,有利于迅速提高国家信息化水平,推动信息技术创新和应用,满足人民群众日益多样的生产、生活服务需求,拉动国内消费,带动相关产业发展,形成新的经济增长点;有利于更好地参与全球信息技术竞争,抢占未来信息技术制高点,确保国家网络信息安全;有利于创新宣传方式,促进中华文化繁荣兴盛,保障国家文化安全。

　　三网融合,在概念上从不同角度和层次上分析,涉及技术融合、业务融合、行业融合、终端融合及网络融合。目前更主要的是应用层次上使用统一的通信协议。采用 IP 优化光网络就是新一代电信网的基础,是三网融合的结合点。

数字技术的迅速发展和全面采用,使电话、数据和图像信号都可以通过统一的编码进行传输和交换,所有业务在网络中都将成为统一的"0"或"1"的比特流。

光通信技术的发展,为综合传送各种业务信息提供了必要的带宽和高质量传输,成为三网业务的理想平台。

软件技术的发展使得三大网络及其终端都通过软件变更,最终支持各种用户所需的特性、功能和业务。

最重要的是普遍采用统一的 TCP/IP 协议,使得各种以 IP 为基础的业务都能在不同的网上实现互通。人类首次具有统一的为三大网都能接受的通信协议,从技术上为三网融合奠定了最坚实的基础。

如果按传统的办法处理三网融合将是一个长期而艰巨的过程,如何绕过传统的三网来达到融合的目的,就是寻找通信体制革命的这条路,必须把握技术的发展趋势,结合我国实际情况,选择我们自己的发展道路。

三大产业融合前竞争示意图如图 2-2 所示。

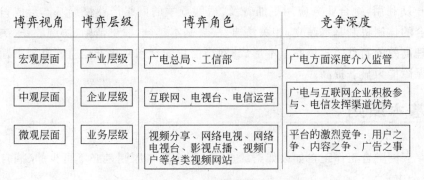

图 2-2　三大产业融合前竞争示意图

我们的实际情况是数据通信与发达国家相比起步晚,传统的数据通信业务规模不大,比起发达国家多协议、多业务的包袱要小得多,因此,可以尽快转向以 IP 为基础的新体制,在光缆上采用 IP 优化光网络,建设宽带 IP 网,加速我国 Internet 的发展,使之与我国传统的通信网长期并存,既节省开支,又充分利用现有的网络资源。

2010 年 1 月 13 日,国务院总理温家宝主持召开国务院常务会议,决定加快推进电信网、广播电视网和互联网三网融合。

二、总体工作目标

1. 总体目标

到 2015 年,实现电信网、广播电视网、互联网融合发展,新型信息产品和服务不断涌现,网络利用率大幅提高,科技创新能力明显增强,国民经济和社会信息化水平迅速提升,网络信息安全和文化安全保障能力进一步增强,信息产业、文化产业和社会事业进一步发展,社会主义进一步繁荣,人民群众享有更加丰富多样、快捷经济的信息和文化服务。

2. 阶段目标

（1）试点阶段（2010—2012 年）：以推进广电和电信业务双向阶段性进入为重点，制定三网融合试点方案，选择有条件的地区开展试点，不断扩大试点广度和范围；加快电信网、广播电视网、互联网升级和改进。加快培育市场主体，组建国家级有线电视网络公司，初步形成适度竞争的产业格局；探索建立分工明确、行为规范、运转协调、协同高效的工作机制，调整完善网络规划建设、基础设施共建共享、业务规划发展、网络信息安全和广播电视安全播出、用户权益保护等管理体系，基本形成保障三网融合规范、有序开展的政策体系和机制体系。

（2）推广阶段（2013—2015 年）：总结、推广试点经验，全面推进三网融合；自主创新技术研发和产业化取得突破性进展，掌握一批核心技术，宽带通信网、数字电视网、下一代互联网的网络承载能力进一步提升；网络信息资源、文化内容产品得到充分开发利用，融合业务应用更加普及，适度竞争的网络产业格局基本形成；适应三网融合的体制机制基本建立，相关法律、法规基本健全，职责清晰、协调顺畅、决策科学、管理高效的新型监管体系基本形成；网络信息安全和文化安全监管机制不断完善，安全保障能力显著提高。

三、基本原则

三网融合工作正在如火如荼的进行，五个基本原则是必不可少的（摘自《电信科学》杂志）。

（1）坚定信心，积极稳妥。三网融合意义重大，势在必行，条件基本具备，必须坚定不移地加以推进，务求早日取得实效，同时要充分估计可能遇到的困难，勇于攻坚克难，加快体制机制改革，深入细致地做好各项工作，积极稳妥地组织实施。

（2）突出重点，试点先行。以广电、电信业务双向进入，培育合格市场主体，网络升级改造为重点，按照先易后难、试点先行、循序渐进、扎实开展的要求，有计划、有步骤地推进三网融合，确保取得实质性进展。

（3）统筹规划，资源共享。将通信传输和广播电视传输网建设以及升级改造纳入国家重要信息基础设施建设范围，统筹规划、科学论证，加强政策扶持，实现互联互通、资源共享，提高网络利用率，避免重复建设。

（4）分业监督，共同发展。广电、电信主管部门按照各自职责分工，分别对经营广电、电信业务的企业履行行业监督职责，共同维护公平竞争、规范有序的市场环境。鼓励广电企业和电信企业相互合作、优势互补，实现共同发展。

（5）加强管理，保障安全。切实加强三网融合条件下宣传媒体的建设和管理，坚持党管媒体的原则，坚持正确的宣传舆论导向，坚持经济效益和社会效益的统一，注重社会效益，改进和完善信息内容监督方式，把新技术运用和对新技术的管理统一起来，提高监管能力，加强部门协同，保障网络信息安全和文化安全。

四、工作重点

三网融合的工作重点应遵循以下几点原则(摘自《电信科学》杂志)。

1. 按照先易后难、试点先行的原则

选择有条件的地区开展双向进入试点。符合条件的广播电视企业可以经营增值电信业务和部分基础电信业务、互联网业务;符合条件的电信企业可以从事部分广播电视节目生产制作和传输。鼓励广电企业和电信企业加强合作、优势互补、共同发展。

2. 加强网络建设改造

全面推进有线电视网络数字化和双向化升级改造,提高业务承载和支撑能力。整合有线电视网络,培育市场主体。加快电信宽带网络建设,推进城镇光纤到户,扩大农村地区宽带网络覆盖范围。充分利用现有信息基础设施,积极推进网络统筹规划和共建共享。

3. 加快产业发展

充分利用三网融合有利条件,创新产业形态,推动移动多媒体广播电视、手机电视、数字电视宽带上网等业务的应用,促进文化产业、信息产业和其他现代服务业发展。加快建立适应三网融合的国家标准体系。

4. 强化网络管理

落实管理职责,健全管理体系,保障网络信息安全和文化安全。

5. 加强政策扶持

制定相关产业政策,支持三网融合共性技术、关键技术、基础技术和关键软硬件的研发和产业化。对三网融合涉及的产品开发、网络建设、业务应用及在农村地区的推广,给予金融、财政、税收等支持。将三网融合相关产品和业务纳入政府采购范围。

五、三网融合使我们的生活更美好

(1) 信息服务将由单一业务转向文字、话音、数据、图像、视频等多媒体综合业务,比如通过手机视频看到客户货物的大致情况,并立即决定派什么样的车去提货,发完货以后,客户也能随时自主追踪。

(2) 有利于极大地减少基础建设投入,简化网络管理,降低维护成本。

(3) 将使网络从各自独立的专业网络向综合性网络转变,网络性能得以提升,资

源利用水平进一步提高。

（4）三网融合是业务的整合，它不仅继承了原有的话音、数据和视频业务，而且通过网络的整合，衍生出了更加丰富的增值业务类型，如图文电视、VOIP、视频邮件和网络游戏等，极大地拓展了业务提供的范围。

（5）三网融合打破了电信运营商和广电运营商在视频传输领域长期的恶性竞争状态，各大运营商将在一口锅里抢饭吃，看电视、上网、打电话资费可能打包下调。

将来三网融合的互联互通业务，不仅包括位移电视、手机直播、互联网电视、手机遥控、3D体感游戏等娱乐互动电视业务，还囊括了电视短信、电视秒杀、现场投票、触景生情、音乐下载、信息查询等基于广电网络的多媒体通信业务。

三网融合的安全系统也让人刮目相看，尤其是动态捕捉系统，可以让你在外地就能随时发现家中是否有人入侵。

三网融合，让消费者实现了从"看电视"到"玩电视"、"用电视"的三级跳。如果说最近十年是手机、电脑的黄金时代，三网融合的下一个黄金十年将属于电视。按照规划，2010—2012年，国家将重点开展广电业务和电信业务的双向试点。工信部也透露，如果顺利的话，"三网融合"最快三年就可以覆盖中国主要城市。

三网融合应用广泛，遍及智能交通、环境保护、政府工作、公共安全、平安家居、智能消防、工业监测、老人护理、个人健康等多个领域。以后的手机可以看电视、上网，电视可以打电话、上网，电脑也可以打电话、看电视。三者之间相互交叉，形成"你中有我、我中有你的格局"。

汉能投资董事总经理赵小兵很生动地描述在三网融合的背景下，用户的消费生活："未来，我们可以用电视遥控器打电话，在手机上看电视剧，随需选择网络和终端，只要拉一条线、接入一张网，甚至可能完全通过无线接入的方式就能满足通信、电视、上网等各种应用需求了。"对于物流行业来说，以后客户发货可以随时随地用手机迅速查到合适的物流公司，并立即下单；物流公司可以通过手机视频看到客户的货的大致情况，并立即决定派什么样的车去提货，发完货以后，客户也能随时自主追踪货物状态，直到货物安全到达最终用户手里。

随着网络融合时代的到来，我们的生活将会更美好。

第五节　物联网与泛在网

物联网是继计算机、互联网与移动通信网之后的信息产业新方向。

一、物联网的概念及基本内涵

1999年，美国麻省理工学院首先提出"物联网"的概念。他们认为，物联网就是将所有物品通过射频识别等信息传感设备与互联网连接起来，实现智能化识别和管理的网络。

我国有学者认为,物联网是一种"泛在网络",这种泛在网就是利用互联网将世界上的物体都连接在一起,使世界万物都可以上网。具体可以理解为,通过射频识别(RFID)装置、红外感应器、全球定位系统、激光扫描器等种种装置与互联网结合成一个全新的巨大网络,将现有的互联网、通信网、广电网以及各种接入网和专用网连接起来,实现智能化识别和管理。

从广义上说,物联网与传感网构成要素基本相同,是对同一事物的不同表述。其中,物联网比传感网更贴近"物"的本质属性,强调的是信息技术、设备为"物"提供更高层次的应用服务,而传感网(传感器网)是从技术和设备角度进行的客观描述,设备、技术的元素比较明显。

从狭义上说,传感网特别是传感器网可以看成是"传感模块＋组网模块"共同构成的一个网络,它仅仅强调感知信号,而不注重对物体的标识和指示。物联网则强调人感知物,强调标识物的手段,即除传感器外,还有射频识别(RFID)装备、二维码、一维码等。因此,物联网应该包括传感网,但传感网只是物联网的一部分。

物联网是基于互联网之上的一种高级网络形态,它们之间最明显的不同点是物联网的连接主体从人向"物"的延伸,网络社会形态从虚拟向现实的拓展,信息采集与处理从人工为主向智能化为主的转化。可以说,物联网是互联网发展创新的伟大成果,是互联网虚拟社会连接现实社会的伟大变革,是实现泛在网目标的伟大实践。

"物联网＋互联网"几乎就等于"泛在网"。所谓"泛在网",就是运用无所不在的智能网络、最先进的计算技术以及其他领先的数字技术基础设施武装而成的技术社会形态,以帮助人类实现在任何时间、任何地点,任何人、任何物都能顺畅地通信。从泛在的内涵来看,首先关注的是人与周边的和谐交互,各种感知设备与无线网络不过是手段。"泛在网"包含了物联网、传感网、互联网的所有属性,物联网是"泛在网"实现的目标之一,是"泛在网"发展过程中的先行者和制高点。

根据上述比较分析,我们给物联网下这样的定义:通过各种感知设备和互联网,连接物体与物体的,全自动、智能化采集、传输与处理信息的,实现随时随地和科学管理的一种网络。网络化、物联化、互联化、自动化、感知化、智能化是物联网的基本特征。

1. 网络化

网络化是物联网的基础。无论是 M2M(机器到机器)、专网,还是无线、有线传输信息,感知物体,都必须形成网络状态;不管是什么形态的网络,最终都必须与互联网相连接,这样才能形成真正意义上的物联网(泛在性的)。目前的所谓物联网,从网络形态来看,多数是专网、局域网,只能算是物联网的雏形。

2. 物联化

人物相连、物物相连是物联网的基本要求之一。计算机和计算机连接成互联网,可以帮助人与人之间交流。而物联网,就是在物体上安装传感器、植入微型感应芯片,然后借助无线或有线网络,让人们和物体"对话",让物体和物体之间进行"交流"。可以说,互联网完成了人与人的远程交流,物联网则完成人与物、物与物的即时交流,进而实现由虚拟网络世界向现实世界的连接转变。

3. 互联化

物联网是一个多种网络、接入、应用技术的集成,也是一个让人与自然界、人与物、物与物进行交流的平台。因此,在一定的协议关系下,实行多种网络融合,分布式与协同式并存,是物联网的显著特征。与互联网相比,物联网具有很强的开放性,具备随时接纳新器件、提供新服务的能力,即自组织、自适应能力。

4. 自动化

通过数字传感设备自动采集数据;根据事先设定的运算逻辑,利用软件自动处理采集到的信息,一般不需人为的干预;按照设定的逻辑条件,如时间、地点、压力、温度、湿度、光照等,可以在系统的各个设备之间,自动地进行数据交换或通信;对物体的监控和管理实现自动的指令执行。

5. 感知化

物联网离不开传感设备。射频识别(RFID)、红外感应器、全球定位系统、激光扫描器等信息传感设备,就像视觉、听觉和嗅觉器官对于人的重要性一样,它们是物联网不可或缺的关键"元器件"。

6. 智能化

所谓"智能",是指个体对客观事物进行合理分析、判断及有目的地行动和有效地处理周围环境事宜的综合能力。物联网的产生是微处理技术、传感器技术、计算机网络技术、无线通信技术不断发展融合的结果,从其"自动化"、"感知化"要求来看,它已能代表人、代替人"对客观事物进行合理分析、判断及有目的地行动和有效地处理周围环境事宜",智能化是其综合能力的表现。

二、物联网与互联网的关系

2009 年被称为"物联网元年",物联网在全球受到热捧,中国和美国等均把物联网的发展提到了国家级的战略高度。ICT 行业为之沸腾,各大公司纷纷推出相关的计划和举措。然而,在热闹的背后,物联网让我们有了些雾里看花的感觉。传感网、物联网、泛在网是一回事吗?物联网跟互联网又有什么关系?互联网是否会被物联网所取代?未来,互联网将何去何从?在 2010 年 3 月 16 日举行的"2010 年 ICT 深度观察大型报告会"上,中国工程院副院长邬贺铨、工信部原副部长奚国华等专家给出了他们的答案。

1. 物联网：网络还是应用？

关于物联网和互联网的关系，现在有很多说法，其中一种是：互联网只能连接人，物联网可以连接物，互联网连接的是虚拟世界，物联网连接的是物理世界，物联网是互联网的下一代，物联网要取代互联网，物联网就是泛在网。

邬贺铨表示，他不同意上述这些说法。而欧盟关于物联网的定义是：物联网是未来互联网的一部分，能够被定义为基于标准和交互通信协议的具有自配置能力的动态全球网络设施。在物联网内，物理和虚拟的"物件"具有身份、物理属性、拟人化等特征，它们能够被一个综合的信息网络所连接。2010年，我国的政府工作报告所附的注释中对物联网有如下说明：物联网是通过传感设备按照约定的协议，把各种网络连接起来，进行信息交换和通信，以实现智能化识别、定位、跟踪、监控和管理的一种网络。邬贺铨认为，很多物体不一定非要连到网上，而且物联网不是网络而是应用和业务。物联网的主要特征是每一个物件都可以寻址，每一个物件都可以控制，每一个物件都可以通信。

物联网的底层包含一个传感网，借助RFID和传感器等实现对物件的信息采集与控制，通过传感网将一组传感器的信息汇集，并传送到核心网络。核心网是基础的网络，承担物物互联。物联网的上层主要负责信息的处理和决策支持。物联网可用的基层网络有很多种，根据应用的需要可以是公共通信网、行业专网，甚至是新建的专用于物联网的通信网。因此，互联网既可以连接人，也可以连接物；既可以连接虚拟世界，也可以连接物理世界。一般来说，互联网最适合作为物联网的基础网络，特别是当物物互联的范围超出局域网时，或者当需要利用共同网络传输信息时，但并不是只有互联网才能当做物联网的基础网络。

物联网和互联网的业务是不同的。互联网是全球化的，只要计算机接入互联网就与全球相连。物联网建设在互联网之上，但并不是任何人都能接入。例如，电力系统的物联网只有电力系统的相关人员才能进入，交通系统的物联网只有交通系统的相关人员才能接入，所以物联网实际上是专网。互联网是全球性的，物联网是区域性的。因此，与其说物联网是网络，不如说它是业务和应用。物联网的核心网既可以是下一代互联网，也可以是现有的互联网，现在物联网就能实现。当然，在下一代互联网中，物联网是最主要的应用目标。

什么是泛在网呢？邬贺铨表示，泛在网是在预订服务的情况下，个人或设备无论何时、何地、用何种方式以最少的技术限制实现服务和通信的能力。物联网是泛在网的内容之一，物联网不能等于泛在网，而只是泛在网的一部分。

2. 42岁的互联网：青春期还是中年？

1969年10月29号是互联网的生日，那一天美国加州洛杉矶大学的一台计算机与一个研究所的另一台计算机进行了"对话"。现在互联网42岁了，从20世纪70年代的初级互联网到20世纪90年代的公众互联网，到全球互联网，再到业界提出的下一代互联网，互联网走过了很长的路。

在这段时期内,TCP、Web、P2P等技术层出不穷;互联网的功能从一个联系平台到一个浏览平台,到一个交互平台,再演进到工作平台;互联网的业务从数据到话音到视频,现在又到M2M,从网络业务到电信业务、媒体业务;从研究网到商业网,从商业网到泛在网。但是我们可以感觉到,互联网设计之初只考虑支持尽力而为的数据业务,现在的互联网应用已无所不包。例如,进入实时业务领域的VoIP,进入流媒体业务领域的IPTV,进入无线业务领域的移动IP,等等。

随着物联网等新应用需求的诞生,互联网有些力不从心了。对于互联网的未来,我们充满疑惑。42岁的互联网面临的是青春期的烦恼?还是已经步入中年,甚至是老年,不堪重负?

3. 互联网走向:修补还是革命?

邬贺铨介绍说,目前互联网有两种发展路线。

一种是修补路线,就是针对互联网出现的问题分别进行解决,这样一来就不断增加互联网的复杂性,使得网络难于管理,网络对新的应用"不友好",很可能导致互联网体系硬化,修补可能无济于事。

另一种路线是利用革命式的新网络替换现有的互联网。然而,目前仿真的模型还不能反映实际应用环境,互联网的演进面临着"在飞行中换引擎"的难题,这是个极大的挑战。

对于下一代互联网,邬贺铨说,国际上对其并没有一个统一的定义。日本发布的一份报告认为,下一代互联网基于IP网络替换传统电话网,综合IP网上的话音、数据、视频业务以及包括移动业务在内的四重业务,解决互联网面对的问题,并拥有面向应用的QoS控制能力,关注FMC的移动性和安全脆弱性等,提供电信级的安全。美国的GENI项目提出,可信、移动、物联和泛在是下一代互联网的发展目标。

那么什么是互联网最需要和最难解决的问题呢?邬贺铨认为是安全问题。问题是怎么产生的?计算机软件漏洞是互联网安全问题的根源,即便是互联网升级换代了也无济于事,所以互联网的安全问题不是靠网络就能解决的。此外,服务质量保障、内容监管、节能减排等都是下一代互联网发展面临的难题。

邬贺铨强调,互联网面临的最大危险是理论落后于工程。互联网的发展缺乏理论支柱,集体表现为测量、分析和模型等方面的严重不足,这是非常令人担忧的,亟须业界引起足够的重视并加以解决。

4. 神奇产品让人大开眼界

汽车发生事故,车载设备会及时向交管中心发出信息,以便及时应对,减少道路拥堵;快下班了,用手机短信发送一条指令,在家"待命"的电饭锅会立即启动做饭,空调开始工作,预先降温……这不是科幻电影中的镜头,而是正在大步向我们走来的"物联网时代"的美好生活。

在南京邮电大学物联网实验室中有一个智慧家居模型,利用该模型进行的实验,可以让人领略物联网技术的神奇魅力。通过电脑操作控制,房模里的电视机、风扇、电灯等会按要求远程开、关。冷冰冰的电器怎么变得这样"善解人意"？其秘密就在模型中的4块2厘米长、1厘米宽的袖珍芯片，专业术语叫做"微型传感节点"。一块小小的节点容纳了传感器、通信设备、处理器三个部分，节点通过"微型基站"或无线网络把信息传递至计算机等终端。这正是用上了物联网的核心内容——传感技术。这样一套智能设备的造价非常便宜。一块节点约100元，一个家庭一般只需4块节点，加上GSM模块或微型基站，总造价不超过600元。

实验室中另一个有趣又实用的成果，是一个采用无线传感技术的"医疗健康护理系统"利用这个系统，医生坐在办公室里，通过病人身上的一个小传感器，可以24小时获知病区内所有病人的脉搏、体温、血糖等身体状况。病人家属经过授权，也可通过网络随时共享这些信息。

5. 应用前景广阔

世界上的万事万物，小到手表、钥匙，大到汽车、楼房，只要嵌入一个微型感应芯片，把它变得智能化，这个物体就可以"自动开口说话"。再借助无线网络技术，人们就可以和物体"对话"，物体和物体之间也能"交流"，这就是物联网。如果物联网再搭上互联网这个桥梁，在世界任何一个地方，我们都可以即时获取万事万物的信息。可以这么说，物联网加上互联网等于智慧地球。

物联网用途广泛，可运用于城市公共安全、工业安全生产、环境监控、智能交通、智能家居、公共卫生、健康监测等多个领域，让人们享受到更加安全、轻松的生活。

只要轻轻按下按钮，所在区域的大气压、湿度等信息就会通过传感器实时进入计算机系统；家里煤气泄漏了，传感器会将这一信息发送到手机上；农业专家坐在家里就能实时获得某块农田的土壤指标……"物联网"技术将使得这些成为可能。

6. 我国已初步形成传感网标准体系

随着传感器、软件、网络等关键技术迅猛发展，传感网产业规模快速增长，应用领域广泛拓展，带来信息产业发展的新机遇。我国对传感网发展也高度重视，《国家中长期科学与技术发展规划纲要(2006—2020年)》和"新一代宽带移动无线通信网"重大专项中均将传感网列入重点研究领域。国内相关科研机构、企事业单位积极进行相关技术的研究，经过长期艰苦努力，攻克了大量关键技术，取得了国际标准制定的重要话语权，传感网发展具备了一定产业基础，在电力、交通、安防等相关领域的应用初见成效。

标准作为技术的高端，对我国传感网产业的发展至关重要。目前，我国传感网标准体系已形成初步框架，向国际标准化组织提交的多项标准提案被采纳。

经国家标准化管理委员会批准，全国信息技术标准化技术委员会组建了传感器网络标准工作组。标准工作组聚集了中国科学院、中国移动通信集团公司等国内传感网主要的技术研究和应用单位，积极开展传感网标准制定工作，深度参与国际标准化活动，旨在通过标准化为产业发展奠定坚实技术基础。

7. 继互联网之后的又一个高科技市场

奥巴马就职后,美国政府提出了"智慧地球"的概念,物联网就是这些智慧型基础设施中间的一个概念。

此前,中国移动总裁王建宙在 2009 年 8 月 24 日的一次演讲中,也提及"物联网"概念,并系统阐释了物联网对人类生活的重大影响。

有专家预测,10 年内物联网将大规模普及。物联网用途广泛,遍及智能交通、环境保护、政府工作、公共安全、平安家居、智能消防、工业监测、老人护理、个人健康等多个领域。应用这一技术,将发展形成一个上万亿元规模的高科技市场。

8. 中国与发达国家一同起跑

在前两次信息浪潮中,中国起步晚、跑得慢,结果处处受制于人。在物联网领域,中国和其他发达国家站到了同一条起跑线上。我们应该抓住这个重大历史机遇,突破一些关键技术和核心技术,建立属于自己的技术体系,形成具有自主知识产权的成果和可持续竞争力。

9. 物联网——全球经济新引擎

2009 年年初,美国已将新能源和物联网列为振兴经济的两大武器。我国也开始加速推动物联网的进程,目前传感网标准体系已形成初步框架,向国际标准化组织提交的多项标准提案也被采纳。为在此次信息产业浪潮中占领先机,工信部牵头成立全国推进物联网的部际领导协调小组,出台支持产业发展的一系列政策,加快物联网产业化进程。

10. 物联网牵动巨大产业链

2010 年年初,工信部原副部长、现中国移动集团党组书记奚国华率相关司局负责人赴无锡市考察调研传感网产业。在工信部公告的 62 个国家新型工业化产业示范基地中,江苏无锡高新技术产业开发区已经正式获批为物联网示范基地。

奚国华表示,发展传感网对调整经济结构、转变经济增长方式具有积极意义,因为物联网自身就能够打造一个巨大的产业链。

巨大的产业链意味着巨大的价值。国内调研机构易观国际表示,物联网催生的电信、信息存储处理、IT 解决方案等市场潜力惊人。美国研究机构 Forrester 预测,物联网所带来的产业价值要比互联网大 30 倍,物联网将会形成下一个万亿元级别的通信业务。

在工信部的引导和支持下,国内三大运营商已经开始不同程度地涉足物联网。中国移动的设想是,当所有东西与人都"物联之后",手机将有望扮演"遥控器"的角色。

中国计算机学会传感器网络专业委员会副主任马建认为,物联网相关产业将高度细分,在成本的压力下,大型公司没有能力去研究每一个细化的应用环境,"因此,物联网也将给众多的中小公司带来机会"。

11. 力争主导物联网国际标准

奚国华说,传感网能够提升整个社会经济的运行效率和效能,对这个产业的哺育要瞄准目标,一步一步扎实往前推进。当前要把技术创新、产业化、培育市场三件大事做好。

他要求,政府部门要制定好规划,出台支持物联网发展的一系列政策,制定好标准,构建好服务平台。

目前,我国物联网还处于一个起步阶段,只有少量专门的应用项目,零散地分布在独立于核心网络的领域,而且多数还只是依托科研项目的示范应用。它们采用的是私有协议,这也显现出物联网尚无完善标准体系的尴尬,协议标准的缺失制约了产业的发展。

对此,工信部今年将就传感网、物联网等新兴网络的新兴技术加大研发的力度,将通过重大专项、技术标准体系研究以及相关重大示范应用带动,以此引导产业界积极投入物联网相关工作。

此外,传感器网络标准工作组也已成立。据悉,该工作组将统筹规划传感网的标准研究,积极推进标准化工作,加快制定符合我国发展需求的物联网技术标准,建立、健全标准体系,力争主导制定物联网国际标准。

奚国华要求,企业要加强消化创新、集成创新、原始创新的能力,积极推进产业化进程,积极开拓传感网市场。

针对 2009 年急剧升温的物联网热潮,在近日业内的高峰论坛上,诸多业内高层、资深专家及企业高管不约而同地在指出,物联网行业发展面临几大重要问题,急需统一技术标准和体系。

高峰论坛上,中国移动通信研究所所长于蓉蓉一针见血地指出,当前物联网发展存在的主要问题是缺乏完整的标准体系与成熟的商业模式。华为公司高管则指出标准是物联网发展的短板。

12. 物联网商用模式有待完善

谈及物联网缺乏成熟的商业模式时,中国移动通信研究所所长于蓉蓉表示,"要发展成熟的商业模式,必须打破行业壁垒、充分完善政策环境,并进行共赢模式的探索"。

"应用物联网技术让企业面临改造成本问题。"华为战略规划部部长朱广平进一步指出上述问题关键所在,"新的商业模式将改变改造成本高的现状。"

上海浦东国际机场和上海世博会成功应用的首批物联网传感安全防护设备,费用为 1500 万元;至 2009 年 8 月,仅浦东机场直接采购传感网产品金额为 4000 多万元,加上配件为 5000 万元。

与此同时,有公开数据显示,若仅全国近 200 家民用机场如果都加装上述物联网传感安全系统,将产生了上百亿元的市场规模。对此有业内分析人士指出,此等市场前景,仅需成熟的商用模式为物联网发展开道。

谈及物联网未来发展时,中国移动通信研究所所长于蓉蓉表示,中国物联网的发展必须尽快研究制定统一的技术标准和体系。

"要进一步扩大推广 M2M 应用领域和范围。"于蓉蓉同时指出,"加快传感器及传感器网络的技术研究和突破、推进传感器网与 TD-SCDMA 移动通信网的融合。"

华为战略规划部部长朱广平则从产业整合角度进行解读,其指出,"物联网产业链复杂,急切需要整合者,而运营商成为整合者是个不错的选择"。

朱广平同时提醒要注意物联网增值服务的发展潜力问题。

"要注意解决基础物联网多系统集成问题。"与此同时,北京邮电大学电子工程学院院长从技术角度作出解读,"还有注意地址问题与多种技术融合问题。"

早在 2009 年 9 月,国家传感器网络标准工作组就通过中国国家成员体向 ISO/IEC JTC1 提交了关于传感网信息处理服务和接口的国际标准提案。该提案是由国家传感器网络标准工作组成员单位无锡物联网产业研究院提出,由工业和信息化部电子工业标准化研究所和中国科学院上海微系统与信息技术研究所的专家共同完成。2009 年 12 月 22 日,JTC1 秘书处将我国的提案(ISO/IEC JTC1 N9940)正式提交到 JTC1 的在线投票系统,启动了为期 3 个月的 NP 投票,截止日期为 2010 年 3 月 23 日。

2010 年 3 月 25 日,工作组得到 JTC1 WG7 秘书处的通知,我国的国际提案通过了 JTC1 成员国的 NP 投票。

在 2009 年,在国家标准化管理委员会和工业和信息化部的大力支持下,全国信息技术标准化技术委员会成立了国家传感器网络标准工作组,并专门设立了国际标准化研究组,进一步加强并统筹安排国际标准化的相关工作。

事实上,自 2007 年 ISO/IEC JTC1 成立传感器网络研究组(SGSN)以来,全国信息技术标准化技术委员会就非常重视这一领域的国际标准化工作,先后四次组织国内的专家参加 SGSN 工作会议,并承办了 SGSN 的第一次会议。

同时,积极参与了 SGSN 中《传感器网络技术报告》的编写工作,我国提出的传感器网络标准体系和大量技术文献被该技术报告所采纳。我国与研究组内的其他成员国代表积极沟通,共同推动了传感器网络研究组向传感器网络工作组的演进。

在 2009 年 10 月的 JTC1 全会上,JTC1 宣布成立传感器网络工作组(JTC1 WG7),正式开展传感器网络的标准化工作。

"在未来的三年中,从 NP 立项到正式的国际标准发布还需要进行大量的工作,我们有信心完成传感器网络国际标准化突破,为我国信息技术的发展贡献一份力量。"邢涛说。

三、物联网的体系结构

物联网应该具备三个特征,一是全面感知,即利用 RFID、传感器、二维码等随时随地获取物体的信息;二是可靠传递,通过各种电信网络与互联网的融合,将物体的信息实时、准确地传递出去;三是智能处理,利用云计算、模糊识别等各种智能计算技术,对海量数据和信息进行分析和处理,对物体实施智能化的控制。

在业界,物联网大致被公认为有三个层次,底层是用来感知数据的感知层,第二层是数据传输的网络层,最上面是内容应用层。物联网体系结构如图2-3所示。

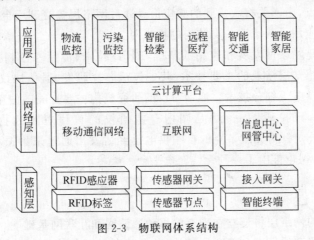

图 2-3 物联网体系结构

1. 感知层

感知层包括传感器等数据采集设备,包括数据接入到网关之前的传感器网络。物联网感知层结构如图 2-4 和图 2-5 所示。

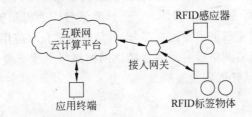

图 2-4 物联网感知层结构——RFID 感应方式

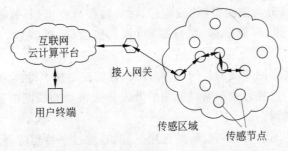

图 2-5 物联网感知层结构——自组网多跳方式

对于目前关注和应用较多的 RFID 网络来说,张贴安装在设备上的 RFID 标签和用来识别 RFID 信息的扫描仪、感应器属于物联网的感知层。在这一类物联网中,被检测的信息是 RFID 标签内容,高速公路不停车收费系统、超市仓储管理系统等都是基于这一类结构的物联网。

对于用于战场环境信息收集的智能微尘(Smart Dust)网络,感知层由智能传感节点和接入网关组成,智能节点感知信息(温度、湿度、图像等),并自行组网传递到上层网关接入点,由网关将收集到的感应信息通过网络层提交到后台处理。环境监控、污染监控等应用是基于这一类结构的物联网。

感知层是物联网发展和应用的基础,RFID 技术、传感和控制技术、短距离无线通信技术是感知层涉及的主要技术,其中包括芯片研发、通信协议研究、RFID 材料及智能节点供电等细分技术。通信协议的研究机构主要有美国伯克利大学。西安优势微电子公司的"唐芯一号"是国内自主研发的首片短距离物联网通信芯片;Perpetuum 公司针对无线节点的自主供电已经研发出通过采集振动能供电的产品;Powermat 公司也推出了一种无线充电平台。

2. 网络层

物联网的网络层将建立在现有的移动通信网和互联网基础上。物联网通过各种接入设备与移动通信网和互联网相连,如手机付费系统中由刷卡设备将内置手机的 RFID 信息采集上传到互联网,网络层完成后台鉴权认证并从银行网络划账。

网络层也包括信息存储查询、网络管理等功能。

网络层中的感知数据管理与处理技术是实现以数据为中心的物联网的核心技术。感知数据管理与处理技术包括传感网数据的存储、查询、分析、挖掘、理解以及基于感知数据决策和行为的理论和技术。云计算平台作为海量感知数据的存储、分析平台,将是物联网网络层的重要组成部分,也是应用层众多应用的基础。

在产业链中,通信网络运营商将在物联网网络层占据重要的地位。正在高速发展的云计算平台将是物联网发展的又一助力。

3. 应用层

物联网应用层利用经过分析处理的感知数据,为用户提供丰富的特定服务。物联网的应用可分为监控型(物流监控、污染监控)、查询型(智能检索、远程抄表)、控制型(智能交通、智能家居、路灯控制)和扫描型(手机钱包、高速公路不停车收费)等。

应用层是物联网发展的目的,软件开发、智能控制技术将会为用户提供丰富多彩的物联网应用。各种行业和家庭应用的开发将会推动物联网的普及,也给整个物联网产业链带来利润。

目前已经有不少物联网范畴的应用。譬如,通过一种感应器感应到某个物体触发信息,然后按设定通过网络完成一系列动作。当你早上拿车钥匙出门上班,在计算机旁待命的感应器检测到之后就会通过互联网络自动发起一系列事件:通过短信或者喇叭自动播报今天的天气,在计算机上显示快捷通畅的开车路径并估算路上所花时间,同时通过短信或者即时聊天工具告知你的同事你将马上到达;又如已经投入运营的高速公路不停车收费系统、基于 RFID 的手机钱包付费应用等。

四、泛在网与"U 网络"的概念

"U 网络"来源于拉丁语的 Ubiquitous,是指无所不在的网络,又称泛在网络。最早提出"U 战略"的日本和韩国给出的定义是:无所不在的网络社会将是由智能网络、最先进的计算技术以及其他领先的数字技术基础设施武装而成的技术社会形态。根据这样的构想,"U 网络"将以"无所不在"、"无所不包"、"无所不能"为基本特征,帮助人类实现"4A"化通信,即在任何时间(anytime)、任何地点(anywhere)、任何人(anyone)、任何物(anything)都能顺畅地通信。"4A"化通信能力仅是"U 社会"的基础,更重要的是建立"U 网络"之上的各种应用。

要建设一个真正的无处不在信息通信网络,除了需要高度普及先进的基础设施之外,还需要建立一个标准化体系保障"U 网络"的可用性和互通性。

中国电子商务专家陈记强认为:"泛在网络在全球正从设想变成现实,从局部应用变为规模推广,需要多方面的支持。技术的标准化是泛在网络大规模应用的重要推动力。通过标准制定,将市场上各自为政的利益主体聚集起来,形成合力,朝着共同的方向进行技术创新、产品开发、大规模生产,引导泛在网络产业健康、有序地发展。"

相比日韩两国,我国更需要一个"U-China(无处不在的网络中国)"计划。从目前中国经济、社会的发展趋势来看,建立 U-China 有着现实和深远的意义。

建设"无处不在的网络"在政策方面不仅需要政府的积极引导,还需要更多的企业、研究机构与政府共同配合,共同推进无处不在的网络建设。在技术方面,建设"无处不在的网络"不仅要依靠有线网络的发展,还要积极发展无线网络。其中,Wi-Fi、3G、ADSL、FTTH、电子标签、无线射频等技术都是组成"无处不在的网络"的重要技术,要对这些技术进行积极的开发和应用。

同时,如果我国要实施"U 计划",还要重视普遍信息服务问题,防止建设泛在网络时过分重视城市和发达地区,而造成新的数字鸿沟。

在我国实施 U-China 战略,并将其融入我国信息化发展的大框架下,将会为我国的信息产业发展带来新的机遇,帮助我国实现抢占世界信息技术领先地位的目标。

1. 日本"U-Japan"计划

2000 年日本政府首先提出了"IT 基本法",其后由隶属于日本首相官邸的 IT 战略本部提出了"e-Japan 战略",希望能推进日本整体 ICT 的基础建设。2004 年 5 月,日本总务省向日本经济财政咨询会议正式提出了以发展 Ubiquitous 社会为目标的"U-Japan"构想。在总务省的"U-Japan"构想中,希望在 2010 年将日本建设成一个"任何时间、任何地点、任何人、任何物"都可以联网的环境。此构想于 2004 年 6 月 4 日被日本内阁通过。

2. 韩国"U-Korea"战略

韩国也经历了类似的发展过程。韩国最先于 2002 年 4 月提出了"e-Korea"(电子韩国)战略,其关注的重点是如何加紧建设 IT 基础设施,使得韩国社会的各方面在尖端科技的带动下跨上一个新的发展台阶。为了配合"e-Korea"战略,韩国于 2004 年 2 月推出了 IT839 战略。韩国情报通信部又于 2004 年 3 月公布了"U-Korea"战略,这个战略旨在使所有人可以在任何地点、任何时间享受现代信息技术带来的便利。"U-Korea"意味着信息技术与信息服务的发展不仅要满足产业和经济的增长,而且将对人们的日常生活带来革命性的进步。

3. 新加坡"下一代 I-Hub"计划

1992 年,新加坡提出 IT 2000 计划,即"智能岛"计划。此后,新加坡先后确定了"21 世纪资讯通信技术蓝图"、"Connected City(连城)"等国家信息化发展项目,希望进一步加大信息通信技术的普及力度。综合来看,之前的数次信息化战略都可以说是处在"e"阶段,即通过提高信息通信技术的利用率促进社会方方面面的发展。2005 年 2 月,新加坡资讯通信发展局发布名为"下一代 I-Hub"的新计划,标志着正式将 U 形网络构建纳入国家战略。该计划旨在通过一个安全、高速、无所不在的网络实现下一代的连接。

第六节　云计算的新世界

云计算是英文 Cloud Computing 的译文,中文 2008 年年初才出现。"Cloud Computing"这个单词在 2006 年之前并不存在。2006 年前后,"Cloud Computing"这个单词偶尔出现;2007 年年末,"Cloud Computing"出现的频率迅速增加;2008 年年初,"Cloud Computing"被翻译为"云计算"。

云计算这个概念的直接起源来自 Dell 公司的数据中心解决方案、亚马逊 EC2 产品和 Google-IBM 分布式计算项目。为什么要采用这个单词,很大程度上与这几个项目与网络的关系十分密切。"云"在很多示意图里面表示互联网,云计算的原始含义即将计算能力放在互联网上。当然,云计算发展至今,早已超越了其原始的概念。亚马逊 EC2 产品起始于 2006 年,是现在公认最早的云计算产品,但那时它们被命名为"Elastic Computing Cloud",即弹性计算云,只有个别报道无心或者是某种失误称之为"Cloud Computing"。最早从企业层次提出"Cloud Computing"的是 Dell 公司。

在亚马逊 EC2 产品和 Google-IBM 分布式计算项目之前,也就是 Dell 公司在 2007 年 6 月初发布的第一季度财报,里面提到"在产品与服务方面,Dell 将不断采纳新的标准化技术、降低客户部署解决方案、维护安全稳定的系统架构的复杂度和成本。为此,Dell 采取了一系列措施,比如组建新的 Dell 数据中心解决方案部门(Dell Data Center Solution Division),提供 Dell 的云计算(Cloud Computing)服务和设计模型,使客户能够根据他们的实际需求优化 IT 系统架构",说明 Dell 当时已经在公司范围内使用云计算的概念。但其对云计算概念本身的影响,远不如 IBM-Google 并行计算项目和亚马逊 EC2 产品。图 2-6 表示了各个公司对云计算概念的影响,基本按照时间顺序排列。

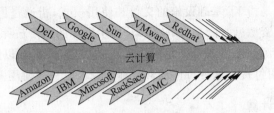

图 2-6　云计算概念的形成

一、云计算的演化

云计算概念的演化,充分体现了各个公司、各信息行业细分领域、个人、政府组织的参与、辩论、总结的热情。正是因为对新技术、新商业模式、新信息产业变革的或模糊或明确的期待,产生了众多个人和组织参与的热情,他们分享、创造、推动着云计算概念和产业。

云计算最初是由大型企业提出的概念,像其他很多概念一样。云计算在最初 Dell 的高效绿色数据中心、IBM-Google 的通过互联网进行分布式计算,还处于朦胧的概念阶段,只是处于其他名词的替代名词地位。到后来,许多中小企业参与进来,云计算概念被不断完善,这些大公司所起的作用已经微乎其微了。云计算一度发展为基础设施即服务(Infrastructure as a service,IaaS)的代名词。IaaS 一度与 DaaS、HaaS 并列在一起指与基础设施相关的服务,但后来 IaaS 由于更抽象、更具有广泛代表性而胜出。后来发现平台即服务(Platform as a service,PaaS)、软件即服务(Software as a service,SaaS)。SaaS 独立于 IaaS,但和 IaaS 除了服务内容不同,服务模式有很多共性的地方,于是 PaaS 和 SaaS 被加入进来。

事实上,SaaS 是一个早于云计算的概念,只是一直不温不火。随着云计算的崛起,云计算概念推动者将 SaaS 纳入其麾下,SaaS 企业也就半推半就地搭上了云计算战车。

各种云计算定义和辨别方法被发布出来,给初入云计算者很多的困惑。这时,美国的标准与技术研究所(NIST)参与进来。当然,它没有提出一个从科研角度阐述的云计算概念,也没有支持某个公司或某个集团鼓吹的云计算定义,而是综合市面上所有的定义和解释,归纳出了云计算的概念。在此之后,关于云计算概念本身的争论少了一些,行业基本认可 NIST 的定义。

再后来,人们发现,SaaS 本身已不能代表云计算在应用层的扩展,测试即服务(Test as a service)、集成即服务(Integration as a service)、部署即服务(Provision as a service)、监控即服务(Monitor as a service)、安全即服务(Security as a service)

等都符合云计算的几个要素,于是一切皆服务(Everything as a service)作为云计算在应用层的代名词,SaaS 仅作为 XaaS 的一个部分存在。

1. 狭义云计算

狭义云计算是指 IT 基础设施的交付和使用模式,指通过网络以按需、易扩展的方式获得所需的资源(硬件、平台、软件)。提供资源的网络被称为"云"。

"云"中的资源在使用者看来是可以无限扩展的,并且可以随时获取,按需使用,随时扩展,按使用付费。这种特性经常被称为像水电一样使用 IT 基础设施。

2. 广义云计算

广义云计算是指服务的交付和使用模式,指通过网络以按需、易扩展的方式获得所需的服务。这种服务可以是 IT 和软件、互联网相关的,也可以是任意其他的服务。

这种资源池包括计算存储器、软件等称为"云"。"云"是一些可以自我维护和管理的虚拟计算资源,通常是一些大型服务器集群,包括计算服务器、存储服务器、宽带资源等等。云计算将所有的计算资源集中起来,并由软件实现自动管理,无需人参与。这使得应用提供者无需为烦琐的细节而烦恼,能够更加专注于自己的业务,有利于创新和降低成本。有人打了个比方:这就好比是从古老的单台发电机模式转向了电厂集中供电的模式。它意味着计算能力也可以作为一种商品进行流通,就像煤气、水电一样,取用方便,费用低廉。最大的不同在于,它是通过互联网进行传输的。云计算是并行计算(Parallel Computing)、分布式计算(Distributed Computing)和网格计算(Grid Computing)的发展,或者说是这些计算机科学概念的商业实现。云计算是虚拟化(Virtualization)、效用计算(Utility Computing)、IaaS(基础设施即服务)、PaaS(平台即服务)、SaaS(软件即服务)等概念混合演进并跃升的结果。总的来说,云计算可以算作是网格计算的一个商业演化版。早在 2002 年,我国刘鹏就针对传统网格计算思路存在不实用问题,提出计算池的概念:"把分散在各地的高性能计算机用高速网络连接起来,用专门设计的中间件软件有机地黏合在一起,以 Web 界面接受各地科学工作者提出的计算请求,并将之分配到合适的结点上运行。计算池能大大提高资源的服务质量和利用率,同时避免跨结点划分应用程序所带来的低效性和复杂性,能够在目前条件下达到实用化要求。"如果将文中的"高性能计算机"换成"服务器集群",将"科学工作者"换成"商业用户",就与当前的云计算非常接近了。

3. 云计算的特点

(1) 超大规模。"云"具有相当的规模,Google 云计算已经拥有 100 多万台服务器,Amazon、IBM、微软、Yahoo 等的"云"均拥有几十万台服务器。企业私有"云"一般拥有数百上千台服务器。"云"能赋予用户前所未有的计算能力。

(2) 虚拟化。云计算支持用户在任意位置、使用各种终端获取应用服务。所请求的资源来自"云",而不是固定的有形的实体。应用在"云"中某处运行,但实际上用户无需了解、也不用担心应用运行的具体位置。只需要一台笔记本电脑或者一部手机,就可以通过网络服务来实现所需要的一切,甚至包括超级计算这样的任务。

(3)高可靠性。"云"使用了数据多副本容错、计算节点同构可互换等措施来保障服务的高可靠性,使用云计算比使用本地计算机可靠。

(4)通用性。云计算不针对特定的应用,在"云"的支撑下可以构造出千变万化的应用,同一个"云"可以同时支撑不同的应用运行。

(5)高可扩展性。"云"的规模可以动态伸缩,满足应用和用户规模增长的需要。

(6)按需服务。"云"是一个庞大的资源池,用户按需购买;"云"可以像自来水、电、煤气那样计费。

(7)极其廉价。由于"云"的特殊容错措施,可以采用极其廉价的节点来构成"云","云"的自动化集中式管理使大量企业无需负担日益高昂的数据中心管理成本,"云"的通用性使资源的利用率较之传统系统大幅提升,因此用户可以充分享受"云"的低成本优势,经常只要花费几百美元、几天时间就能完成以前需要数万美元、数月时间才能完成的任务。云计算可以彻底改变人们未来的生活,但同时应重视环境问题,这样才能真正为人类进步作贡献,而不是简单的技术提升。

二、"云计算"时代

当今社会,PC 依然是人们日常工作生活中的核心工具——用 PC 处理文档、存储资料,通过电子邮件或 U 盘与他人分享信息。如果 PC 硬盘坏了,人们会因为资料丢失而束手无策。而在"云计算"时代,"云"会替人们做存储和计算的工作。"云"就是计算机群,每一群包括了几十万台、甚至上百万台计算机。"云"的好处还在于,其中的计算机可以随时更新,保证"云"长生不老。Google 就有好几个这样的"云",其他 IT 巨头,如微软、雅虎、亚马逊(Amazon)也有或正在建设这样的"云"。届时,人们只需要一台能上网的计算机,不需关心存储或计算发生在哪朵"云"上,一旦有需要,用户可以在任何地点用任何设备,如计算机、手机等,快速地计算和找到相关资料,再也不用担心资料丢失。Google 已经使这一类概念得到实践。利用 Google 的技术,可以让几十万台计算机一起发挥作用,组成强大的数据中心。Google 中国前 CEO 李开复接受《财经》记者专访时说,Google 真正的竞争力就在于有这些"云",它们让Google 有了无与伦比的存储和计算全球数据的能力。Google 在创立之初,并没有刻意地去追求"云计算"和"晶格计算"等概念。但作为一家搜索引擎,Google 在客观上需要拥有这些"云"。实际上,雅虎的搜索同样用到了"云计算"。云计算是一种新兴的共享基础架构的方法,它可以将巨大的系统池连接在一起以提供各种 IT 服务。很多因素推动了对这类环境的需求,其中包括连接设备、实时数据流、SOA 的采用以及搜索、开放协作、社会网络和移动商务等这样的 Web 2.0 应用的急剧增长。另外,数字元器件性能的提升使 IT 环境的规模大幅度提高,进一步加强了对由统一的云进行管理的需求。"云计算＋always-On"设备被评为"25 年来最具影响力的十大 IT 技术组合"。

　　云计算的说法正在广为流行,Gartner 高级分析师 BenPring 评价道:"它正在成为一个大众化的词语。"但是,问题是似乎每个人对于云计算的理解各不相同。作为一个对互联网的比喻,"云"是很容易理解的。但是一旦同"计算"联系起来,它的意义就扩展了,而且开始变得模糊起来。有些分析师和公司把云计算仅仅定义为计算的升级版——基本上就是互联网上提供的众多虚拟服务器。另外一些人把云计算定义得更加宽泛,他们认为用户在防火墙保护之外消费的任何事物都处于"云"之中。云计算被人们关注是在人们考虑 IT 业到底需要什么之后,人们需要找到一种办法能够在不增加新的投资、新的人力和新的软件的情况下增加互联网的能力和容量。云计算正好提供了这种可能。现今云计算正处于起步阶段,大大小小的公司提供着各式各样的云计算服务,从软件应用到网络存储再到邮件过滤。这些公司一部分是基础设备提供商,另一部分是像 Salesforce. com 之类的 SaaS(软件即服务)提供商。现今主要实现的是基于互联网的个人服务,但是云计算的聚合和整合正在产生。

三、云计算的几大形式

　　InfoWorld 网站同数十家公司、分析家和 IT 用户讨论出了云计算的几大形式,简述如下。

1. SaaS(软件即服务)

　　这种类型的云计算通过浏览器把程序传给成千上万的用户。在用户眼中,这样会省去在服务器和软件授权上的开支;从供应商角度来看,这样只需要维持一个程序就够了,能够减少成本。Salesforce. com 是迄今为止这类服务最为出名的公司。SaaS 在人力资源管理程序和 ERP 中比较常用。GoogleApps 和 ZohoOffice 也是类似的服务。

2. 实用计算(Utility Computing)

　　这个概念很早就有了,但最近才在 Amazon. com、Sun、IBM 和其他提供存储服务和虚拟服务器的公司中新生。这种云计算是为 IT 行业创造虚拟的数据中心,使其能够把内存、I/O 设备、存储和计算能力集中起来成为一个虚拟的资源池来为整个网络提供服务。

3. 网络服务

　　同 SaaS 关系密切,网络服务提供者们能够提供 API 让开发者开发更多基于互联网的应用,而不是提供单机程序。

4. 平台即服务（PaaS）

PaaS 是另一种 SaaS。这种形式的云计算把开发环境作为一种服务来提供。你可以使用中间商的设备来开发自己的程序，并通过互联网和其服务器传到用户手中。

5. MSP（管理服务提供商）

最古老的云计算运用之一。这种应用更多的是面向 IT 行业而不是终端用户，常用于邮件病毒扫描、程序监控等等。

6. 商业服务平台

SaaS 和 MSP 的混合应用。该类云计算为用户和提供商之间的互动提供了一个平台。比如用户个人开支管理系统，能够根据用户的设置来管理其开支并协调其订购的各种服务。

7. 互联网整合

将互联网上提供类似服务的公司整合起来，以便用户能够更方便地比较和选择自己的服务供应商。

四、云计算的显著特点

首先，云计算提供了最可靠、最安全的数据存储中心，用户不用再担心数据丢失、病毒入侵等麻烦。很多人觉得数据只有保存在自己看得见、摸得着的计算机里才最安全，其实不然。你的计算机可能会因为自己不小心而被损坏，或者被病毒攻击，导致硬盘上的数据无法恢复，而有机会接触你的计算机的不法之徒则可能利用各种机会窃取你的数据。此前轰动一时的"艳照门"事件据报道不也是因为计算机送修而造成个人数据外泄的吗？

反之，当你的文档保存在类似 Google Docs 的网络服务上，当你把自己的照片上传到类似 Google Picasa Web 的网络相册里，你就再也不用担心数据的丢失或损坏。因为在"云"的另一端，有全世界最专业的团队来帮你管理信息，有全世界最先进的数据中心来帮你保存数据。同时，严格的权限管理策略可以帮助你放心地与你指定的人共享数据。这样，你不用花钱就可以享受到最好、最安全的服务，甚至比在银行里存钱还方便。其次，云计算对用户端的设备要求最低，使用起来也最方便。大家都有过维护个人计算机上种类繁多的应用软件的经历。为了使用某个最新的操作系统，或使用某个软件的最新版本，我们必须不断升级自己的计算机硬件。为了打开朋友发来的某种格式的文档，我们不得不疯狂寻找并下载某个应用软件。为了防止在下载时引入病毒，我们不得不反复安装杀毒和防火墙软件。所有这些麻烦事加在一起，对于一个刚刚接触计算机，刚刚接触网络的新手来说不啻一场噩梦！如果你再也无法忍受这样的计算机使用体验，云计算也许是你的最好选择。你只要有一台可以上网的计算机,有一个你喜欢的浏览器,你要做的就是在浏览器中键入 URL,然后尽情享受云计算带给你的无限乐趣。你可以在浏览器中直接编辑存储在"云"的另一端的文档,你可以随时与朋友分享信息,再也不用担心你的软件是否是最新版本,再也不用为软件或文档染上病毒而发愁。因为在"云"的另一端,有专业的 IT 人员帮你维护硬件,帮你安装和升级软件,帮你防范病毒和各类网络攻击,帮你做你以前在个人计算机上所做的一切。

此外,云计算可以轻松实现不同设备间的数据与应用共享。大家不妨回想一下,你自己的联系人信息是如何保存的。一个最常见的情形是,你的手机里存储了几百个联系人的电话号码,你的个人计算机或笔记本电脑里则存储了几百个电子邮件地址。为了方便在出差时发邮件,你不得不在个人电脑和笔记本电脑之间定期同步联系人信息。买了新的手机后,你不得不在旧手机和新手机之间同步电话号码。对了,还有你的 PDA 以及你办公室里的电脑。考虑到不同设备的数据同步方法种类繁多,操作复杂,要在这许多不同的设备之间保存和维护最新的一份联系人信息,你必须为此付出难以计数的时间和精力。这时,你需要用云计算来让一切都变得更简单。在云计算的网络应用模式中,数据只有一份,保存在"云"的另一端,你的所有电子设备只需要连接互联网,就可以同时访问和使用同一份数据。仍然以联系人信息的管理为例,当你使用网络服务来管理所有联系人的信息后,你可以在任何地方用任何一台电脑找到某个朋友的电子邮件地址,可以在任何一部手机上直接拨通朋友的电话号码,也可以把某个联系人的电子名片快速分享给好几个朋友。当然,这一切都是在严格的安全管理机制下进行的,只有对数据拥有访问权限的人,才可以使用或与他人分享这份数据。

最后,云计算为我们使用网络提供了几乎无限多的可能为存储和管理数据提供了几乎无限多的空间,也为我们完成各类应用提供几乎无限强大的计算能力。想象一下,当你驾车出游的时候,只要用手机连入网络,就可以直接看到自己所在地区的卫星地图和实时的交通状况,可以快速查询自己预设的行车路线,可以请网络上的好友推荐附近最好的景区和餐馆,可以快速预订目的地的宾馆,还可以把自己刚刚拍摄的照片或视频剪辑分享给远方的亲友……离开了云计算,单单使用个人电脑或手机上的客户端应用,我们是无法享受这些便捷的。个人电脑或其他电子设备不可能提供无限量的存储空间和计算能力,但在"云"的另一端,由数千台、数万台甚至更多服务器组成的庞大的集群却可以轻易地做到这一点。个人和单个设备的能力是有限的,但云计算的潜力却几乎是无限的。当你把最常用的数据和最重要的功能都放在"云"上时,我们相信,你对电脑、应用软件乃至网络的认识会有翻天覆地的变化,你的生活也会因此而改变。

互联网的精神实质是自由、平等和分享。作为一种最能体现互联网精神的计算模型,云计算必将在不远的将来展示出强大的生命力,并将从多个方面改变我们的工作和生活。无论是普通网络用户,还是企业员工,无论是 IT 管理者,还是软件开发人员,他们都能亲身体验到这种改变。

五、云计算的发展现状

云计算是个热度很高的新名词。由于它是多种技术混合演进的结果，其成熟度较高，又有大公司推动，发展极为迅速。Amazon、Google、IBM、微软和 Yahoo 等大公司是云计算的先行者。云计算领域的众多成功公司还包括 Salesforce、Facebook、Youtube、Myspace 等。

Amazon 公司使用弹性计算云（EC2）和简单存储服务（S3）为企业提供计算和存储服务。收费的服务项目包括存储服务器、带宽、CPU 资源以及月租费。月租费与电话月租费类似，存储服务器、带宽按容量收费，CPU 根据时长（小时）运算量收费。Amazon 公司把云计算做成一个大生意没有花太长的时间：不到两年时间，Amazon 上的注册开发人员达 44 万人，还有为数众多的企业级用户。有第三方统计机构提供的数据显示，Amazon 公司与云计算相关的业务收入已达 1 亿美元。云计算是 Amazon 增长最快的业务之一。

Google 公司是最大的云计算的使用者。Google 搜索引擎就建立在分布在 200 多个地点、超过 100 万台服务器的支撑之上，这些设施的数量正在迅猛增长。Google 地球、地图、Gmail、Docs 等同样使用了这些基础设施。采用 Google Docs 之类的应用，用户数据会保存在互联网上的某个位置，可以通过任何一个与互联网相连的系统十分便利地访问这些数据。目前，Google 已经允许第三方在 Google 的云计算中通过 Google AppEngine 运行大型并行应用程序。Google 值得称颂的是它不保守。它早已以发表学术论文的形式公开其云计算三大法宝：GFS、MapReduce 和 BigTable，并在美国、中国等高校开设如何进行云计算编程的课程。

IBM 公司在 2007 年 11 月推出了"改变游戏规则"的"蓝云"计算平台，为客户带来即买即用的云计算平台。它包括一系列自动化、自我管理和自我修复的虚拟化云计算软件，使来自全球的应用可以访问分布式的大型服务器池，使得数据中心在类似于互联网的环境下运行计算。IBM 公司正在与 17 个欧洲组织合作开展云计算项目，欧盟提供了 1.7 亿欧元作为部分资金。该计划名为 RESERVOIR，以"无障碍的资源和服务虚拟化"为口号。2008 年 8 月，IBM 公司宣布将投资约 4 亿美元用于其设在北卡罗来纳州和日本东京的云计算数据中心改造，2009 年在 10 个国家投资 3 亿美元建 13 个云计算中心。

微软公司紧跟云计算步伐，于 2008 年 10 月推出了 Windows Azure 操作系统。Azure（译为"蓝天"）是继 Windows 取代 DOS 之后，微软的又一次颠覆性转型。它通过在互联网架构上打造新云计算平台，让 Windows 真正由 PC 延伸到"蓝天"上。微软拥有全世界数以亿计的 Windows 用户桌面和浏览器，现在将它们连接到"蓝天"上。Azure 的底层是微软全球基础服务系统，由遍布全球的第四代数据中心构成。

云计算的新颖之处在于它几乎可以提供无限的廉价存储和计算能力。纽约一家名为 Animoto 的创业企业已证明云计算的强大能力（此案例引自和讯网维维编译《纽约时报》2008 年 5 月 25 日报道）。Animoto 允许用户上传图片和音乐，自动生成基于网络的视频演讲稿,并且能够与好友分享。该网站目前向注册用户提供免费服务。2008 年年初,网站每天用户数约为 5000 人。4 月中旬,由于 Facebook 用户开始使用 Animoto 服务,该网站在三天内的用户数大幅上升至 75 万人。Animoto 联合创始人 Stevie Clifton 表示,为了满足用户需求的上升,该公司需要将服务器能力提高100 倍,但是网站既没有资金,也没有能力建立规模如此巨大的计算能力。因此,该网站与云计算服务公司 RightScale 合作,设计能够在亚马逊的网云中使用的应用程序。通过这一举措,该网站大大提高了计算能力,而费用只有每服务器每小时 10 美分。这样的方式加强了创业企业的灵活性。当需求下降时,Animoto 只需减少所使用的服务器数量就可以降低服务器支出。

在我国,云计算发展也非常迅猛。2008 年 5 月 10 日,IBM 公司在中国无锡太湖新城科教产业园建立的中国第一个云计算中心投入运营。2008 年 6 月 24 日,IBM公司在北京 IBM 中国创新中心成立了第二家中国的云计算中心——IBM 大中华区云计算中心;2008 年 11 月 28 日,广东电子工业研究院与东莞松山湖科技产业园管委会签约,广东电子工业研究院将在东莞松山湖投资 2 亿元建立云计算平台;2008 年 12 月 30 日,阿里巴巴集团旗下子公司阿里软件与江苏省南京市政府正式签订了 2009 年战略合作框架协议,2009 年年初在南京建立国内首个"电子商务云计算中心",首期投资额将达上亿元人民币;"世纪互联"推出了 CloudEx 产品线,包括完整的互联网主机服务"CloudEx Computing Service",基于在线存储虚拟化的"CloudEx Storage Service",供个人及企业进行互联网云端备份的数据保全服务等系列互联网云计算服务;中国移动研究院做云计算的探索起步较早,已经完成了云计算中心试验。

我国企业创造的"云安全"概念,在国际云计算领域独树一帜。云安全通过网状的大量客户端对网络中软件行为的异常监测,获取互联网中木马、恶意程序的最新信息,推送到服务端进行自动分析和处理,再把病毒和木马的解决方案分发到每一个客户端。云安全的策略构想是:使用者越多,每个使用者就越安全,因为如此庞大的用户群,足以覆盖互联网的每个角落,只要某个网站被挂马或某个新木马病毒出现,就会立刻被截获。云安全的发展像一阵风,瑞星、趋势、卡巴斯基、MCAFEE、SYMANTEC、江民科技、PANDA、金山、360 安全卫士、卡卡上网安全助手等都推出了云安全解决方案。瑞星基于云安全策略开发的 2009 新品,每天拦截数百万次木马攻击,其中 2009 年 1 月 8 日更是达到了 765 万余次。趋势科技云安全已经在全球建立了 5 大数据中心,几万部在线服务器。据悉,云安全可以支持平均每天 55 亿条点击查询,每天收集分析 2.5 亿个样本,资料库第一次命中率就可以达到 99%。借助云安全,趋势科技现在每天阻断的病毒感染最高达 1000 万次。值得一提的是,云安全的核心思想,与刘鹏早在 2003 年就提出的反垃圾邮件网格非常接近。刘鹏当时认为,垃圾邮件泛滥而无法用技术手段很好地自动过滤,是因为所依赖的人工智能方法不是成熟技术。垃圾邮件最大的特征是:它会将相同的内容发送给数以百万计的接收者。为此可以建立一个分布式统计和学习平台,以大规模用户的协同计算来过滤垃圾邮件:首先,用户安装客户端,为收到的每一封邮件计算出一个唯一的"指纹",

通过比对"指纹"可以统计相似邮件的副本数,当副本数达到一定数量,就可以判定邮件是垃圾邮件;其次,由于互联网上多台计算机比一台计算机掌握的信息多,因而可以采用分布式贝叶斯学习算法,在成百上千的客户端机器上实现协同学习过程,收集、分析并共享最新的信息。反垃圾邮件网格体现了真正的网格思想,每个加入系统的用户既是服务的对象,也是完成分布式统计功能的一个信息节点,随着系统规模的不断扩大,系统过滤垃圾邮件的准确性也会随之提高。用大规模统计方法来过滤垃圾邮件的做法比用人工智能的方法更成熟,不容易出现误判假阳性的情况,实用性很强。反垃圾邮件网格就是利用分布互联网里的千百万台主机的协同工作,来构建一道拦截垃圾邮件的"天网"。反垃圾邮件网格思想提出后,被 IEEE Cluster 2003 国际会议选为杰出网格项目在香港作了现场演示,在 2004 年网格计算国际研讨会上作了专题报告和现场演示,引起较为广泛的关注,受到了中国最大邮件服务提供商网易公司创办人丁磊等的重视。既然垃圾邮件可以如此处理,病毒、木马等亦然,这与云安全的思想就相去不远了。

2008 年 11 月 25 日,中国电子学会专门成立了云计算专家委员会,聘任中国工程院院士李德毅为主任委员,聘任 IBM 大中华区首席技术总裁叶天正、中国电子科技集团公司第十五研究所所长刘爱民、中国工程院院士张尧学、Google 全球副总裁/中国区总裁李开复、中国工程院院士倪光南、中国移动通信研究院院长黄晓庆六位专家为副主任委员,聘任国内外 30 多位知名专家学者为专家委员会委员。2009 年 5 月 22 日,中国电子学会在北京中国大饭店隆重举办首届中国云计算大会。

六、云计算的主要应用

亚马逊网站(Amazon.com,下称亚马逊)是以在线书店和电子零售业起家的,如今已在业界享有盛誉,它最新的业务与云计算有关。两年多以前,亚马逊作为首批进军云计算新兴市场的厂商之一,为尝试进入该领域的企业开创了良好的开端。亚马逊的云名为亚马逊网络服务(Amazon Web Services,下称 AWS),目前主要由 4 块核心服务组成:

简单存储服务(Simple Storage Service,S3);弹性计算云(Elastic Compute Cloud,EC2);简单排列服务(Simple Queuing Service);以及尚处于测试阶段的 SimpleDB。换句话说,亚马逊现在提供的是可以通过网络访问的存储、计算机处理、信息排队和数据库管理系统接入式服务。

Google 围绕 Internet 搜索创建了一种超动力商业模式。如今,他们又以应用托管、企业搜索以及其他更多形式向企业开放了他们的"云"。2009 年 4 月,谷歌推出了谷歌应用软件引擎(Google App Engine,GAE),这种服务让开发人员可以编译基于 Python 的应用程序,并可免费使用谷歌的基础设施进行托管(最高存储空间达 500MB)。对于超过此上限的存储空间,谷歌按"每 CPU 内核每小时"10～12 美分及 1GB 空间 15～18 美分的标准收费。2009 年 4 月,谷歌还公布了提供可由企业自定义的托管企业搜索服务计划。

　　Salesforce 是软件即服务厂商的先驱,它一开始提供的是可通过网络访问的销售力量自动化应用软件。在该公司的带动下,其他软件即服务厂商已如雨后春笋般蓬勃而起。Salesforce 的下一目标是:平台即服务。该公司正在建造自己的网络应用软件平台 Force.com,这一平台可作为其他企业自身软件服务的基础。Force.com 包括关系数据库、用户界面选项、企业逻辑以及一个名为 Apex 的集成开发环境。程序员可以在平台的 Sandbox 上对他们利用 Apex 开发出的应用软件进行测试,然后在 Salesforce 的 AppExchange 目录上提交完成后的代码。

　　微软公司在云计算的起步阶段经历过不少周折。经过几年的磨合调整之后,这个软件巨头的云计算战略终于走上了正轨。

　　根据有些厂商的预想,未来绝大部分的 IT 资源都将来自云计算,微软却并不这么认为。2009 年 1 月,微软首席软件架构师(CSA)雷·奥兹(Ray Ozzie)表示,微软的宏伟计划是"提供均衡搭配的企业级软件、合作伙伴托管服务以及云服务"。简而言之,微软将其称为"软件加服务(Software Plus Services)"。微软将在今年推出的首批软件即服务产品包括 Dynamics CRM Online,Exchange Online,Office Communications Online,以及 SharePoint Online。每种产品都具有多客户共享版本,其主要服务对象是中小型企业。单客户版本的授权费用在 5000 美元以上。针对普通用户,微软的在线服务还包括 WindowsLive、OfficeLive 和 XboxLive 等。

七、云计算在存储领域的发展趋势和优势

　　也许你的计算生活表面上看起来就是收发电子邮件和浏览网页,但是对于那些专业的数据用户来说,还要创建文件、表单、乏味的演示和以各种方式存储的信息。这就提出了一个问题:你在什么地方存储数据? 你准备在第三方供应商托管的服务中存储数据吗?

　　个人和非常小的公司把重要的文件都放在自己的计算机硬盘上,但是硬盘会发生故障。在过去的几年里,笔记本电脑的销售量超过了台式电脑的销售量,但用户很可能把笔记本电脑遗忘在出租汽车里。把数据存储在个人电脑中总是会出现这样或那样的问题。本地文件服务器在第一台 PC 问世后不久就出现了。这种服务器存储容量越来越大,价格越来越便宜(许多 TB 级的硬件存储价格是 1300～2000 美元)Novell 公司旗下的 NetWare 创建了本地文件服务器市场,最后却丧失了市场领先地位,由微软取代了。本地文件存储设备以很低廉的价格做了很多的工作。但是,这个世界又发生了变化。对于小企业来说,最大的变化是什么? 他们不再让全部员工都在一个地方。只有大约 25% 的小企业在一个地方经营。即使是这种小企业,其员工在客户的站点等公司外面的地方工作时仍需要访问公司文件。价格便宜的、在办公室里工作很好的本地文件存储设备不能在互联网上访问。

　　有许多公司为个人和企业提供在线文件存储。自称是"云计算文件服务器"的 Egnyte 公司为台式电脑和笔记本电脑提供 M/Drive(移动硬盘)服务,甚至提供连接到 iPhone 手机的存储服务。Egnyte 有适用于 Windows、Mac 和 Linux 电脑的客户

端软件。

FTP 是最早的互联网协议之一，这个技术并不是新的，但是它更容易使用了。美国的宽带网服务更加可靠，足以依靠用于访问重要的商业文件。例如，Box.net 是一个受欢迎的网站，允许用户存储、管理和共享文件。

Xdrive 服务出现的时间早一些。但其拥有者，AOL（美国在线）公司表示，虽然这个网站现在仍提供服务，但将关闭这个网站。还有一些公司在自己的协作服务中包含文件存储服务。一个名为 HyperOffice 的服务包括所有的在线协作工具，如共享的和专有的联络人、日历、任务列表和文件存储等，甚至包括文件版本控制功能，让大企业控制如审计记录、锁定的文件和多种版本的文件。这个公司的 HyperDrive 功能能够把用户的 Windows 计算机连接到 HyperOffice 的公共的和专有的存储文件夹。另一项名为 iPrismGlobal 的服务提供类似的功能。但是，它主要提供虚拟工作场所的外观和感受。协作是这两项服务以及这个领域许多其他服务的主要功能，而不是简单的文件存储功能。从一台在线服务器传送文件用的时间不比从本地存储硬件传送文件的时间长，但是大型文件可能用时长一些。当然，任何时候访问在互联网上的东西都要比在局域网上的性能差一些。但是，访问一个托管的服务与通过局域网连接到办公室服务器的速度一样快，而且用户不必为硬件付费。

由于小企业主仍是技术领域对价格最敏感的买主，因此这里谈一下钱的问题。Egnyte 为其服务定的价格是每个用户每个月 15 美元。这个价格似乎有点高，它包括默认的 20GB 存储容量和三个以上用户的不限制容量的存储。与其他 GB 级存储主机相比，这项服务还是很好的。Egnyte 说，它的价格是基于硬件的系统的八分之一。

然而，HyperOffice 等协作服务以每月、每用户较少的钱（少量用户每月不到10 美元）提供在线文件存储和许多协作功能。这项服务不依照价格提供无限制的存储空间。创建办公室文件的用户一般不需要许多存储空间，而提供销售或者项目管理模块的其他服务收费要提高。如果用户有大量的音乐文件，可以寻找MP3Tunes 等专业的音乐存储服务。这种服务以"音乐存储柜"模式工作。因此，用户能够把自己的音乐文件传送到任何连接的设备。所有这些都在一直可用的云计算中完成。

在线文件夹和文件存储有三大优势：

第一，用户不必为文件存储硬件投入任何前期的费用。服务提供商一直在大力宣传这个事实。实际情况是，用户可以租赁服务器硬件和软件，把每个月的费用减少到可以管理的规模。

第二，主机服务提供商将维护用户文件服务器的安全并更新。服务器可以租赁，用户可以计划预算，但不必考虑安全、更新、错误和硬件故障的问题。服务提供商会派专人负责管理存储，保持系统处于最新状态。

第三，在企业中的一台物理服务器上与远程员工、客户和合作伙伴共享文件是一件非常痛苦的事情。而每一个在线服务，无论是 Egnyte 那样单纯的服务器服务还是HyperOffice 式协作服务，都很容易控制谁在进行文件操作。这些控制功能能够让用户仅与指定的人共享文件,控制访问者的权限。

八、云计算和中小企业

云计算技术将使得中小企的成本大大降低!

如果说云计算给大型企业的 IT 部门带来了实惠,那么对于中小型企业而言,它可算得上是"上天的恩赐"了。过去,小公司人力资源不足,IT 预算吃紧,那种动辄数百万美元的 IT 设备所带来的生产力对它们而言真是如梦一般遥远,如今,云计算送来了大企业级的技术,并且先期成本极低,升级很方便。云计算不但抹平了企业规模所导致的优劣差距,而且极有可能让优劣之势逆转。简单地说,当今世上最强大最具革新意义的技术已不再为大型企业所独有,云计算让每个普通人都能以极低的成本接触到顶尖的 IT 技术。

网络融合的产业环境

第 三 章

本章标题：

☆ 内容提供商

☆ 网络运营商

☆ 设备提供商

☆ 终端生产商

☆ 应用开发商

☆ 消费者体验

在网络融合的大时代，消费者的体验成为网络商业模式成功的关键。在产业生态环境中，原来运营商主导的产业形态两极化了，终端和应用的价值凸显，运营商渠道化了。内容和消费者体验成为商家获得用户的关键，"内容和应用为王"、"体验制胜"的时代已经到来。对于草根创业者来说，以应用为中心的时代，创造奇迹的历史机遇再次降临！

第一节　内容提供商

一、三十年河东，三十年河西

清·吴敬梓《儒林外史》第四十六回："大先生，'三十年河东，三十年河西'！就像三十年前，你二位府上何等优势，我是亲眼看见的。"人世间如此，一个国家也是如此。我们来看一串数字：1919，1949，1979，2009，每隔 30 年，都有一个大的变革和改变，1919 年的"五四"爱国运动，1949 年新中国成立，1979 年的改革开放，2009 年有什么大事件呢？

2009 年年初，由于国际金融危机来势汹汹，经济形势严峻，作为救市的重大举措之一，工业和信息化部给三家运营商发出 3 张牌照，涵盖了国际电信联盟 2000 年推荐的 3 种技术体系，此事在全球是独一无二的。2009 年 1 月 22 日，工业和信息化部发布的公告称，3 家运营商在 2009 年的 3G 建设总投资为 1700 亿元，3 年中 3G 建设投资预计约 4000 亿元，网络基本覆盖全国所有地市、大部分县城和发达乡镇，3G 用户计划发展目标均要达到 5000 万户，表明中国 3G 市场已成"三国"纷争态势。

二、内容为王

"内容为王"，是随着互联网网站建设派生出来的名词。其意义在于，网站的生存之道在于网站的内容质量，提供优质的网络资源给用户浏览是一个网站的根基。伴随着互联网迅速发展，各类网站崛起，然而高度重复和毫无新意成了一大隐患。

"提高用户体验"已经成为目前网站建设和生存的关键，让用户找到自己想找的东西，能从网站上获取有价值的资料是网站存在的基础。所以，原创内容是网站留住用户，建立良好口碑的重点。

互联网内容提供商（Internet Content Provider，ICP）是指在互联网上提供大量丰富且实用信息的服务提供商。ICP 提供的产品就是网络内容服务，包括搜索引擎、虚拟社区、电子邮箱、新闻娱乐等。互联网内容提供商可以允许专线、拨号上网等各种方式访问该服务提供商的服务器，提供各类信息服务。ICP 同样是经国家主管部门批准的正式运营企业，享受国家法律保护。

3G 的意义究竟在哪里？字面的解释——第三代移动通信技术，显然不能表达其真正含义。在业界，有这样一种说法能更好地回答这个问题，即 2009 年是移动宽带的元年，现在的移动互联网就好像 10 年前的 Internet。

如果非要给中国互联网的发展找一个历史节点，我们可以看中国网通的成立时间，1999 年 10 月。从那时开始，互联网从窄带世界迈入了宽带世界。10 年后的今天回头再看，互联网上的内容和应用极大丰富，商业价值巨大，这一切变化和成就，最重要，也是最起决定作用的因素，应该说是宽带的普及。

那么,今天的移动互联网就像 10 年前刚刚开始普及宽带的有线互联网,这才真正说出了 3G 的意义。2009 年 1 月电信重组,三大运营商获得 3G 牌照,其关键意义在于开启了一个移动宽带的新时代。带宽增加如同修建了新的宽阔道路,接下来的问题就变成了跑什么车。因此,3G 其实预示着移动互联网世界已迎来一个"内容为王",应用极大丰富,并不断出现迅速创造财富机会的黄金时代。下面将梳理在这个移动宽带时代,围绕内容和应用的各种商业机会。

三、虚拟运营商的机遇

移动宽带时代的到来,不仅为传统的电信运营商带来新的价值、活力和收益,更为一批新型的、竞争性的电信虚拟运营商创造了无限的商机。在过去的窄带时代,中国移动通信公司"一家独大",提供何种内容或者应用都通过中国移动及其生态系统中的分销商,培育出一大批 SP 和捆绑服务,即非用户真实需求的付费服务。目前,SP 已经逐步被清理,而且随着移动宽带的到来,大家逐渐归入一条新的更宽的大道上来,比的不再是谁能抄到近道,而是谁的"车子"跑得更快、价格更实惠。

那么,竞争的环境和规则一发生改变,势必导致利益重新分配,出现一批新的受益者。可以看到,首先的受益者是一些能让内容和应用更快、更廉价地到达用户的公司——虚拟运营商。例如,法国电信市场,2004 年的时候法国超过德国,成为欧洲宽带普及率最高的市场,但法国有一家唯一垄断全部电话线路资源的运营商——法国电信,它下设子公司 Orange 为消费者提供宽带接入服务,所有其他的运营商都租用法国电信的网络。目前 NEUF 电信公司已经是法国用户数量最大的虚拟运营商和内容提供者,就是在那个时候,利用短短两年的时间崛起,现在市值已经超过了法国电信。

NEUF 电信公司所凭借的就是在虚拟技术基础上,开发综合资费更低的语音、数据和视频业务。它首先利用低于法国电信的资费,以保证更好服务质量的接入服务发展大量用户,然后作为 Master CP 整合了大量内容。

2005 年,NEUF 的资费比法国电信旗下的 Orange 公司低 40%,比其他运营商高 25%,在其他运营商还实力不济的时候,NEUF 就冲高了自己的用户规模。在内容方面,NEUF 是法国能提供 triple-play(语音、数据和视频)的三个运营商之一,而其 IPTV 的业务频道最多可达 127 个,有 4 种 IPTV 业务等级可选,最低的业务等级能提供 80 个频道,与法国电信提供的能力相同,而 Internet＋IPTV 业务组合比法国电信便宜 45%。在法国电视业务还是广泛集中在私有的、有限的卫星接收系统的情况下,NEUF 已经能够满足 95% 的用户需求。

实际上,在中国的电信运营商中,具有较好固网资源的中国电信也可以借鉴法国 NEUF 电信迅速崛起的经验,因为中国电信的固网资源中积累了不少与内容供应商 CP 的合作经验,这正是中国移动所缺乏的。"中国电信最近推出的'爱音乐'平台应该就借助了固网下曾经运营互联星空的经验",数字音乐资深评论家汤永钢这样评价。简单地讲,NEUF 的成功经验就是一方面贴近用户的需求,比如更快接入、更好地服务和提供丰富的内容;另一方面,它能够完成对丰富、优质内容整合的复杂工作,这必须借助一些已有的经验,从零开始是比较难的。

四、大 CP 的中国时代

北京奥运会前夕,国务院办公厅颁发了一个文件,即国办发[2008]1 号文件,其主旨可用这句话概括:"鼓励广播电视机构利用国家公用通信网和广播电视网等信息网络提供数字电视服务和增值电信业务,支持包括国有电信企业在内的国有资本参与数字电视接入网络建设和电视接收端数字化改造。生效日期是 2008 年 2 月 1 日。"

文件颁布之初,依然有一些广电系统的人士站在自身利益的角度将其解读为广电部门可以部署自己的网络发展 IPTV。但是,当时了解电信行业发展的政策制定部门人士则认为两个系统"相互进入"在未来的可能性已经很小,因为广电方面在数字电视推进上的速度,使国家意识到必须改变以往那种缺乏竞争的状态,决定引进来自电信运营商的更雄厚的资金,来推进数字电视的整体转换。所以"1 号文件"实际上意味着电信系统厂商被允许进入广电领域,可以公开发展 IPTV 业务,而且这是单方向的,就是说,广电的内容也要走电信的网络才能进入 IPTV。2009 年 1 月,3G 牌照敲定之后,我们可以清晰地看出,广电允许电信进入的口子正在变得越来越开放。

随着广电内容对电信运营商及移动媒体内容供应商(CP)放开,越来越多专门精于做内容传播的 CP 会做大自身的价值。有过十余年电信从业经验的韩颖在 2007 年投入到这个产业中来,成立了维旺明信息技术有限公司。有亚信和网通管理经验的韩颖将 VIVA 的目标设定得很明确,认为无论 3G 还是 4G,什么标准不重要,重要的是移动互联网进入了宽带时代,路建好了,必然要有车子来跑。VIVA 的"三步走"是:2007 年搭建技术平台,2008 年以奥运为契机获得大量版权内容,2009 年年底争取实现盈利。

VIVA 主要提供的还是数据业务,比如把传统媒体时代的杂志、广播和视频这些不只是纯文字的富媒体内容传递给最终用户。与此类似,过去众多的 SP 也正转型为 CP,如在音乐领域,有华友世纪等。此外,运营商阵营也在推自己的音乐平台,比如中国移动的 12530 平台、中国电信的"爱音乐"平台等。但就移动音乐来说,其版权的管理、唱片公司的合作都非常复杂,再加上对音乐产品本身流行趋势等的把握,无疑需要一个经验更丰富的 CP 公司,因此数字音乐资深评论家汤永钢认为,最后更加可能的模式是运营商负责分销,专业的 CP 和 Master CP 负责内容。

"这其实更有利于运营商掌控这条产业链,未来三大运营商的竞争,其实是三条价值链运营能力的竞争。"韩颖这样预测未来运营商在价值链里面的位置以及更合理的商业模式。在中国,也许短时期内还不会像法国电信市场的 NEUF 电信一样,出现一个规模甚至超过电信运营商的虚拟运营商,就连韩颖也认为,虽然 VIVA 基于虚拟运营的技术,但并不将自己定位为虚拟运营商,而是较大的内容供应商 CP。不过,中国是全世界手机用户数量最大的市场,定位于 CP,只是和运营商分成,也完全有机会做成规模非常大的 CP,这便是不同市场条件下玩家的不同定位和策略。

五、移动互联网下内容提供的十大"杀手模式"

2009 年是移动宽带的元年,我们谈到的虚拟运营商和大 CP 的机会只是刚开始,移动宽带世界里的内容和应用必然走向异常丰富多彩的新境界。下面具体讨论在移动宽带的思维下,应该如何做内容和应用,用户需要怎样的内容和应用移动宽带以及移动宽带内容产业的十大新模式。下面说的这些内容模式并非凭空畅想,而是大多数已经开始实施,将来成为流行的移动宽带内容或应用。

1. 轻阅读(light glance)

"light"不仅有轻的意思,还有光的意思,因为越来越多的手机屏幕设计了背光,让用户在小屏上也能看得清晰。基于手机的阅读,在思维深度上不仅低于纸质书籍的阅读(reading),甚至低于电脑浏览器上的浏览(browse),经常是集中最显眼的地方瞄一眼(glance),阅读信息的时间以秒来计算,利用的是零碎时间,所以内容不宜过长,几秒钟扫过一页最好。比如,VIVA 就联合新华社提供了"一图说天下",图片、视频都很短。

2. 按需点播

VOD/AOD On-demand 会成为手机阅读视频或音频的主要方式,尤其是音频在手机这种移动终端上会有许多应用,譬如驾驶、烹调和运动的时候。内容供应商完全可以针对一些热门内容开发音频版本,比如畅销书、评书、相声等打包播放,用户在长途旅行过程中可以完整地听一路。

3. 精选

传统媒体的编辑精神和态度也会在新媒体中找到复活的机会,因为移动宽带丰富了内容,必然需要编辑根据其价值观和眼光进行筛选,结合用户的按需订阅方式,最终只有精选的优质内容才能长期吸引订阅者来看。这类精选的资讯通常提供给对信息质量要求较高的商务、政务人士,譬如手机版的华尔街日报、Yahoo 财经的资讯、某些基金投资动态,抑或某一研究机构定期发布的报告。

4. 无限扩展的编辑部

内容的生产和挑选再也不局限在某些权威机构内部,一家移动宽带媒体的编辑部可以是无限扩展的,也就是说,任何人在任何有网络的地方都可以出版他/她的作品,至少在现在,还没有监管部门规定移动互联网上所有出版产品必须有刊号。CP 公司可以利用这种条件将外部的作者、编辑资源内部化,比如采用自由撰稿人等签约合作的形式,将他们拉拢到 CP 自己的平台上来,丰富内容,也许"起点中文网"等模式可以借鉴到移动宽带上面来,不过会加入更多的摄影师和 DV 爱好者。

5. 富媒体的手机报

只有文字和小图片的手机报是 2G 时代的信息产品,3G 时代更多的是全屏图片,还可以加上音频、视频等流媒体形式,是"第二代手机报"。

6. 小额付费的信息

总有一些垂直领域的信息通过搜索引擎查不到或者查不准确,过去需要用户亲临本地去查找,比如图书馆、博物馆或者某些专业领域的展览,或者是一些特别区域的地图。在移动宽带上,有需求就一定有提供,大 CP 会比较容易整合这些数据并放到自身服务中。对于真正有价值的查询,查一次付 1~2 元,消费者也在所不惜。比如,很多收藏爱好者鉴别古玩,想对比同时代同类珍品的资料,可以进入中国国家博物馆的数据库,看图片、文字资料,甚至是听讲解,付费方式是查一件作品多少钱或者包月。

7. 链接到在线购买

用户不仅可以从时尚杂志的服饰图片链接到某款时装的在线购买网站,而且能做到仅输入身高、三围数据,就可以实现 3D 试衣。想象在手机上摆弄一下那个和你身材一样的 3D 模特,给他/她变换各种搭配,看某款时装是否适合你,然后一键链接,轻松购买。

8. 链接到在线预订

机票、酒店预订早就不成问题,更细分的消费领域的预订服务会出现在手机上。比如,下次去打高尔夫,可以在出门前提前预约球场的哪条路线、哪几个球洞,等到打球的间歇,用户还可以通过手机预订下一站要去用餐的餐厅,位置、路线以及餐厅环境、座位选择、菜品图片都可显示在手机上。看电影、听音乐会都可以通过手机预订。

9. 无形广告

通过用户经常使用的 Widget(应用程序窗口小部件)可以大致对其收入状况、爱好等进行"素描",CP 或者 App 供应商就知道某类型的地产广告或者某款价位的汽车广告应该投放给哪些人,或者直接嵌入某款和看汽车或者看房相关的触窗应用中。广告会越来越贴近用户需求,以适合用户的条件来投放。

10. 精准广告

无形广告其实已经比传统广告要精准,但结合了电子商务上用户的历史购买信息后,它可以更精准,主要以推广、促销的形式出现,比如下载连锁快餐店的打折券,或者像"红孩子"、"宜家家居"等通过会员信息提供促销信息和订购链接,由广告对接电子商务。

六、可能遭遇颠覆的七大领域

采用 PPP(Personal Portable Portal,个人贴身门户)的移动宽带互联网后,将导致传统互联网的很多领域发生本质变化,因为绝大多数客户的消费行为开始趋向价值和更精准有效的模式,一些依靠商业模式不成熟或价值链不健全而暂时成功的模式将随着 PPP 逐渐普及而受到冲击,或退出历史舞台。下面列举了一些(不是全部)可能逐渐分化瓦解的领域。

1. 门户

触窗模式实际上就是垂直门户模式,其更专注于某一特定领域,例如很多人直接进入"Yahoo 科技"(单独触窗),而不是"Yahoo"。行业垂直门户的专注带来了"长尾"的精准、便捷。因为垂直门户的权威、专家可通过更专业、更直接、更精彩的网站资讯与用户互动。传统"大门户"将被迫拆分为更精准的"小门户",传统通用门户的赢利模式也将被迫转变,不转变者岌岌可危。

2. 搜索

搜索历来存在着"查准率"与"查全率"的矛盾,Google 也承认,目前 Google 能做的搜索不到人类搜索需求的 10%;面对成千上万各色各样的查找需求,如 WikiMobile,又如在 Apps Store 中匹配 Apps Widget 的查找,垂直搜索将在 PPP 模式下逐渐替代广义搜索;"携程"遭遇"去哪儿"之类的挑战是必然的,很多广义搜索网站和商业模式将面临巨大危机。

3. 传统网络广告模式

网络的广告需求、隐性广告和直接精准实用性替代了大量广告"熵"极小的传统广告模式,商家可以直接通过特制 Widget 来达到其任何市场目的,并直接对准受众。受影响的有分众模式、平面媒体模式与 Internet Ad 代理机构等。

4. SNS

根据 PPP 中的 Apps 触窗模版档案进行数据挖掘分类,可以把所有用户分为 200~300 类,SNS 只是其中若干消费群的子类。SNS 的特点在于细分和精准。细分市场对于商家来说非常具有营销价值,但客户真正的需求是跨 SNS 的,因此需要 SNS 能够跨界运营,这造成了 SNS 当前发展的悖论环境。而基于 PPP 的"虚拟社区"以更广义的个人门户社区及 SNS 的 Widget 跨界同步为基础,对现有的 SNS 困难和天花板给出了发展前景并提出了挑战。

5. 安全

个人门户从任何角度都是更加安全的,因为 Apps 来自"云"端,且每当用户使用时,发生同步和刷新,而目前病毒及非安全因素还没有达到"云"病毒程度;同时,触窗Apps的使用最终是受用户数字 DNA 控制的,任何非安全因素无法复制和使用DNA,以往各种与用户标识相关的安全问题也都会迎刃而解。所以,传统网络安全机制和厂家将全面让位于新安全体系。

6. 私密

MBB 后,问题最多和最让用户担心的是个人私密问题。而采用 PPP Pattern 和数字 DNA 来共同标识用户 ID 的技术,可以最终做到"只行善",而不是"作恶",即为用户服务时,只能为客户提供友善的服务,犹如"崂山道士的法术",当动机不纯时,即出现失灵的局面(这在通信指纹的实验中已经得到了证明)。这样,隐私安全等问题和传统解决方案都将发生很大的变化。

7. "山寨"终端

终端如果没有网络商店的支持,只相当于一张在任何"银行"(网络"Apps 触窗"商店)都刷不出钱的"卡"。当纯"山寨"终端面对"网络商店"时,很多技术条件不具备,会出现无源之水、无本之木的尴尬,如同 PC 不联网时顶多是一个"智能玩具"一样,很快即失去意义。因此这些纯"山寨"终端将沦为低端设备,随着利润空间不断下降,最终退出信息消费市场。

七、移动宽带应用产业的七招新模式

随着老模式的厂商退出,一些新行业与业务将受到推崇,新的发展机遇具有更大的想象空间。尤其是一些运营转型的领域,前景变得明朗起来。

1. 长尾 Apps 开发模式

个性化 PPP"制造"业,含个性 Widget 开发。由于 Widget 具有开发简单快速、用户体验出色、应用部署方便、应用发布包小等特点,使得它特别适应行业、企业或者个人的个性化需求,即长尾理论中提到的"长尾"产业的条件需求。

2. 专业 Store

各种垂直应用,包括行业应用、企业应用,连困惑市场已久的企业网应用如何发展、数字家庭如何发展等,都将出现新的机遇和曙光。IBM 的所谓"数字地球"概念将成为这种应用模式的一个载体而在各行业率先收益。

3. 网络百货商店、Virtual Store

未来运营商一定是"网络"、"银联功能"、"用户数据管理"和"数字交易平台"四种功能的组合。网络商店不是只有运营商才具有,会出现"百花齐放"的局面。因此,各类大卖场、Mall、专卖店、7-11(7-Eleven)等模式都会出现,"小淘宝"、"小阿里"等将如雨后春笋,数字消费商品将会极大地丰富并有充足的供应。

4. Widget 产业链

如"Widget 开发学院",触窗营销渠道,触窗嵌入广告(隐性与直接广告,院线贴花广告等新模式),Widget Based 的 OS,PPP 和 Widget 运营等都将大行其道。

5. 智能终端

终端要成为一张可以在任何银行、任何商场与任何网络能刷出钱的"卡",并具备 DNA 式的安全,把 SIM 卡和本机存储扩展到网络新功能和性能上,就必须是 IID(智能互联网设备)。因此,业务将驱动任何终端都朝 IID 方向发展,没有 IID 就实现不了真正意义上的 Web 2.0,传统 PC、传统 TV、传统手机等都将势衰和灭亡。

6. 数字资产交易平台

抽象来说,任何 Cyber Space 中的应用与信息消费都是广义数字资产之间的"交易",无论是有偿的还是无偿的。因此,都需要一个交易平台,它完成对数字资产的仓储、运输、加工、管制、交易管理、结算、物流、税收、审核、交易方认证、计量等。这就是所谓的"数字资产交易所(DAM)"的概念。各种 Widget Store 只是 DAM 交易的特例。

7. 云服务(云存储、云计算、云安全、网络虚拟化等)

PPP 本身需要一朵"云",数字 DNA 也需要一朵"云",DAM 和各种 Widget Store 需要的就不只一朵"云",而是层积云,大片大片的云。因此,未来除了存储、CDN、IDC、UDC(用户数据中心)等"云"外,还需要更多的精细化实用云结构来支持业务运营和 SaaS、SOA。这样,"云"才算是真正落了地。

八、PPP 个人贴身门户展望

人们上网时,其实就那么几十个网站和应用需要经常光顾,而且每个人的上网路径与信息消费习惯都是不同的,因此随着移动宽带、智能终端、触窗(Widget)、云计算等技术越来越成熟,个性化的"私人门户"开始出现,并成为未来 50% 以上使用者都会用的"杀手级应用"。

1. PPP 的形式与组成

简单地讲,PPP 就是由几页用户经常使用的触窗应用所组成的个人主页,每一个触窗都是一个小应用软件(由 SaaS,软件即服务的模式实现)。这些个人触窗业务可以随地点、时间等因素变化,如上班时把工作页面放在首页,旅行时则把休闲页面放在表层,钟表和气象预报都随着位置的变化而变,颜色、式样都像个人装修一样,"我的门户我做主",完全拟合了使用者的环境。不同职业、不同岗位和不同经济水平的消费者开始有了更符合个性与职业的主页,而不必是千人一律的图形用户界面。这种个人主页可以做到每个人都是不同的,完全符合了互联网"抢占用户眼球(first sight)"和最方便的原则。

PPP 成了真正的通往信息世界的第一门户和战略制高点。通常,个人门户包含20~50 个常用触窗应用,可以随时被更换,因此构成了每个用户特有的"Apps Widget"模版档案。

2. 触窗从哪里来?

这些触窗应用都是从网络"虚拟 Apps Store"中"买"回来的,比如苹果公司的 Apple Store 和 Google 的 Android Market,其商店中的各种 Widget 来自各种独立的 SaaS 供应商,各主流运营商也在纷纷建设或合作建设各自的应用触窗商店。随着 "Widget 商品"市场的繁荣,这类商店将越来越多。

此外,也有向专业设计厂商定制的。网络上大量的第三方开发者根据网络用户需求在独立开发和承接各种触窗应用的开发。在 Web 2.0 时代,消费者同时也是供应者,大量的长尾应用开发者在制造着各种小众应用软件触窗。

也有商家自制免费发放的触窗,这是最大量的来源。因为任何商家都希望自己的触窗能够被放在其用户的门户上。例如,餐馆、商场、知名品牌等都开发了自己的 Widget,如"香奈尔",当其触窗打开后,可以方便地为客户提供各种个性化和友善的服务;医院、学校、图书馆、汽车行等也都把各自的 Widget 触窗放到了各自用户群的私人主页上面;每个人都有银行卡、保险、物业、差旅优惠等,这些服务机构也都会制造厂家独特的服务 Widget 放在用户的门户上;还有大量职业与企业应用,如此等等,凡是商家需要做推广的,凡是客户需要的,就一定有商家提供。即使不提供,其竞争对手也会提供。

这完全是一幅把现实社会中的商业搬迁到了网络社会中的场景与模式,市场与产业想象空间极其巨大。

3. 触窗如何获得和使用

首先,需要一个"虚拟触窗交易平台",上面有各种各类的品牌"Apps Store"和大量个体、专卖等第三方产品;其次,还要有交易秩序、原则、结算方法(商业模式)、安全与商检、Web 2.0 资格审核、认证与税务、鉴权与 DRM 保护、售后服务等机制;最后,是一种快速"撮合配对"的方法。这样,任何需要可以立即找到供应,并安全、合法地完成使用、交易。

触窗使用有以下几个特点:可以在任何终端(包括 PC)上联网配置,也可以几个用户共享同一触窗;相同属性的触窗,例如子女教育,可以做到信息同步,即父母与子女的触窗内容是一样的,如学校课程表、校外培训、业余爱好、学校 BBS、老师反馈等;但个人信息可以是不同的,如个人书架,每个人的书库都像一座私人藏书室,存放不同的书和阅读断点。

4. 什么是触窗?

触窗(Widget)表面上是若干特殊网页技术的应用组合,但其三个非常重要的特性决定了它在 PPP 中的价值:一是同一内容源更新后处处更新,可以保证需要同步的 Widget 在网络空间内同步;二是"活的"可跨平台执行的超媒体程序,比如今年开始火热的即时贴留言,可以支持不同网站上同一篇文章(假如博主为同一人)的读者看到另一网站访问者对该文章的留言及评论;三是符合无尺度(Scale Free)原则,可以描述任何应用 Apps 和使用者之间的数据关系,即在任何 Widget 间存在"六度分割"原理。

由于这三个本质的技术特性及其发展潜力,触窗技术将越来越适应未来互联网应用的趋势,和用户数据的累积效应。这三个特性除了提供给用户"一键式"服务外,还能够解决信息消费行为发展中所遇到的绝大多数障碍。

通常,个人门户的 Widget 总和就构成了一个简单的"用户素描",其中每个 Widget 的使用特性,如应用类型、位置、网络设施、轨迹、DPI/DFI(深度包检测或深度流行为检测)、PIM、断点、同步、内容关联等信息的集合进一步把每个用户使用网络的特征描述得惟妙惟肖。这些用户数据的核心是用户在网络世界中的抽象标识——数字 DNA(俗称通信指纹)的客观反映。把个人贴身门户、用户使用网络设施的历史等与个人网络 DNA(网络中用户唯一的数字标识)相捆绑,就构成了未来信息消费世界的终结形态,它可以解决当前互联网应用中绝大多数的实质问题,也是任何 Widget 商业与生态能够长期发展的核心竞争力。

只有采用了通信指纹控制的 PPP,才能做到无论何时何地,无论何种终端,无论何种网络,客户门户的真正"贴身"。无论采用什么终端设备,只要通过"数字 DNA"认证,用户就可以进入自己的私有门户,真正做到"三屏统一",网络和服务的随身而动。这些用户(DNA)繁衍出来的用户的网络属性、业务属性、内容属性、行为属性、安全属性都可以被"运营商们"用来为客户提供更好的服务。

综上所述,我们看到了未来固网与移动融合、无所不在的计算、社交网络联盟、触窗交易市场、SaaS、SOA、数字资产交易、MID/IID(智能互联网设备)、三网融合等的发展前景。

第二节　网络运营商

中国运营商在 3G 时代呈现"三足鼎立"。相对于 2G 时代,运营商在 3G 时代所持有的不同制式网络,使得他们之间的差异化更明显和突出,这意味着在 3G 时代,运营商的竞争将更激烈,这一点突出表现在网络本身上。无论是 2G 时代的领先者中国移动,还是想要崛起的中国联通和中国电信,都在 3G 时代备足了马力。同时,为了保证在网络方面的领先优势,三家运营商都不约而同地将重点放在了网络升级方面。因此我们最近会看到很多关于 3G 升级甚至 4G 网络的概念。

一、中国联通

中国联通已经完成了两期 WCDMA 网络建设，第一期是 56 个重点城市，第二期是 228 个城市。根据国家工信部 2010 年 4 月数据显示，中国联通 WCDMA 网络已经覆盖 335 个城市（图 3-1 所示为中国联通的标志）。

图 3-1　中国联通标志

2009 年中国联通 WCDMA 网计划建设室外宏蜂窝基站约 8 万个，其中新建物理基站约 8000 个。全国所有城市的城区、东部地区发达乡镇和所有县城、中西部发达县城都将开通 3G 网络。2009 年，中国联通移动网络建设计划投资约 600 亿元；其中 384 亿元用于 3G 网络建设，建成交换容量约 3800 万户，SGSN 容量约 3400 万户。

初期考虑到建网成本问题，中国联通 WCDMA 网络采用"统一规划，重点区域网络覆盖一步到位"的部署策略，计划用三年时间，建成一张覆盖相对完善、网络质量上乘的网络。

1. 向 HSPA＋进军

中国联通对 WCDMA 网络的升级，接下来的一步将主要体现在 HSPA＋方面。HSPA＋网络的峰值速率根据采用不同的技术，能够达到 21Mbps、28Mbps、42Mbps 甚至 84Mbps。目前联通 3G 网络终端采用的技术可以达到最高下行 7.2Mbps、上行 5.76Mbps，意味着 HSPA＋网络的速率最少是现有联通 3G 网络的 1.5 倍。在 HSPA＋网络之下，用户下载一首 5MB 的 MP3 歌曲，只需 2～3 秒就可以完成。

中国联通目前已经联合三家主流的 WCDMA 网络设备供应商：华为、爱立信以及中兴，展开了 HSPA＋的网络测试工作，2010 年在国内部分重要城市启动 HSPA＋网络的升级部署。中国联通对这三家设备商的 HSPA＋技术进行了全方位的测试，包括室外用户速率、系统吞吐率、网络覆盖性能等项目。室外平均速率测试已经实现了 18.5Mbps，室内平均速率测试达到了 19.1Mbps。按照测试专家的解释，中国联通此次网络测试就是为下一步网络升级做准备，测试结果将成为联通最终选择哪一家承建 HSPA＋网络的重要依据。

图 3-2　中国联通"沃"

中国联通 3G 全业务品牌是"沃"，由英文"WO"和中文"沃"搭配组成，整个图案色调为橙黄色，没有明显的 3G 字样。该品牌是由惊喜的口语"WO"而来，代表的是想象力释放带来的无限惊喜——有定位时尚群体的"沃精彩"；定位商务人群的"沃商务"；定位家庭用户的"沃生活"，以及"沃服务"等（图 3-2 所示为中国联通"沃"标志）。

2. 中国联通运营 WCDMA 的优势

（1）WCDMA 技术产业链成熟，网络建设与运营成本相对较低。

（2）WCDMA 网络速度快，网络演进最平滑，国际漫游范围广，用户体验好。

（3）中国联通有覆盖较为完善的 GSM 网络，是 WCDMA 网络和业务的底层支撑网络，并为 WCDMA 无线网络提供了主要的站址资源。同时，融合后的中国联通有较为丰富的传输资源，为 WCDMA 网络建设提供了丰富的基础资源。

（4）中国联通有 G、C 两网的运营经验，这种经验可以在 2G 与 3G 网络运营中借鉴。

（5）中国联通目前有固网和移动网两张网络，可充分利用两网的产品、用户和渠道资源，发挥、融合业务优势，加快用户发展。

（6）在 WCDMA 营销上，中国联通统一品牌、统一业务、统一包装、统一资费、统一终端政策和统一服务标准，能更好地整合全国力量做好 3G 运营。

虽然中国联通的 3G 网络于 2009 年 10 月才正式商用，但凭借着 WCDMA 网络本身的优势，发展得十分迅速。截至 2009 年年底，中国联通拥有 274 万 CDMA 3G 用户，占全国 3G 用户人数的 20.68%，其发展潜力十分巨大。

二、中国电信

中国电信即中国电信集团公司，是按照国家电信体制改革方案组建的特大型国有通信企业。中国电信作为中国主体电信企业和最大的基础网络运营商，拥有世界第一大固定电话网络，覆盖全国城乡、通达世界各地，成员单位包括遍布全国的 31 个省级企业，在全国范围内经营电信业务（图 3-3 所示为中国电信图标）。

得益于 CDMA 2000 具有性能稳定、便于演进、后向兼容的特点，2009 年 8 月，中国电信 3G 网络已覆盖全国各地，普及到县。据介绍，天翼 3G 网络的覆盖范围已经包括全国 342 个地级城市，

图 3-3 中国电信图标

2055 个县及县级市，以及东部沿海省市发达乡镇在内的 6000 多个乡镇。

中国电信集团企业战略部总经理郑奇宝表示，中国电信 C 网部署将分三个阶段：第一阶段是 100 个城市的 CDMA 2000 EV-DO 网络的覆盖；第二阶段，中国电信完成了国内大部分本地网城区 3G 网络的覆盖；第三阶段，中国电信将完成全国所有县以上及部分发达乡镇地区网络的覆盖。

根据中国电信网络规划，在 2009 年年底前满足 82 个无线城市的无线上网需求，提高移动、无线网络覆盖水平，其中城市重点扩充容量、乡村重点扩大覆盖。

1. EV-DO 从 A 升级到 B

中国电信是三家运营商中网络覆盖最全面的一家，早在 2009 年 10 月就完成了

全国的 3G 网络覆盖。在 2010 年,中国电信启动由 EV-DOA 向 EV-DOB 网络版本的升级。升级之后的 EV-DOB 版本可以达到下行 9.3Mbps、上行 5.4Mbps 的速率,是目前中国电信 3G 网络速率的 3 倍。目前北京电信已经和相关厂商对 EV-DOB 版本网络的峰值速率、系统吞吐量、时延、多媒体业务体验等多个项目展开了全面的现网测试,广州电信也启动了国内第二个 EV-DOB 预商用网络。中国电信在 2010 年年初完成外场测试,上半年就可以开始对北京、上海、广州等大城市进行 EV-DOB 版本的网络升级。

"天翼",英文名称 e_surfing,是中国电信接管 CDMA 移动通信业务后,为满足广大客户的融合信息服务需求而推出的移动业务品牌。"天翼"的推出,有效填充了中国电信全业务运营的内涵,进一步深化"综合信息服务提供商"的企业品牌定位,充分发挥中国电信的融合业务优势,更好满足广大客户特别是中高端企业、家庭及个人客户的综合信息服务需求(图 3-4 所示为天翼图标)。

随着"天翼"品牌的发展,中国电信还推出了不少相关的产品,如天翼 Live、天翼通、天翼宽带、天翼空间等,一方面丰富了品牌的影响力,同时为用户提供更多便利的服务(图 3-5 所示为世博会合作伙伴图标)。

图 3-4　天翼图标

图 3-5　世博会合作伙伴图标

凭借着在原有固话领域的成功,中国电信在进入移动领域后,迅速发展,在 3G 用户数上成为仅次于中国移动的第二大运营商。

2. CDMA 2000 EV-DO 的优势

(1) EV-DO 技术的基本思想是把语音业务和数据业务分别用两个独立的载波承载,极大地简化了系统软件的设计难度,避免了复杂的资源调度算法。

(2) EV-DO 虽然使用单独的载波进行数据传输,但是从射频角度来看,IS-95/2000 1X 与 EV-DO 是完全兼容的。这就意味着基站的射频器件与 IS-95/2000 1X 系统可以相同,设备制造商可以不改变设备元器件生产和采购方法,运营商可以在现有网络升级时使用现存的 IS-95/2000 1X 射频部分,在很大程度上保护了之前的投资。

(3) EV-DO 技术提高了空中接口的传输速率。它采用速率控制而不是功率控制,可以始终使用最大功率发射前向链路信号,提高了可靠性;运用特有的调度算法合理处理小区内多个终端的业务竞争。

三、中国移动

中国移动通信集团公司(英文简称 China Mobile,如图 3-6 所示)是一家基于
GSM 网络(即 GPRS 网络)的移动通信运营
商,简称中国移动,前身为中国电信移动通信
局,于 2000 年 4 月 20 日成立,由中央政府管
理。2000 年 5 月 16 日中国移动正式挂牌,注
册资本为 518 亿元人民币,资产规模超过 7000
亿元。中国移动是中国唯一专注于移动通信
运营的运营商,拥有全球第一的网络和客户规
模,是北京 2008 年奥运会合作伙伴。

图 3-6　中国移动通信标志

与中国联通和中国电信不同,由于网络自身的特点,在推出采用 TD-SCDMA 标
准的 3G 网络后,中国移动在网络升级方面将距离 4G 更近一步。也就是说,移动将
跨越 HSPA 阶段,其目前的升级网络名为 TD-LTE,也就是"准 4G"标准。

TD-SCDMA 作为中国提出的第三代移动通信标准(简称 3G,图标如图 3-7 和
图 3-8 所示),自 1998 年正式向 ITU(国际电联)提交以来,历经十多年的时间,完成
了标准的专家组评估、ITU 认可并发布、与 3GPP(第三代伙伴项目)体系的融合、新
技术特性的引入等一系列国际标准化工作,使 TD-SCDMA 标准成为第一个由中国
提出的,以我国知识产权为主的、被国际上广泛接受和认可的无线通信国际标准。这
是我国电信史上重要的里程碑。

图 3-7　TD-SCDMA 图标

图 3-8　3G 图标

TD 作为自主知识产权的标准,受到国家的大力支持,相关牌照发给了实力最强
的中国移动。在 TD 产业联盟的共同努力下,TD 技术越来越成熟。

中国移动已经在上海的世博会场馆开通了全国第一个 TD-LTE 网络,在现场的
实际测试中,传输速率高达 70Mbps,是目前 3G 技术的 20 多倍。大唐、华为、中兴、
上海贝尔、普天、烽火、新邮通、爱立信、诺基亚西门子通信、摩托罗拉共十家系统设备
厂商参加了现阶段进行的 TD-LTE 研究开发技术试验。在目前进行的 TD-LTE 技
术试验中,只有联想、海信和宇龙三家终端厂商参加,国外手机厂商还没有明确的

TD-LTE 终端规划,服务于世博会的 TD-LTE 终端也只限于数据卡产品。在世博会期间,中国移动重点展示 TD-LTE 网络的高速率,同时首次展示了 LTE 数据上网卡。据了解,该数据卡比现在的 3G 数据卡快 50 倍。

第三节　设备提供商

一、"巨大中华"今何在

在国内知名的电信设备企业中,"巨大中华"这四个字掷地有声。随着 3G 以及三种标准的火热,华为、大唐、中兴三家更是频频见诸报端,然而"巨龙"的影子难得见到,各地热闹非凡的 3G 论坛上不见"巨龙"踪迹,莫非是"巨龙"被遗忘了。市场大浪淘沙,也只能称呼为"大中华"了,在 300 天里逐渐完成了对国内 3G 设备供应商的又一次洗牌,现在国内 3G 进入了少数派时代,中兴、华为在三大网络建设上都收获颇丰,成为当之无愧的第一梯队,与大唐、普天等第二梯队的距离逐渐拉开。同时,中兴、华为的崛起改写了国际设备制造商前五的格局,华为已经进入了三甲(见图 3-9、图 3-10、图 3-11)。

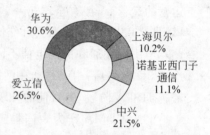

图 3-9　中国联通 WCDMA 网络无线设备商格局

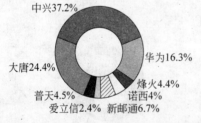

图 3-10　中国移动 TD 网络无线设备商格局

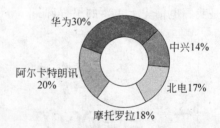

图 3-11　中国电信 CDMA 网络无线设备商格局

二、WCDMA 市场大浪淘尽勇者胜

在全球 3G 市场上,最为成熟的就是 WCDMA,爱立信、诺基亚西门子通信、阿尔卡特朗讯都是有力的竞争者,目前爱立信在全球 WCDMA 市场占有率高达 50% 以上。但这一优势正在受到来自华为和中兴等后来者的挑战。来自 In-Stat 的研究报告显示,2008 年华为 WCDMA/HSPA 的新增合同数达 42 个,以业界总新增合同数的 40.4% 排名第一。

这一情况,在中国联通的 WCDMA 网络招标采购中被完美地复制了。在中国联通 2009 年 WCDMA 网络无线设备招标中,中国联通 WCDMA 网总共建设 77272 个基站,其中,华为 23645 个,名列第一,爱立信及其相关合作伙伴提供 20527 个基站,中兴通信提供 16544 个,诺基亚西门子通信中标 8659 个,上海贝尔提供 7897 个。华为系以 30.6% 的市场份额勇夺第一,爱立信系也得到 26.5% 的市场份额,中兴 21.5%、诺基亚西门子通信 11.1% 左右,上海贝尔 10.2% 左右。

在 WCDMA 招标过程中,本土企业无疑是最大的赢家,华为、中兴、上海贝尔共获得 60% 多的市场份额,远超国际厂商,其中,华为系夺魁并不让人感到意外,而中兴的表现也远超出市场预期,最后拿下 21.5% 的市场份额。中兴通信凭借积极的进攻策略和本土企业优势,最终中标额超过预期的 10%～15% 的份额,总共中标了 16 个省,包括广东、山东、浙江等发达地区。

另外,对于上海贝尔来说,最终结果也比较理想,由于其在中国联通 GSM 设备市场上的市场份额低于 10%,本次独家拿下超过 10% 的市场份额已经远超预期。至此,三家本土企业主导的厂商总共份额达到 64% 左右,成为中国联通 WCDMA 招标的最大赢家。

在全球 WCDMA 主要设备商版图当中,按照现有存量,爱立信、诺基亚西门子通信、阿尔卡特朗讯、华为、中兴分列前五。专家指出,作为技术上和商用上最为成熟的 WCDMA,已经形成完善的产业链和本地服务链,众多国际巨头在中国设置了相应的本地化团队,因此国内企业已经没有明显的本地优势。中国的 WCDMA 市场成为国际市场的翻版,市场份额上没有明显的让业界吃惊的地方。

中国联通的招标作为全球最大规模的 3G 招标,其形成的市场格局对全球格局具有重要影响,为中兴、华为 3G 时代在全球的崛起奠定了基础。

三、TD 市场中国红

比起爱立信和诺基亚西门子通信这样的巨头,中兴、华为尽管同样承受全球通信市场低迷的压力,但是后方的中国本土市场已经成为他们过冬的棉衣。

"中国移动通信市场 2010 年爆发式增长,弥补了中兴、华为在海外市场的损失。" 2010 年全球运营商无线基础设备投资额为 391.25 亿美元,相比 2009 年还要下滑 0.7%。而中国电信无线市场在 2010 年和 2011 年还将保持今年的投资额。

在国际整体经济形势持续低迷的情况下,全球大部分市场都减少了网络的建设和设备的采购。不过在国内,却是风景这边独好。3G 牌照的发放,三大运营商竞相展开了 3G 网建设,仅就 TD 网络建设一样,投资就在千亿元以上。凭借 TD,中兴、华为赢得盆满钵满,大唐、普天等企业也开始崭露头角。

在 2008 年下半年连续开始的 TD 网络招标中,国内设备商就成为最大的赢家。年初,中国移动的 TD 一期招标中,国内设备厂商几乎占据了全部份额,中兴、爱立信获招标份额的 46.78%,大唐移动、上海贝尔阿尔卡特、新邮通、烽火获 36.68%,鼎桥系获 13.82%。年底的 TD 二期招标依然是中国厂商的天下,"大唐系"份额第一,获得 40% 的市场份额;中兴通信获 28%～30% 的市场份额;华为的份额为 17%～18%,诺基亚西门子通信 8% 左右,中国普天 6% 左右,爱立信 4.5% 左右。在 2009 年年初的中国移动三期招标采购中,国内企业几乎完胜,中兴通信以 34％份额稳居第一,华为获得 22％,大唐拿到 16％。

3G 在中国的准备工作走过多年,最早一批来华淘金 3G 的国外设备厂商多数已经销声匿迹。而能坚持到现在的,除了中兴、华为外,还有依靠自主技术 TD 迅速占领市场的大唐、普天。这些国内企业借助 TD 打了一个漂亮的翻身仗。

现在,在全球金融危机的当口,中国自己的 3G 网络建设正有望把中国自己的两大通信设备商进一步送到移动通信市场第一的位置。

四、CDMA“零报价”的正面意义

中国电信 CDMA 无线设备部分的招标涉及 81 个城市的 CDMA 网设备,总共 25 万载频,是近年来中国 CDMA 网络最大的一次招标,也是近年来全球 CDMA 第一大单。

2009 年年末中国电信 CDMA 无线设备部分的招标结果就已经确定。华为获得了 74000 载频,接近 30％的份额,占据 81 个招标城市中的 20 个。阿尔卡特朗讯获得 48000 载频,中标 13 个城市,占 20％左右的份额。摩托罗拉获得 45000 载频,中标 15 个城市,占 18％左右的份额。北电获得 42000 载频,中标 13 个城市,占 17％左右的份额。中兴获得 35000 载频,21 个城市,占 14％左右的份额。

这 81 个重点城市涵盖几乎所有省会城市和计划单列市,以及东部、中部重要城市。虽然全国有 300 多个地级市,但这 81 个重点城市的 CDMA 建设量可能相当于全国 300 多个地级市的 70％以上。

此次,中国电信考虑了长远的利益,对于设备制造商的整体实力和平衡都做了考虑。由于此次电信 CDMA 招标各厂家可通过竞争性的价格,在对手地盘进行报价,导致了“零报价”、“负报价”等现象。这种招标方式,也是鼓励在 CDMA 领域实力强大的厂商获得更多的地盘,对电信 C 网的长期发展是有利的。

从最终中标结果来看,华为在此前 C 网份额不到 3％的情况下,不仅获得最大份额,而且进入了北京、广州、天津、上海、苏州、南通、宁波、厦门、中山等富庶地区。

中国电信在 81 个城市的 CDMA 网络招标结果意义深远。移动通信的规律是,初始承建网络的设备商将一直进行维护及扩容等,也就是说,今后的扩容大单也将归初始承建设备商。因此,此次 CDMA 招标可谓设备商们重新划分地盘。

五、前景大预测

虽然运营商总的资本开支已经开始下滑,但从微观市场看,设备供应商仍有结构性机遇。

1.“光进铜退”将创造三年黄金期

在光纤宽带市场,运营商策略的改变和光纤解决方案价格的持续下跌引发了“光进铜退",这将为光纤宽带解决方案提供商创造三年"黄金期"(始于 2010 年)。

在现有的技术和解决方案中,FTTx 被认为是最受青睐的,因为其带宽较大、可靠性较高。尽管 FTTx 解决方案在几年前就可投入商用,但高成本是个障碍,大规模采用受限。然而,近年来,不断攀升的铜成本和光纤价格的持续下跌使得两种技术的总成本差距缩小。传统的铜缆与 FTTx 解决方案相比,从成本上看已经相差无几。最重要的是,FTTx 能够通过更高速的宽带服务来改善用户体验,增加运营商的 ARPU。

粗略的成本对比显示,对于一般的城市宽带接入,ADSL 和 FTTH(光纤到户)的成本差距仅为 10% 左右。如果运营商和用户之间的距离超过了 4 公里(这在城市郊区很常见),那么光纤解决方案已经比铜缆更有成本竞争力。

光纤的成本优点引发了较高的解决方案需求(包括新容量建设及老网络的替换与升级),运营商最终在 2010 年年初决定以光纤接入取代铜缆接入。

预计"光进铜退"主要将发生在未来三到五年。2010 年年初,运营商开始将投资从基于铜缆的 ADSL 转向 FTTx 解决方案,并以后者为重点。中国联通在北京的建设规划显示,2009 年年底时 FTTx 投资较低,但从 2010 年起增加。该公司表示,FTTx 在北京联通总的宽带容量中所占的比重可望从 2009 年的不到 1% 增至 2012 年的逾 60%。

从宽带市场发展看,北京领先于其他城市,省级运营商应该会跟随北京的步伐,将其宽带网络升级为光纤宽带。中国电信、中国联通及中国移动均已公开宣布了 2010 年的光纤宽带扩展计划,中国移动 600 万线,中国电信 1800 万线,中国联通 1500 万线。

与运营商沟通了解到,当前的办法是在新建高档住宅与商业建筑采用光纤到户,在现有网络终端用户接入方面用光纤到楼取代铜缆。

我们更看好 FTTx 相关供应商的市场潜能,市场至少在三年的时间里将经历高增长,存在投资机会,包括光纤宽带设备、光纤与电缆、光纤配线架(ODF)、接线板等布线系统。至于收入的最大一块——光纤到户设备,我们预计从 2011—2012 年整体市场规模将有显著扩大。这个市场整合度较高,被几家国内供应商所主导,因此竞争格局不会有大变化。

2. 传输网络需求也显韧性

运营商的传输网络是另一项重点投资领域。面对来自宽带和 3G 服务数据流量的高增长,老的城市传输设备已经不合时宜。运营商将升级其老一代的城域光网络,以新的强大的 PTN 解决方案取而代之。预计传输网络升级将始于移动网络改造,因为移动数据服务增长迅猛。传输网络的总投资(主要是 PTN 投资),将从 2009 年的 30 亿元增至 2012 年的 130 亿元。

在三大运营商中,中国移动采用老的传输网络与移动交换机相连接的 2G 基站数量最多(大多建于 2009 年之前),公司认为急需对移动网络进行改造。2009 年,中国移动进行了一轮 PTN 集中采购,总投资达到了 30 亿元。2010 年总投资达到了 350 亿元。

跟随中国移动的步伐,中国电信及中国联通也在积极测试 PTN 解决方案。2011 年和 2012 年将展开大规模招标。与宽带市场一样,国内的设备供应商将是最大受益者。

3. IT 支撑系统是避风港

在 2009 年和 2010 年,运营商已面临用户与收入增长放缓、行业竞争加剧的局面。从全国 3G 网络建设后的经营效率看,运营商已经逐步将重点转向了服务营销及客户关怀,预计运营商将加大对 IT 支撑系统的投入,以提升整体经营效率、改进客户服务并精准地开展营销活动。

从长期看,IT 基础设施在各运营商的全业务竞争中扮演重要角色,因为它有助于:

(1) 管理一个可扩展的产品结构,向传统电信领域之外延伸(如互联网);

(2) 利用优秀的客户关系管理能力,向用户提供个性化的端到端服务;

(3) 向用户提供灵活、统一的计费,各类产品均可捆绑;

(4) 管理广阔的合作伙伴服务平台以支持合作服务,同时能够控制风险并进行追踪;

(5) 管理各种网络资源,尤其是带宽,以提升利用率、降低 TCO。

电信运营商将越来越多地推行更集中的 IT 建设策略,以密切监控整个运行情况,有效地分配资源,统一用户界面,并通过大规模采购来降低成本。设备厂商中的市场"领头羊"应该从这个趋势中获益最大,因为它更有可能具备大规模交货能力,而且违约风险低。

例如,中国移动正在广州建立一个南方 BOSS 中心,并计划很快在北京建立一个北方中心。中国联通已经建立了一个统一的电子销售系统以管理所有 3G 账户和在其"六个统一"3G 策略下的手机销售。

第四节　终端生产商

由于中国 3G 市场的启动,以及全球金融风暴的影响,世界通信市场的现有格局正悄然发生变化,中国 3G 所带来的商机正成为驱动力!

工信部电子信息司副司长赵波表示,未来三年内,3G 将创造 10000 亿元的投资和消费,运营商进行网络建设投资 4000 亿元,用户购买手机、上网卡等 3G 终端的消费将达到 4000 亿元,视听等 3G 信息服务业创造消费 1000 亿～2000 亿元。有机构预测,未来 5 年,3G 直接投资约 1.5 万亿元,对中国 GDP 的贡献约 10 万亿元。到 2011 年年底,全国 3G 用户数将超过 3 亿户。

一、高通保卫战: 技术与产品持续领先

由于 CDMA 是 2010 年最值得期待的市场,高通公司毫不费力地继续扩张这一地盘。民间也认为 EVDO 是 2010 年最早引爆的市场。

从网络覆盖来看,截至 8 月,中国电信 3G 网络已覆盖全国各地,包括全国 342 个

地级城市,2055个县及县级市,以及东部沿海省市发达乡镇在内的6000多个乡镇。目前,中国电信已联合中兴、华为、上海贝尔等设备厂商完成了版本B的实验室测试,并陆续展开外场测试。CDMA网络已明显走在其他两个网络的前面。中国电信的快速发展与高通的支持不无关系,而高通在这一市场的江山是坐定了。

2010年高通着力守住了WCDMA市场。正如上面所述,这一市场已进入5家以上有实力的竞争对手。2009年中国联通已经完成了两期WCDMA网络建设,第一期是56个重点城市,第二期是228个城市,加上8月份追加投资新增的50个城市,WCDMA网络将覆盖334个城市。而在2009年年底,WCDMA手机的入市速度已明显加快。

那么高通如何守住WCDMA市场目前的份额？领先对手2～3代的技术优势是其最大的杀手锏。根据UMTS论坛的报告,全球目前90％以上的WCDMA网络都升级到了HSPA,HSPA的每月新增用户高达400万,而70％的WCDMA网络流量来自HSPA终端。高速移动宽带将成为移动运营商未来几年中的主要收入来源,这也激发了运营商对网络进一步升级的愿望。

在这种大背景下,HSPA＋以其独特的优势吸引了业界的重视。由于从HSPA升级到HSPA＋所需成本较低,运营商不需替换现有的网络设备或购买额外的频谱,即可达到接近LTE的数据传输速度。这个优势在目前全球经济放缓、运营商投资日趋谨慎的环境下尤为重要。因此,HSPA＋成为未来较长时间里3G网络升级的理想演进方案。市场研究公司Analysys Mason近日发布报告指出,尽管LTE备受追捧,但是HSPA和HSPA＋将继续强劲增长,用户数将从2008年年底的6100万户增长到2015年年底的11亿户,占到所有移动宽带用户数的54％。

高通公司使用HSPA＋技术实现全球首次数据呼叫,在5MHz信道上获得了超过20Mbps的数据传输速率。该呼叫基于高通公司的MDM 8200芯片组,它是业界首个HSPA＋芯片解决方案。截止到2010年1月,各大运营商部署的HSPA＋网络或进行测试的网络主要都是基于高通公司的HSPA＋解决方案。此外,高通公司还在2010年2月宣布,业内首款双载波HSPA＋和多模3G/LTE芯片组正在出样。这些芯片组展示出两大下一代网络技术面向大众市场商用部署的显著进展。目前,正在测试新的芯片组的终端厂商包括华为、LG电子、Novatel Wireless、Sierra Wireless及中兴等。

针对2010年的终端市场重点,智能手机正成长为一个不断增长的细分市场,而在智能手机逐渐成为市场主流机型的同时,这个细分市场逐步分化出不同层次,包括针对大众市场的智能手机、中端智能手机以及高端/顶级智能手机。当然,功能手机仍然非常重要,特别是在正由2G向3G迁移的市场。其中,高通的MSM7xxx系列产品的范围既覆盖成本敏感且有出色性能的智能手机(例如,MSM7225和7227专为成本低于150美元的智能手机而设计),同时包括可以支持非常先进的终端的芯片组(如刚刚开始出样的MSM7x30,使用的是与此前已商用的Snapdragon QSD8x50相同的市场领先的Scorpion CPU。MSM7x30使用基于ARM v7指令集的800MHz～1GHz定制超标量CPU,以低功耗提供出色的高端处理能力)。

在低端 3G 市场,高通单芯片解决方案(QSC)将多项功能集成到单一的低成本芯片上,从而加快为价格敏感市场开发功能手机的速度。

(1) ST-Ericsson:WCDMA 与 TD 市场双管齐下,多款平台将推出。

从 2009 年 3 月正式宣布成立,拥有强大背景的合资公司 ST-Ericsson 在 2010 年向中国的 WCDMA 和 TD 两大市场发起冲锋。多个具有竞争力的平台在 2010 年引入中国。

U8500 是一款集成智能手机平台,它采用最新的 SMP(对称多处理)双核技术,是面向所有主要开放式软件平台的高性能、低功耗和成本优化解决方案。U8500 同时也是首款支持全高清 1080 逐行扫描便携式摄像功能的移动平台。双核 SMP 处理器与高端 3D 图形加速器相结合,U8500 能使下一代智能手机提供全面的网络浏览体验。

(2) M700 是 LTE 平台:M700 是 2009 年早些时候推出样品,市面上的第一款 LTE 平台,可满足人们对移动宽带服务日益增长的需求。M700 平台具备较高的数据速度并减少了等待时间,是通过 USB dongle、PC 卡以及内置调制解调器的下一代笔记本电脑连接的解决方案。

M570 是针对真正的 HSPA+大众移动市场的平台,也将是在中国市场主推的平台。该平台可用于多种设备,如具有内置调制解调器、PC 卡、USB-dongle 的笔记本电脑以及智能手机。M570 是一种灵活的和经过验证的 HSPA+/EDGE 平台,支持 21Mbps 下行速度和 5.7Mbps 上行速度。该平台在许多方面进行了优化,例如,它具有优秀的散热、低功耗和同步数据速度等性能。

除了 WCDMA 市场,ST-Ericsson 也非常看重由独资公司 T3G 运作的 TD 市场,认为 TD-SCDMA 和 WCDMA 都有在中国取得成功的巨大潜力,而且看到这两种技术有明显的机会。凭借强大的市场地位、良好的分销渠道、知名品牌和最大的客户群,中国移动正在努力使 TD 在中国取得成功。

2010 年 5 月 13 日,T3G 公司推出了新一代 6718 平台。这是业内第一款采用 65 纳米工艺的 TD-HSPA 调制解调器芯片。它将使下行速度高达 2.8Mbps,并支持 2.2Mbps 的速度上传。相比之下,今天的上传速度只有 384kbps。这个解决方案使终端厂商能够开发出多种有竞争力的移动设备。消费者将获得更高的移动宽带连接速度,同时可使功耗水平与 WCDMA 设备媲美。

二、博通:以丰富的连接功能打入中低端 WCDMA 市场

加入无线连接需求是 2010 年手机市场的一个重要改变。博通是首个推出量产的集成 Wi-Fi、蓝牙、FM 收音机三合一单芯片的厂商,目前集成以上功能的 BCM4329 已被多个手机厂商设计采用。

在 WCDMA 市场,博通将凭丰富的连接功能主打中低成本 3G 手机。BMC2153 平台是 2010 年博通主要的杀手锏。BMC2153 是一款高度集成的 SoC,包括 HSPA 解调、应用处理器以及丰富的多媒体功能,配合 BCM4329,具有相当的竞争优势;也

可以搭配 BCM4750,提供 GPS 功能。

最值得期待的联发科 MT6268

经过一年多的谈判,在 2010 年 1 月,联发科以零授权金获得了高通 WCDMA 的授权,虽然终端用户仍要向高通申请授权,但这与采用高通芯片是一样的程序。并且,高通已在过去一年多来授权了 40 多家主流手机设计公司与终端厂商,基本上覆盖了联发科的主流客户。这些客户是否会转向联发科平台?高通如何阻止他们转向联发科平台?这两种公司的面对面斗争在 2009 年正式展开,也成为这场保卫战与攻城战的最大看点。

在 WCDMA 市场,联发科主推的将是 MT6268 平台。它基于 ARM 9 (208MHz),支持 Rel. 99(WEDGE)、HVGA 显示、300 万像素拍照、D1 视频拍摄(MPEG4,H.264)以及数据音乐等功能。此外,针对入门级 WCDMA,联发科还有一款 MT6265,支持 QVGA,多媒体功能要少一些。这两款产品 2010 年是联发科重要推广的产品,也关系联发科从 2G 向 3G 转型的成败。在 2010 年,联发科成功推出了这两款产品。

三、智能手机市场将是群雄逐鹿

2009 年最热闹的是智能手机市场了。除了既有的高通、三星、Marvell、Freescale 等厂商的方案外,中国的瑞芯、海思以及联发科都在此市场决一高低。而对 Symbian、Android 以及 WM 不同操作系统的支持,成为人们关注的焦点。

高通采用了三个 OS 都支持的策略,与 Symbian 是去年下半年才刚刚签约。高通还成立了专门的子公司,专注于发展移动开源平台。

海思的 K3 方案与联发科的 MT6516 都支持 WM 操作系统,但是据传联发科和海思已在开发基于 Android 的方案。

这是大势所趋。运营商最喜欢的是 Android 平台,因为可以通过 APP store(应用商店)赚钱。每一个运营商都希望有自己的 app store,但是在 WM 平台和 Symbian 平台上都无法实现,而 Google 的开放平台让他们能实现梦想。APP Store 就是一个"功能的连续剧",能为运营商带来最大的收益,所以全球的运营商都会钟情于 Android,而且它不需要版税。相比之下,微软的 WM 就是一个封闭的系统,它现在的处境是"墙倒众人推"。并且,Android 的开源特点可让不同的厂家设计出完全不同风格的界面与用户体验。人们可以在 Android 上设计出与苹果一模一样的界面与用户体验,并且还会增加很多中国市场独特的应用,比如开心农场。

但是也有厂商对 Android 的前景不十分有信心,比如博通。博通的 Michael Civiello 分析道,Symbian 系统仍会是主流,目前相互竞争的是 Android 与 WM,似乎一些 WM 系统在向 Android 迁移。然而,由于 Android 系统正在成熟中,手机 OEM 也还处于早期的开发阶段,且 Android 平台的研发时间较长。未来 WM 还会增加一些相对于 Android 更多差异化的功能,比如针对企业用户的功能。所以,我们三个开放平台都支持。

四、平板电脑初出茅庐

2010 年 1 月苹果公司推出 iPad 之后,平板电脑作为新形态的 3G 终端而成为各终端厂商的一个新的关注点,许多终端厂商相继推出或计划推出各自的平板电脑产品。三星、中兴、华为都高调展出了各自的首款平板电脑产品。

从这些产品来看,三款平板电脑不约而同地采用了 Android 系统,这在一定程度上意味着 Android 系统在平板电脑市场已经先走了一步。

诺基亚公司也将推出一款平板电脑。该平板电脑在系统以及外观设计上都非常惊艳,完全有实力匹敌苹果公司的 iPad。这也成为诺基亚公司翻身的一个机会。

值得注意的是,虽然平板电脑热很快就会来临,但是运营商需要在这轮热潮中放慢脚步、冷静思考。因为平板电脑和上网本形式不同,但是本质上有相同的地方,尤其是对运营商而言,平板电脑也是一款带宽消耗大户,同时对运营商的贡献值相对较小。

所以运营商在选择和平板电脑商合作的过程中,应该从传统的定制终端、送话费形式转变为更多业务层面的合作,把深度定制手机的经验转移到平板电脑中来。

国内 3G 市场运营一年有余,在三大运营商的引导和产业链的共同努力下,不仅解决了 3G 终端质量的硬伤,而且基于 3G 的移动互联网业务蓬勃发展,3G 终端的市场占有率稳步提升。

五、3G 开局稳中见快

据赛诺咨询发布的数据显示,截至 2010 年 4 月底,我国三大 3G 制式终端的入网机型累计已达 586 款,其中 WCDMA 终端 178 款,TD-SCDMA 终端 242 款,EV-DO 终端 166 款。终端类型包括手机、上网卡、电子阅读器、上网本等多个种类。这对于刚刚发展一年的中国 3G 市场来说实属不易。

目前中国电信的 EV-DO 网络已经覆盖了全国所有县级以上城市及 60% 的重点乡镇,凭借 EV-DO 用户数的快速增长,中国电信 CDMA 网络用户数在 2009 年 4 月底已经达到了 6800 万户,年底已冲击 1 亿户。此外,电信天翼终端公司副总经理马武还透露,中国电信在开展了多次数量庞大的 EV-DO 终端采购活动之后,已于 2009 年 6 月底在广东东莞再次举行 EV-DO 手机的交易会,以继续扩大和加速其 3G 市场规模。

作为在全球市场发展最为成熟的 WCDMA,其在中国的发展有了深厚的积累作保障,因此销量稍占上风。同样据赛诺的统计,WCDMA 终端累计销售 613.7 万部,占 3G 终端累计销量的 47%。但是与全球市场不同的是,中国购买了 WCDMA 终端的用户并不一定是 3G 用户,而是当做 2G 手机在用。为此,中国联通技术部标准处处长顾旻霞表示,中国联通将采取"存话费送手机"以及"购手机送话费"的方式,在销售渠道上秉承公开、公平、开放的原则,鼓励更多优秀性价比的手机进入中国联通定制手机的范畴,也希望更多的厂商加入 WCDMA 终端运营。同时,中国联通将通过战略机如 iPhone、乐 Phone 及 uPhone 等手机和价廉质不廉的具有智能手机功能的普通定制机两方面深入到用户的各个层次。

中国移动在没有任何经验的情况下承担了自主知识产权的 TD-SCDMA 的运营,在初期终端问题比比皆是的情况下,通过两次终端质量提升的大会战,显著提高了 TD 终端的水平。中国移动终端部副总经理耿学峰介绍,2009 年 TD 终端取得了很大的进步,TD 终端的种类覆盖手机、无线座机、阅读本、笔记本电脑、上网卡、家庭网关等,软、硬件的配置也有很大的进步,目前使用 G3 终端的用户已经达到了 830.4 万户。同时,TD 终端的明显进步也带动了芯片、手机设计、操作系统开发、软件、测试仪表等产业链厂商的快速发展。

六、终端智能化需求渐显

众所周知,3G 将给用户带来无与伦比的移动互联网体验,而实现这样的目标,除了要拥有高质量的网络覆盖和丰富的业务外,智能化的终端也是必不可少。有数据显示,2009 年全球手机销量增长了 6%,智能手机的销量则增长了 31%,为总体手机销量增长的 5 倍,2010 年增长达到 7 倍。这体现出市场对智能手机的强大需求。

拥有开放操作系统的智能手机可以方便地从 WAP 网站上下载相关的业务。拥有了智能手机,中国联通推出的新业务不会因为手机的限制而无法使用。通过 iPhone 的契机,中国联通已经全面介入了智能手机的定制,不光是中、高端,中国联通希望智能手机可以全面进入市场,让广大低端用户也可以享受智能手机带来的优势。

中国移动终端部副总经理耿学峰表示,运营商应该在终端开放性方面进行更多的探索,封闭的环境会不利于产业链的竞争。智能终端有两个发展方向,一个是高端市场,市场上确实会形成几款高端手机占据非常高的市场份额的现象;另一个是低端智能手机,这是发展的重点,从早期 3G 市场来看,如学生、城市打工者这类人群对数据业务的需求更高,他们更迫切地需要使用智能手机来进行移动互联网的应用。

与此同时,各大手机厂商也十分看重 3G 初期智能手机的发展。在摩托罗拉期待重新崛起的战略中,已经将 3G 智能手机作为首要,来提升移动互联网的体验。这些智能手机能够帮助消费者找到进入移动互联网的窗口,在工作、娱乐、生活方面提供更多的方便。

第五节　应用开发商

从社会发展来看,从广播到电影,到手机、电脑,终端特性越来越丰富,数量越来越多,但是围绕在媒体面前的人数越来越少了。不会有四五人围绕在手机面前看电影了,终端设备越来越私人化。在终端设备发展的过程中,互动性变得越来越强,不仅仅是用户获得信息的平台,而变成用户本身也是一个媒体。每一个新的媒体都会变成前面媒体内容的一个延伸、包容,甚至扩大。也就是说,电视把电影的内容呈现在电视机上,电脑增加了电视内容又增加了文字图片和互动,手机的移动特性又出现了,所以说随着屏幕的演进过程,移动终端设备呈现的特性是不一样的。

3G 在中国的全面启动带来了巨大机遇和新生力量,大规模的 3G 网络建设正不断深入展开,丰富的 3G 业务陆续投入商业运营。飞速发展的 3G 技术发展、充满潜力的中国市场、各类创新应用层出不穷,吸引了国内外知名通信企业纷纷高调进军中国 3G 市场,产业链上、下游对我国庞大的手机用户群体潜在的市场前景寄予厚望。经过中国电信、中国移动、中国联通三家运营商 2009 年的推广,3G 正由一个前卫概念逐渐向实际应用转变,为广大消费者接受。

3G 终端竞争加剧势必推进产业链的紧密合作,运营商、终端商、应用开发商、渠道商等都将思考、探索如何构建更加有利于 3G 运营的价值链合作模式。当前,运营商基于互利共赢原则,在产业链合作方面正朝着更加主动、开放的方向发展。

在与渠道商合作方面,中国电信的做法就能够激发合作方更多的积极性:一是实行社会渠道商享受与营业厅同样的政策。中国电信移动终端管理中心主任马道杰介绍,"我们将给用户的补贴转换为终端抵用券,拿了终端抵用券的用户不需要到中国电信的营业厅来购买,用户可以去任何中国电信的终端合作渠道伙伴购买手机,这样就大大吸引了渠道商。"二是开展联合采购 3G 手机,这主要是针对大型渠道商。通过联合采购,使大型渠道商成为主要的销售商,在很大程度上赋予了大型渠道商更多的主动权,使二者的合作紧密度进一步增强。

在 3G 应用合作方面,运营商也开始抱着更加积极和开放的心态。例如,中国联通推出了 3G 手机电视业务,中国联通副总裁张范就强调了合作伙伴的重要性,"合作伙伴是中国联通手机电视业务获得成功的必要条件"。中国联通目前所有手机电视业务频道、内容都来源于合作伙伴。在 3G 时代,应用需求的多样化、个性化对运营商是巨大的挑战,运营商如果仍以产业链老大自居,不能以更加开放的心态来增进合作,促进应用发展,势必遭受市场的惩罚。

从某种意义上讲,运营商对待合作的态度转变,对于产业链各个环节的商家而言是个莫大的利好,随着合作紧密度加强,产业链的参与者都将或多或少从 3G 产业的发展与繁荣中获益。

3G 竞争激烈加速了产业价值链的重构,在这一过程中,运营商将加大应用开发投入与推广普及,应用开发商将迎来空前的发展机遇。

当前,鉴于 APP Store 模式大获成功,国内三大运营商相继推出手机应用商店,并纷纷基于物联网等新技术开发各种针对性地应用服务。例如,中国电信推出的"翼机通"业务,其实质就是一种物联网应用,它不仅为用户提供传统的手机通信服务,还可通过手机实现门禁、考勤、食堂消费、信息发布等多种服务。在"2010 年中国国际信息通信展览会"上,中国电信推介依托于"天翼"3G 移动互联网和宽带互联网的"翼视通"服务,其主要应用范围包括电视台、网站的现场直播、政府应急部门视频通信和企业视频沟通。

无论是对于个人还是政企部门,3G 的普及发展,应用的增多丰富,使手机的角色定位发生了巨大转变,正逐步从单纯的通信工具转变为囊括日常生活、工作、娱乐的移动智能终端,同时为产业链各方开启了一座亟待挖掘的"金矿"。

无论是中国电信、中国移动还是中国联通,在对待开掘应用这座"金矿"的态度上是一致的,"开放、共赢"将是追求价值最大化的关键词。在 3G 大发展过程中,应用开发商或将是最大的受益者,不仅他们在产业链中的地位将随之受到重视得以增强,更重要的是,3G 竞争加剧促进终端普及,将进一步刺激 3G 的应用消费,从而开启了"一扇永远都不会关上的大门"。

第六节 消费者体验

2009 年 3G 元年开启至今,三大运营商摩拳擦掌,3G 业务开展得如火如荼,结果却不甚尽人意,3G 业务的发展仍呈现缓慢增长态势,工信部 2009 年发布的三大运营商 3G 运营数据显示,3G 用户新增速度放缓,低于市场预期值。

据零点研究咨询集团最新调查数据显示,仅有 4.4% 的居民对 3G 业务表现出明确的消费意愿,19.2% 的居民对 3G 保留观望态度,69.3% 的居民表示未来一年内不打算使用 3G 业务。如果按照手机用户 8 亿推算,2010 年明确消费意愿的 3G 新增用户达到 3520 万,仍低于运营商在 2010 年发展 8000 万 3G 用户的目标,而如何将 19.2% 观望人群的消费愿意促进和转化为实际购买力,还需要具备更多的推动因素,其中运营商提供的产品和服务能否达到消费者心目中的预期,现有的 3G 产品和服务能否有效改进和提升,从而满足消费者的需求,这将是运营商有效拓展 3G 业务的关键杠杆因素。

年轻人群和主流商务人士仍将是 3G 业务开拓的核心目标群体,广大居民对 3G 的消费意愿与年龄呈现负相关趋势,其中 18～30 岁的年轻人群准备使用 3G 业务的比例明显高于其他年龄段人群。

3G 业务对消费者的关键吸引点首先在于其强大的功能支持;其次,3G 新潮、网络传输速度快、更多的特色增值服务的特性也是吸引消费者的关键因素。

三大运营商在 3G 竞争中纷纷发布了花样繁多的 3G 业务,其中视频通话、手机电视、手机邮箱、手机浏览、移动支付以及植根于软件商店的各种应用是其大力宣传的对象,且在 3G 宣传的初始阶段,运营商的宣传重点放在了高速上网和视频通话上。实际上通过调查可以看出,潜在观望消费人群最感兴趣的 3G 业务中,在线看电影、听音乐的比例达到 43.8%,其次是即时通信、短信聊天业务(占 40.8%)。其中,18～30 岁年轻人群对在线看电影和听音乐、即时通信和聊天的需求明显高于其他年龄段人群,消费者中年龄越大的群体对可视电话的偏好度越高。

3G 业务自推出以来,功能强大成为消费者购买的关键因素,而在实际使用过程中,很多消费者的 3G 手机核心功能依然是打电话和发短信,与 3G 与 2G 手机没有体现出太大差别,甚至在用户投诉中也出现 3G 化趋势。通过调查可以发现,业务资费不合理、服务不够细致、业务类型不够丰富是目前 3G 存在的前三大问题。如何有效解决这些消费者心目中的障碍点,将是运营商未来拓展更多 3G 客户需面对的首要问题。

虽然手机上网的网民已经超过 2 亿人,但目前手机网民还是以新闻浏览和即时通信,短信聊天为主,手机网民在移动互联网上的应用有待深化。运营商还需要跟内容提供商展开更广泛的合作,提供更多的符合消费者需求的业务应用,真正体现 3G 的价值,才能激发消费者的 3G 消费热情。

据零点研究咨询集团使用多阶段随机抽样方式于 2010 年 4 月针对北京、上海、广州、成都、西安、武汉、沈阳、大连、厦门、济南等 10 个城市 3220 名 18 岁以上城镇居民进行的入户访问了解到,影响消费者使用 3G 增值业务的因素如下。

一、个体因素

1. 年龄

3G 作为一个陌生而新鲜的名词,在大众中还没有普及,因此,人们对于它所包含的意义并不是很了解。我们知道,人们接受新鲜事物需要一定的时间、精力和过程。中年人和老年人相对较低的学习能力限制了 3G 增值业务在这些特定人群中的推广和普及。青年人则不同,他们好奇心强,探索、冒险精神旺盛,追求时尚、个性化,对于新鲜事物有很强的接受能力,这在一定程度上决定了年轻人在 3G 业务推广中的主力地位。

2. 怕麻烦

如果要使用 3G 业务,就要使用特定的手机型号,但支持 3G 的手机型号目前来说比较少,这需要大部分消费者更换手机,而且手机卡要更换成支持 3G 业务的号码。而更换手机号码后接踵而来的一系列问题又出现了,如重新记录家人、朋友、同学等的联系方式,加他们飞信,通知他人自己更换号码等。很多时候,人们不愿意换新号码,能维持不变就尽可能保持不变。

3. 经济状况

由问卷调查中得知,大部分人每月的生活费用局限在 750 元左右,除去日常必需的生活开支,其他可自由支配的费用所剩无几。平摊下去,消费者用于移动通信业务的费用少之又少(见图 3-12 和图 3-13)。3G 业务相对偏高的资费使有购买意向但没有购买能力的潜在消费者望而却步。

上面分析过,3G 业务的潜在消费者是 15~30 岁的年轻人,这一年龄的人没有太多的理财理念,储蓄观念也不强,也就是所谓的"月光族"。经济基础决定上层建筑,没有经济作为支撑,即使有再多的向往,也难以实现或满足自己的需求。

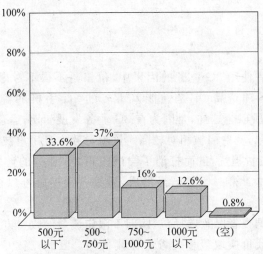

数据来源：问卷星www.sojump.com

图 3-12　经济情况比例表

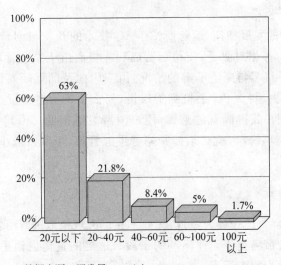

数据来源：问卷星www.sojump.com

图 3-13　消费费用比例

二、市场营销因素

1. 产品因素

　　国内用户大多数使用的还是语音和短信服务，对新业务的接受程度低、付费意愿度低、资费敏感度高、对业务的价值要求度高，目前主流的 3G 业务以娱乐为主，真正渗透到人们日常生活、生产和工作的业务相对较少。同时，与国外的工作方式相比，国外推崇的是邮件文化，邮件是主流的工作和交往方式，而国内更流行短信文化，2G业务完全能满足用户需求。在这样的情况下，人们何必花更多的钱在同样的业务上呢？

2. 价格因素

在影响消费者使用 3G 业务的因素中，价格是不得不考虑的一个现实问题。先不说 3G 业务的各项资费，单是性能差不多的 3G 手机的价格就比 2G 的普遍贵 1000 元以上。之所以会这样，是因为在 3G 业务发展初期，运营商出于高端定位和逐步发展策略的考量，资费门槛相对较高。这就导致大量用户被宣传吸引之后，在了解的过程中为 3G 资费担忧，进而打消了尝试使用 3G 业务的计划，以后虽然运营商不断下调资费。但由于第一印象已经形成，后续营销措施难以被用户感知，因而效果有限。

65.5％的受调查者愿意选择包月，但不限定流量的收费方式，从侧面反映了消费者希望以最小的代价换取最多的顾客让渡价值。因此，当 3G 业务实际收费超出消费者的预期时，他们就打消了购买此类业务的念头。

3. 渠道因素

在 3G 业务的发展初期，运营商忙于 3G 技术的开发与创新，投资于渠道管理的人力、财力、物力等相对匮乏，使得运营商和零售商由于渠道管理不善而丧失大量客户。据在许多手机零售渠道了解的情况，由于国内及国际厂商针对中国市场研发的 3G 手机款式很少，要么 3G 手机到货很慢，要么手机价格偏贵，要么就是款式、界面和性能无法让用户获得满意的感知，用户消费意愿偏低。因此运营商要想在 3G 业务市场上抢占市场份额，就必须抓紧完善渠道管理，争取以最小的管理成本，获得最丰厚的回报。

4. 促销因素

在现今社会中，广告铺天盖地，无处不在。大规模地进行广告、公关等促销活动，是各大公司进行市场竞争无往不利的手段。适当的宣传促销手段，可以诱使消费者的购买意向转化为购买行为。

然而，中国运营商在 2G 时代就犯了一个错误：为老百姓灌输了过多的相关技术指标。而老百姓关注的却是自己拿到手机后可以干什么，并不关心自己拿到的是什么。因此，各大运营商在促销时必须明白：在 3G 时代，一定要从业务角度看 3G，千万不要从技术角度看。对于消费者来说，手机是 2G 还是 3G 的，他们并不关心，他们最关心的是业务使用和用户体验。

也只有明白了这个道理，各大运营商才能紧紧扣住消费者的真正需求，适当而合理地进行宣传促销活动，如可以从 3G 手机业务方便老百姓的生活、方便社会的进步、方便整个民生上进行宣传。这种真正秉持着"以人为本"的人文精神和"以消费者需求为导向"的市场原则的促销理念，才能极大地吸引消费者的眼球，促使消费者享受 3G 增值业务。

从调查所获得的图 3-14 可以看出，大部分消费者从电视广告、网络媒体中获取

3G业务的各方面信息,因此,各大厂商可以加大电视广告的宣传力度,完善本公司在网络上的信息管理、技术管理等,以获取更多的客户资源。

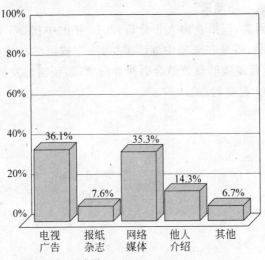

数据来源:问卷星www.sojump.com

图 3-14　消费者获取3G业务信息使用媒体比例

　　此外,3G厂商也可以适当地参加赞助性公共关系的活动,例如支援西南旱灾、捐赠物资给玉树灾民、大力支持亚运会活动等等,这既可以有效地吸引消费者购买本企业产品,也可以树立或扩大企业良好的品牌形象。

三、环境因素

1. 宏观环境因素

　　中国是全球唯一一个用3种不同的3G技术标准建设网络的国家,资源分散、市场竞争、用户转换成本等都会影响3G业务的发展;而政府大力发展民族通信产业的雄心壮志,使得国内最强势的运营商——中国移动扛上发展自主知识产权TD-SCDMA的大旗,抑制住运营商发展WCDMA优势技术的竞争原则,以及真正"以人为本"、以"用户需求为导向"的市场原则;此外,还有呼啸而来的金融危机对消费者的影响,注定了中国的3G业务发展之路不会是条平坦的康庄大道。

2. 微观环境因素

　　消费者做出购买决策时,会进行一定的产品信息搜集活动。而消费者信息来源的渠道之一就是个人来源,也就是说,消费者会向自己身边的人,如家庭成员、朋友、邻居、同事和其他熟人了解产品的相关信息,作为决策的参考。但就目前而言,3G业务的普及率还很低,人们对产品的认识很欠缺,再加上运营商宣传力度不大,导致人们普遍不看好3G业务的推广和普及。在"蝴蝶效应"的影响下,3G的发展前景堪忧。

　　"蝴蝶效应"是指在一个动力系统中,初始条件下微小的变化能带动整个系统的长期的巨大的连锁反应。这是一种混沌现象。蝴蝶在热带轻轻扇动一下翅膀,在遥远的国家可能造成一场飓风。

　　虽然有以上因素,但据业内人士分析,2010年的中国3G市场仍烽火依旧,消费者是在观望中出手,还是在观望中继续徘徊,决定权虽然在他们手中,激发点却由运营商掌控,如果运营商能够有效结合消费者需求,超预期地发扬长处、克服短处,2010年仍是3G市场的"黄金起点"。

新终端、新技术、新感受

第四章

本章标题：

☆ 智能手机

☆ 智能电视

☆ 平板电脑

　　随着技术的发展，越来越多的新型智能终端进入人们的视野。智能手机、智能电视、平板电脑、IPTV、手机电视、CMMB等新的终端已经实实在在地影响着人们的生活，带来了不一样的感受。

第一节 智能手机

在智能手机市场上,中国市场仍以个人信息管理型和音乐娱乐型手机为主。随着更多厂商的加入,整体市场的竞争呈现出分散化的态势。从市场容量、竞争状态和应用状况来看,整个市场仍处于启动阶段。

一、诺基亚的 Symbian

Symbian 系统曾经占据了 60％左右的手机市场份额,绝大部分用户使用的手机都采用这个操作系统。很久以来,Symbian 系统以人性化、操作方便著称,数十亿用户习惯了它的使用。尤其值得一提的是,现在它是一个开放的系统,得到大量开发者的支持。现在开展任何一项手机业务,如果不先考虑诺基亚的手机,不想到 Symbian,无异于放弃一个巨大的市场。然而 Symbian 面临的巨大考验是,它是 2G 时代开发的系统,虽然面向智能手机时代推出了 S60,功能也越来越强大,但是其底层架构还是存在一些问题,效率不是很高。在同样的硬件条件下,表现不尽如人意,如何突破,也是一个大问题。但是,Symbian 在相当长一段时间会非常强大,人们希望诺基亚公司能在架构上完善 Symbian,或者用新的系统来取代它(图 4-1 所示为诺基亚公司公布的 Symbian 4 界面方案)。

图 4-1　诺基亚公司公布的 Symbian 4 界面方案

二、微软的 WPhone

在 PC 时代,Windows 的强大是不容置疑的。在手机领域重造一个 Windows,是微软公司一直的梦想。所以微软公司投入了很大精力在手机操作系统上,Windows CE、Windows Mobile,到今天的 WPhone(Windows Phone)。坦率地说,情况一直不太好,从来没有达到微软希望的份额,甚至未来有被挤垮的危险。出现这样的情况,最重要的一点,是微软在手机操作系统上一直没有形成突破性的思维,而是沿袭了 Windows 的思路。一方面,这个系统臃肿,许多智能一旦采用就被拖慢,甚至被拖垮,用户体验不好;另一方面,在 User Inferface(用户界面)的设计上,还是 Windows 多层菜单式,完全不符合手机的特点,在这方面可以说微软没有创新,只有守旧。WPhone 的可圈点之处就是和 PC 的同步非常强大,也比较方便。因此,随着硬件越来越强大,它还是有一些机会的,但如果没有质的变化,不会有大的机会(图 4-2 所示为 Windows Phone 7 界面)。

图 4-2 微软推出新一代手机操作系统 Windows Phone 7

三、苹果公司的 iPhone（IOS）

iPhone 的创新，不止是外观和设计，更重要的是操作系统和 UI 的创新。这个基于 Linux 的操作系统，无疑是为智能手机专门开发的。我们都知道，iPhone 产品的硬件配置都不高，尤其是 CPU，无法和现在的高端智能手机相比，但是它的稳定性和反应速度，比很多智能手机都好。原因就在于操作系统。这是一个架构简单、反应速度快、稳定性高的系统。它的出现，使智能手机操作的体验和感受发生了质的变化，而它的 UI 设计革命性地打破了菜单与层级，用平铺式的多屏设计，把每一个应用都平铺在用户的面前，让用户能用最快的速度找到喜欢的应用，所有用过 iPhone 的用户都会有新的体验和感受。应该说，到目前为止，对于智能手机的理解，还是 iPhone 的系统做得最好。现在大部分系统都要把 UI 从层级转向平铺，也很明显地说明了这一点。iPhone 最大的问题是，这是一个封闭的系统，只有苹果公司自己用这个产品，支持的手机非常少。这种情况使得它缺乏爆发力，很可能会重演 PC 的格局。东西好，但是只能在一个小的平台上，而且虽然现在 iPhone 有大量的软件，只不过起步早，其他系统采用开放的平台，有大量手机支持，假以时日，超过 iPhone 是不成问题的（图 4-3 所示为苹果公司的 iPhone OS 3.1）。

四、黑莓 Blackberry

黑莓 Blackberry 也是一个封闭的系统。Blackberry 产品最初是为了收发电子邮件而研发。这个产品一开始就不是为了电话而生，因此，它的目标是企业移动办公的一体化解决方案。这也是一个智能化程度很高，架构适合智能手机的系统。该系统的一个最大的特点，就是它的立足点不是通信，而是一个企业移动办公的平台，有很多有针对性、商用质量很高的商业应用作为支持，而且其安全性程度较高，对于高端

图 4-3　苹果公司的 iPhone OS 3.1

商业人士而言,不仅可以方便、快捷地进行商务处理,同时,在很大程度上其可靠性是值得期待的。通过相当一段时间的发展,黑莓手机已经成为欧美地区,尤其是美国商务人士的标志。这与其稳定、具有安全性的操作系统有很大关系。

黑莓也存在一个较为封闭的问题,即只有 Blackberry 手机才使用,而且如果它开放,就失去了安全性和自己特有应用的价值(图 4-4 所示为黑莓 Blackberry 产品)。

图 4-4　黑莓 Blackberry 产品

五、Palm OS

Palm OS 是一种 32 位的嵌入式操作系统,主要运用于移动终端上。此系统最初由 3Com 公司的 Palm Computing 部开发,目前 Palm Computing 已经独立成为一家公司。Palm OS 与同步软件 HotSync 结合,可以使移动终端与电脑上的信息实现同步,把台式机的功能扩展到了移动设备上。

图 4-5　Treo650

Palm OS 操作系统是由 Palm 公司自行开发的,并授权给 Handspring、索尼和高通等设备厂家,这种操作系统更倾向于 PDA 的操作系统。

Palm OS 操作系统的代表产品有:Palm TX、Treo650、Treo680 等(图 4-5 所示为 Treo650)。

六、诺基亚和英特尔的 MeeGo

MeeGo 是诺基亚公司和英特尔公司推出的一个免费手机操作系统,中文昵称

"米狗"，如图 4-6 所示。该操作系统可在智能手机、笔记本电脑和电视等多种电子设备上运行，并有助于这些设备实现无缝集成。

MeeGo 的意思是 Maemo＋Moblin，也就是诺基亚 Maemo 系统和英特尔 Moblin 平台的融合，支持 Linux 智能操作平台，非常适合 Maemo 系统的运行。

MeeGo 操作系统意在让应用开发商一次性编写程序，随后就可以用于从智能手机到上网本等一切应用硬件平台。在竞争日益激烈的智能手机领域，这一竞争策略日益盛行。Adobe 公司近期采用了同一战略，应用开发人员只需编写一次程序，就可以将 Flash 应用于台式电脑和笔记本电脑以及手机等诸多操作系统。

英特尔公司和诺基亚公司宣布，此前用于 Maemo 或 Moblin 运算环境的应用也将同样用于新的 MeeGo 操作系统。诺基亚公司还强调，创建 MeeGo 平台并不是意在取代诺基亚自己的 Symbian 操作系统。相反的，通过 Qt 应用以及 UI 框架，开发商可以将应用同时用于 MeeGo 以及包括 Symbian 的诸多其他平台。相关应用程序届时将通过诺基亚的 Ovi Store 发售，面向所有基于 MeeGo 和 Symbian 的诺基亚硬件设备，英特尔的 AppUp Center 将面向基于 MeeGo 的英特尔设备。

两家公司将新操作系统 MeeGo 定位为一个挑战苹果 iPhoneApp Store 模式的开源平台。虽然英特尔和诺基亚并没有指名道姓地提到苹果的 iPhone OS，但 MeeGo 的竞争指向性非常明显。两家公司表示，通过新操作系统，消费者就可以不必局限于某一制造商的某种产品系统。

除了智能手机以外，MeeGo 还适用于不同的设备类型。Moblin 已经涵盖了从车载信息系统、便携式媒体播放器（PMP）到个人导航设备（PND）、数码机顶盒（STB）、笔记本电脑等多条产品线。

图 4-7 所示为 MeeGo 手机：诺基亚 N900。

图 4-6　MeeGo 的标识　　　　图 4-7　MeeGo 手机：诺基亚 N900

七、三星的 Bada

Bada 是韩国三星公司自行开发的智能手机平台，其支持丰富功能和用户体验的软件应用，于 2009 年 11 月 10 日发布。Bada 在韩语里是"海洋"的意思。此外，三星也将为 Bada 开放应用软件商店，并为第三方开发人员提供支持。

三星公司计划使用这款操作系统向 Android 和 Web OS 等基于 Linux 的移动操作系统发起冲击。尽管目前三星公司还没有透露这套操作系统的详细信息，但据称该操作系统会内建 APP Store 功能，并允许运营商自行定制。

1. 主要配置特点

Bada 的设计目标是开创人人能用智能手机的时代。它的特点是配置灵活、用户交互性好、面向服务，非常重视 SNS 集成和地理位置服务应用。Bada 系统由操作系统核心层、设备层、服务层和框架层组成，支持设备应用、服务应用和 Web 与 Flash 应用。

Bada 承接三星 TouchWIZ 的经验，支持 Flash 界面，对互联网应用、重力感应应用、SNS 应用有着很好的支持，电子商务与游戏开发也列入 Bada 的主体规划中，Twitter、CAPCOM、EA 和 Gameloft 等公司为 Bada 的紧密合作伙伴。

2. 销售前景

在应用商店上，Bada 更具开放性，与 App Store 等主流商店相比，Bada 利用手机资费支付方式，无需注册即可实现购买。按照三星的时间表，Bada 应用商店将会从明年上半年开始销售 Bada 软件，并将会面向全世界超过 50 个国家开放。

目前公布的三星 Bada 手机仅有一款（型号为三星 S8500），后续产品会随即推出。三星公司也承诺将规划不同定位的手机终端，满足不同层面消费人群的使用和行业应用。韩国的 LG 公司也会推出 Bada 手机。

在战略层面，三星公司推出 Bada 操作系统对其未来的发展有着重要的意义。作为全球第二大手机制造商，三星此前在智能手机市场的表现一直是"雷声大雨点小"，尽管涉猎了几乎各种开放的操作系统，但占据的终端市场份额微不足道；另外，在智能手机成为产业发展趋势的情况下，如果采用第三方操作系统，三星很难在应用程序市场有所作为。如果拥有自己的操作系统平台，这一切都将可能改变。

从这一系统本身而言，首次亮相的 Bada 并没有给我们带来惊喜。在 Bada 操作系统身上，我们并没有看到革命性的功能和用户界面。从国内外同行的反馈来看，这一系统的用户体验也多少有些令人失望。从目前来看，Bada 并不具备挑战 iPhone、Android 等操作系统的实力。从这一方面考虑，Bada 很难吸引其他手机制造商（图 4-8 所示为三星 Baba 手机：三星 Wave GT—S8500）。

图 4-8　三星 Wave GT—S8500

不过，不能因此说 Bada 不会成功。三星公司在非智能触摸屏手机市场领先业界，其很多产品在全球广受欢迎。在这个基础上，三星未来或许会逐渐使用 Bada 操作系统的产品来替代非智能产品，逐渐培养这一系统的生态环境；而且，三星加大了在手机应用程序方面的投入，这将有助于提高 Bada 系统的竞争力。

八、谷歌 GPhone（Android）

GPhone 是应用 Google Android 操作系统的手机。Google 官方没有提出 GPhone 这个名词，而是在欧美受苹果 iPhone 的影响，人们就称其为 GPhone。它主要内置了 Google 自身产品如 Gmail、Google Maps、YouTube 等服务。Google 与 33 家业内企业成立开放手机联盟,共同开发 Android 开源移动平台,争取把手机打造成功能强大的移动计算机(图 4-9 所示为 GPhone 手机)。

1. GPhone 产品概述

GPhone G1 采用主频 384MHz 的 Qualcomm MSM7200 和 256MB ROM 及 128MB RAM。在其他功能方面,HTC Dream 内置了 300 万像素的摄像头,并且预装与 iPhone 一样基于 Safari 的网络浏览器以及 Gmail、Google Maps 和 YouTube 等 Google 应用程序。

2. GPhone 产品特色

GPhone G1 虽然在外形上没有 iPhone 那样炫目,但 Google 手机所拥有的一些特色却是其他手机无法比拟的。

3. GPhone 外观

首先,GPhone 最大的优势在于允许用户同时运行多个应用程序,并且用户之间共享联系人和数据也非常方便。比如在使用导航软件帮用户查找路线时,Google 手机还可以同时播放视频,甚至在需要右转弯的时候,导航软件会及时提醒。可以说在一定程度上完全改变了我们以往对手机的观点和看法。其次,作为 Google 针对苹果应用商店推出的一项服务,Google 手机的用户可以在"Android Market"之上随意下载自己喜欢的程序,并且与苹果应用程序需要支付 0.99~9.99 美元费用不同的是,Android Market 上的所有应用全部免费,这无疑将进一步刺激用户使用手机的热情(图 4-10 所示为 GPhone 外观)。

图 4-9　GPhone 手机

图 4-10　GPhone 外观

2007 年 11 月 5 日 23 时,美国东部时间 11 月 5 日早 8 时,Google 联合包括手机制造商、电信运营商和手机配件厂商在内的 34 家企业组成的"开放手机联盟(Open Handset Alliance)"正式成立,之前被广泛猜测的 Google 手机最终以开放性手机系统平台正式浮出水面。这个代号为"Android"的手机操作系统基于 Linux 平台,其特点是完全开放性、广泛综合性。"开放手机联盟"将面向全球研发和推广这一移动设备系统平台 Gphone。

Android 平台的研发队伍阵容强大,包括 Google、HTC(宏达电子)、T-Mobile、高通、摩托罗拉、三星、LG 以及中国移动在内的 34 家企业都将基于该平台开发手机的新型业务,应用之间的通用性和互联性将在最大限度上得到保持。"开放手机联盟"表示,Android 平台可以促使移动设备的创新,让用户体验到最优越的移动服务,同时,开发商也将得到一个新的开放级别,更方便地进行协同合作,从而保障新型移动设备的研发速度。34 家企业的加盟,将大大降低新型手机设备的研发成本,完全整合的"全移动功能性产品"成为"开放手机联盟"的最终目标。

九、中国移动 Ophone

Ophone 是在中国移动 OMS 系统下定制的、首款基于 3G 网络的手机。2009 年 9 月 16 日,首款 3G Ophone 手机联想 O1 在京发布,这是中国移动与联想移动深度定制合作的产品,采用了由中国移动主导研发的智能终端软件平台 Ophone 平台(图 4-11 所示为 Ophone 图标)。

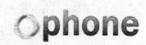

图 4-11　Ophone 图标

为了突破 TD 终端瓶颈,以及促进手机终端与中国移动的网络及应用服务进行无缝对接,中国移动和播思通信自 2007 年开始在谷歌 Android 操作系统基础上,主导开发了 OMS 系统。该系统直接内置了中国移动的服务菜单、音乐随身听、手机导航、号簿管家、139 邮箱、飞信、快讯和移动梦网等特色业务。

中国移动从尝试引进 iPhone 未果,到决心发展自己的 Ophone 品牌、OS 操作系统,投入 6 亿元研发基金给产业链开发 TD 精品手机终端,中国移动的高层领导抓住了终端产业链的核心——手机操作系统来推动整个 TD 产业链的发展。

要解决中国移动发展 TD 所需的 TD 终端问题,不得不大力推销移动固话产品和便宜的 TD 手机,这些产品充其量只能用 TD 网络打电话,而消费者根本体验不到高速上网、视频通话、智能应用等这些 3G 感觉。开发中低端的 Ophone 手机是中国移动人的期待,也是 Ophone 的希望。但现在很多厂家抱着"捞一把"的态度,生产的 Ophone 手机质次价高,这时候需要推动 TD 中低端手机的发展。中国移动大可以找国内知名的设计公司做出解决方案,找富士康这样的大厂代工,生产一款中国移动品牌的 Ophone 手机。中国移动以成本价格集中采购,一方面满足移动需求;另一方面制造跟随效应,让各厂家跟进,迅速拉低 TD 终端的价格,这是目前 Ophone 发展的一个必由之路。另外,中国移动需要制定严格的 Ophone 精品准入机制,严把质量关,一旦确定通过移动质量标准的机型,则中国移动集中采购,保证销量,通过销量保证来促进厂商的积极性。通过这两个方面的努力,相信 Ophone 一定会有一个美好的未来(图 4-12 所示为 Ophone 手机)。

图 4-12　Ophone 手机

应该说,目前的困难对 Ophone 的发展来说是个好事。它让大家正视困难,正视自己,脚踏实地地去解决 Ophone 发展中必须要面对的问题。

十、联想的乐 Phone（LePhone）

乐 Phone（LePhone）是联想公司于 2010 年 1 月 7 日在美国的 CES 2010 大展开幕之际发布的一款全新的智能手机，上市日期是 2010 年 5 月 11 日。这款取名乐 Phone 的智能手机，是联想高调宣布移动互联网战略后，推出的一款战略性产品。之所以取名乐 Phone，其用意是希望用户能够在使用该产品时拥有更多的快乐体验，其中中文"乐"的拼音"le"也正是联想英文品牌 "lenovo"的前两个字母。

1. 创新的工业设计

联想乐 Phone 虽然不能给人耳目一新的感觉，但是它的成功在于细节。该款手机正面没有任何联想乐 Phone 按钮，甚至比苹果 iPhone 做得还"过火"。它的月牙形外放喇叭体现了"乐"的内涵；磁吸式的数据线接口，如果没有一个老牌的硬件厂商的技术底蕴支撑，也不敢贸然采用；连手机电池盖背面也加上马赛克贴片来美化一番，这些都说明了联想乐 Phone 的优秀工业设计。

2. 基于 Android 系统的华丽界面

联想乐 Phone 采用了 Android 1.6 操作系统。在该系统上联想还定制了自己华丽的用户界面。从第一页的四叶草"联系人"界面到水滴形"开始"菜单，可以看出这个界面的主旨是要给用户带来流畅而实用的操作体验。相对于 iPhone 的主界面，即使速度再流畅，也无法和乐 Phone 挂满华丽插件的界面相比（图 4-13 所示为联想乐 Phone）。

图 4-13　联想乐 Phone

3. 全新互联网体验

Android 系统现在犹如众星捧月，但是联想之所以采用 Android 系统并非跟风之举，也许是看重该系统的互联网特性。联想乐 Phone 内置了众多本土化的互联网服务，例如人人网、开心网、新浪微博等。而且借助联想乐 Phone 的互联网信息推送服务，许多信息和内容会自动更新在手机 Widget 中，为用户带来全新的互联网体验。

作为国产手机的精品，联想乐 Phone 的突出表现更在于系统上。增强的 Android 系统加以自家设计的 Widget 桌面插件管理，界面十分生动、立体。

（1）系统界面与手势

充电的时候，联想乐 Phone 屏幕中间的条状东西会显示充电状态，十分具有科技感。桌面上也实时提供了形象的天气预报功能。点击桌面下方的小四叶草就可以进入 6 页式 Widget 界面。联想乐 Phone 的按键简化了，所以在操作上需要一定的时间适应。特别是屏幕下方的手势区，可以提供多种操作。

（2）四叶草"联系人"界面

在四叶草"联系人"界面，可以让使用者十分方便地使用电话、短信以及邮件功能，是乐 Phone 的独特风格所在。只需要滑动选好联系人，然后点击旁边的对话方式按钮，即可以马上与对方联系，免去了烦琐的操作。天气预报以及时间显示也十分详尽，一点即达。

（3）内置大量互联网应用

作为一台实实在在的国产手机，联想乐 Phone 融入了许多本土化的服务内容，让人十分熟悉。同样地，作为一台 WCDMA 和 CDMA 网络的手机，自然有联通"WO"的影子在内。

（4）Widget 推送服务

联想乐 Phone 具有 Android 手机常见的信息推送功能，可以自动连接网络，为用户更新新闻、娱乐资讯等。这些小插件也体现在桌面上，可以通过简单地拖曳调出以及弃用。可以说，联想乐 Phone 很好地成为互联网手机的典范，界面的设计也十分华丽，让人有爱不释手的感觉。在操作的过程中，3.7 英寸触摸屏手感良好，图标的大小也恰到好处。

（5）特色软件商店

联想也为乐 Phone 开通了 Android 应用商店，目前来说还是十分多的免费软件。联想应用商店的优势之处还在于整合了支付宝功能，可以在购买应用软件的时候调用支付宝程序，更加方便与安全。

（6）硬件配置

联想乐 Phone 把系统信息与设置菜单分离了，系统信息在一个独立的栏目里面。并且为其开发了任务管理器，以随时管理后台打开的程序，而不用再安装第三方管理软件。

（7）摄像头像素

联想联通版乐 Phone 采用 320 万像素摄像头，但是并没有具备 LED 闪光灯和自动对焦功能，所以在拍摄能力上并不十分强悍。由于不能实现自动对焦，所以微距样张较难实现。从效果来看，拍摄室外建筑的实际效果一般，感觉摄像头的配置与手机本身的定位不符。不过，智能手机以应用为主，要看用户本身的需求。联想电信版乐 Phone 采用 500 万像素摄像头，具备自动对焦功能，所以在拍摄能力上比联通版乐 Phone 好一些。

（8）推送服务

基于联想自主开发的 push 引擎，以强大的后台服务作为乐 Phone 的基础，能自动把客户最重要的信息实时推送到用户的手机上，包括邮件、新闻、音乐、视频、实时财经信息以及 SNS 好友状态和新鲜事等。配合 GPS 功能，乐 Phone 还可以提供独特的基于用户位置的各种推送服务，如当地实时天气和周边吃、喝、玩、乐场所推荐等。

推送服务实际上还分为两个小功能，首先进入的并不是推送内容，而是一个简洁的页面。推送页面顶部是百度搜索，可以直接输入指定关键字进行相关搜索。下面四个图标是各个功能的快捷开关键,第一个是 Wi-Fi 无线,第二个是蓝牙,第三个是推送服务,最后一个是屏幕亮度调整,提供 1、2、3 三个级别的屏幕亮度等级,用户可以在这里方便、快速地进行调整。

联想乐 Phone 带来了中国手机市场的一支"强心针",让人们对于国产手机的认识有了一个质的改观。其次,在联想乐 Phone 上可以看到 Android 手机上许多创新的设计与应用,给人十分新鲜的感觉。

联想乐 Phone 凭借高规格的硬件参数以及丰富的本土化软件支持,再次提升了国内互联网手机的层次。如果联想乐 Phone 会在日后有更好的技术支持和后续研发条件,那么国产手机的前景肯定会更加明朗。

十一、中国联通 uPhone

uPhone 是 Unicom phone 的缩写。uPhone 是中国联通推出的深度定制手机,使用中国联通自主创新开发的 uniplus 操作系统。

uniplus 系统相关的消息目前还没有透露。尽管中国联通(China Unicom)加入开放手机联盟后将会推出基于 Android 平台(Delvik JAVA)的智能手机,但是 uniplus 的技术架构与 Google 的 Android 无关。uniplus 是基于 Linux 内核的原生操作系统(Native OS)。

uPhone 是指基于 uPhone OS 软件平台架构的智能手机,并包括 UNI-CAR 中间件平台构建互联网应用环境,且具备一定的移动终端安全技术。uPhone 手机一般均支持应用商店、互联网应用、3D 硬件加速、屏幕多点触控、消息聚合、GPS/LBS 等内容。

uPhone 平台与中国移动 Ophone 平台的最大区别在于"中间件"是开放的形态。uPhone 操作系统可以适用其他操作系统,因此避免了给其他手机厂家、平台厂家、应用开发商增加复杂性。而 uPhone 平台的目标是易用性,将简单、低成本的接口方案提供给用户。和中国移动的 Ophone 平台一样,uPhone 也将内置中国联通的特色业务。中国联通表示,将来还会部署如手机游戏、多媒体彩铃、家庭网关、视频会议等 WCDMA 业务,移动 Widget,移动社区等移动互联网业务,以及移动支付等与移动商务相关的业务(图 4-14 所示为 uPhone 手机)。

图 4-14　uPhone 手机

uPhone 应用下载平台是区别于传统 SP 业务的开放的互联网产品,主要体现在开发者无"门槛"准入、结算透明开发、开发者自主定位等方面。uPhone 应用下载平台将拥有 Web 网页及 PC 版客户端,并具有应用审核、体制保障、防盗版、开发者权益保护等功能,保证应用开发者的利益。

uPhone 应用下载平台的支付方式将与已经试商用的 Wo Store 一致,均采用中国联通中间账号的方式进行付费,并不与中国联通手机号码绑定。中国移动、中国电信或国外其他运营商的用户,只要其操作系统在 uPhone 中间件支持范围内,便可以进行付费应用的下载。该应用下载平台的平均价格初期将主要以免费和超低费的策略为主,以便积累更多人气。

2010 年 12 月开始,uPhone 正式从业务探索阶段走向规模推广阶段,并大规模推广应用下载平台,目标实现注册开发者总数为 1500 人,上线应用可达到 1000 款。预计有 30% 的 uPhone 用户成为该应用下载平台的用户。

第二节 智能电视

电视机正在成为继计算机、手机之后的第三种信息访问终端,用户可随时访问自己需要的信息;电视机也将成为一种智能设备,实现电视、网络和程序之间跨平台搜索;智能电视还将是一个"娱乐中心",用户可以搜索电视频道、录制电视节目,播放卫星和有线电视节目以及网络视频。

智能电视的到来,顺应了电视机高清化、网络化和智能化的趋势。当 PC 早就智能化,手机和平板电视也在大面积智能化的情况下,TV 这一块屏幕不会逃过 IT 巨头的法眼,一定也会走向智能化。

智能电视首先意味着硬件技术的升级和革命,只有配备了业界领先的高配置、高性能芯片,才能顺畅运行大型 3D 体感游戏和各种软件程序;其次,智能电视意味着软件内容技术的革命,智能电视必然是一款可定制功能的电视;最后,智能电视还是不断成长,与时俱进的全新一代电视。智能电视最重要的就是必须搭载全开放式平台,只有通过全开放平台,才能广泛发动消费者积极参与彩电的功能制定,才能实现彩电的需求定制化和彩电娱乐化,才是解决彩电智能化发展的唯一有效途径。

国外 IT 巨头们推出智能电视,传统电视厂商也跟进不断研发推出新型的智能电视。智能电视将实现网络搜索、IP 电视、视频点播(VOD)、数字音乐、网络新闻、网络视频电话等各种应用服务。

在国内,各大彩电巨头早已经开始了对智能电视的探索。连接网络后,能提供 IE 浏览器、全高清体感游戏、视频通话、家庭 KTV 以及教育在线等多种娱乐、资讯、学习资源,并可以无限拓展,分别支持组织与个人、专业和业余软件爱好者自主开发、共同分享数以万计的实用功能软件。

一、传统电视媒体

传统意义上,电视是大众传播媒介。传统电视媒体的传播内容封闭,保存性较差,用户被动接受。传统电视媒体否认电视台的经济属性和产业功能,认为电视台只有政治属性和宣传功能。在这种传统思想的指导下,不允许电视部门开展经营活动,不允许实行"制播分营"制度,一个能代表电视产业发展深度和广度的机构——电视产业集团变成了一个空壳。目前,电视广告收入已经成为各电视台的主要经济来源,占全部经营收入的 55％左右。广告是电视台赖以生存和发展的经济基础,广告经营是广电传媒产业结构体系中的支柱产业。因此从某种程度上可以说,电视广告的竞争情况体现了电视媒体的竞争。

二、智能电视机

所谓 TV 智能化,最主要是应该具备扩展性,即功能是可以扩展的,而且是可以自主扩展的,就像智能手机可以自己安装软件和游戏一样,智能电视也应该是可以自己下载并安装应用程序的。之前所有的非智能电视都是完全封闭的,或者是半封闭的。这种扩展性,也应该是敞开了允许众多的开发爱好者针对这款电视开发各种应用程序和游戏。群众的力量是无穷的,当无数的开发者为智能电视开发时,这款电视就变得非常好玩,充满了创意,也充满了更多的商机。

满足这种开放性的智能电视大概会是什么样子呢?

(1) 主芯片:采用一体化智能电视主芯片或分体式,主频不低于 500M,ARM 架构,带 DSP(视频硬解码);

(2) 内存:不低于 1G DDR2;

(3) Nand(内部存储):不低于 2G;

(4) 操作系统:Android 2.1 或 Android 2.2;

(5) 外部接口:至少 2 个 USB 口,可连接 U 盘、移动硬盘、键盘、鼠标、无线键鼠接收器、WIFI 无线网卡、游戏手柄等周边设备,并即插即用;

(6) RF 接收:可选,针对 RF 遥控器;

(7) 摄像头:可选,针对可视通话;

(8) 指令输入:红外遥控器(或 RF 带 3 轴重力感应器的遥控器),仍尊重电视用户的使用习惯;

(9) 遥控器必备按键:上、下、左、右、确认、返回、menu、home、0123456789;

(10) 屏幕分辨率:1280×720(应用程序实际显示区域为 1220×660);

(11) UI:尊重电视用户使用习惯,采用非常大的按钮及上下左右的操作方式;

(12) 输入法:屏幕虚拟键盘输入及使用 0～9 的 T9 收入法;

(13) 首页:标准 Android 首页,允许 Widget 加载,允许常用程序图标排列;

(14) 应用程序商店:非常重要的程序,提供应用程序下载、应用程序管理、充值计费等功能;

(15) 应用和游戏:满足分辨率、操控、菜单设定等规则;

(16) 基本功能:单机游戏、网络游戏、高清视频本地播放、WWW 浏览器、QQ、网络音乐播放、网络收音机、电子杂志、网络卡拉 OK、网络相册、网络视频点播、网络电视直播、有声电子书、股票、彩票、支付宝、杀毒、网络电话(如果有摄像头,可提供可视网络电话)、文件管理器、Widget、邮件、天气、地图、计算器等;

(17) 最为重要的是:智能电视必须为内置可升级的 Web 浏览器,不能用 U 盘外挂式浏览器。U盘外挂浏览器的缺点是U盘丢失、损坏、感染病毒或者版本升级，都会带来很大的麻烦和不便。

当人们拿着遥控器，躺在沙发上使用互联网时，将是另外一种心态和模式，肯定不同于使用PC的状态。

三、智能电视市场迅速崛起的原因

之前家电市场热炒的互联网电视只是普通电视机向智能电视机过渡的产物。智能电视机将逐渐发展成为一个开放的业务承载平台，成为用户家庭智能娱乐终端。与此同时，家电厂家正在从"硬件"盈利模式向"硬件＋内容＋服务"盈利模式转变，改变原来一次性销售的盈利模式，通过销售电视机，同时提供内容和服务，形成电视终端的市场溢价，并产生持续服务的盈利能力。在网络融合的大环境下，基于开放软件平台的智能电视机将成为三网融合的重要载体，担当家庭多媒体信息平台的重任。

智能电视市场迅速崛起的原因主要包括以下几点：

首先，国家大力推动"三网融合"产业发展，将改变有线数字电视的单一服务模式，内容格式的多样性、服务种类的多样性、接入方式的多样性将成为三网融合环境下的数字电视新特点。数字电视SoC及开放式软件平台将成为数字电视服务多样性的关键支持。三网融合环境下的数字电视将成为基于开放软件平台下的智能电视（Smart TV），而不是基于某个私有平台下由厂商定制的功能电视（Feature TV），由此发展的智能电视将成为数字家庭的核心。

其次，电视整机正从平板时代向互联网时代，甚至向目前的智能时代跨越，电视机巨头不希望企业进行的工序被看成简单的加工环节，一直在酝酿着向技术平台等内容产业链扩张，避免在数字家庭中的核心地位被智能机顶盒取代。

最后，目前谷歌Android系统和苹果iOS系统在智能手机上的竞争已经进入白热化，应用平台系统想要获得更大的份额就必须扩展使用范围，找到一个全新的发展领域，智能电视将成为突破口。

从全球范围来看，IT/互联网巨头和电视巨头都相应投入巨资开发智能电视机，智能电视机的发展成为不可逆转的趋势。智能电视在全球迅速发展的主要原因在于其价格趋于平民化以及内容资源链日趋成熟。智能电视将为广大用户打造一个可加载无限的内容、无限的应用的开放的系统平台，并可以根据用户自身需要进行个性化安装，使电视永不过时。

第三节 平板电脑

平板电脑（Tablet Personal Computer，Tablet PC、Flat Pc、Tablet、Slates），是一种小型、方便携带的个人电脑，以触摸屏作为基本的输入设备，如图4-16所示。它拥有的触摸屏（也称为数位板技术）允许用户通过触控笔或数字笔来进行作业而不是传统的键盘或鼠标。用户可以通过内建的手写识别、屏幕上的软键盘、语音识别或者一个真正的键盘（如果该机型配备的话）来操作。从微软提出的平板电脑概念产品上看，平板电脑就是一款无须翻盖、没有键盘、小到足以放入女士手袋，但功能完整的PC。随着苹果 iPad 的推出和新型平板电脑的技术发展，基于 ARM 更轻、更薄的平板电脑正走入人们的生活。

一、基本简介

多数平板电脑使用 Wacom 数位板，该数位板能快速得将触控笔的位置"告诉"电脑（见图 4-15）。使用这种数位板的平板电脑会在其屏幕表面产生一个微弱的磁场，该磁场只能和触控笔内的装置发生作用。所以用户可以放心地将手放到屏幕上，因为只有触控笔才会影响到屏幕（然而，因为周围的设备存在干扰的可能，会发生光标"颤抖"的问题，这个问题会加深某些操作的难度，例如当试图画直线、写小字等）。此外，制造这种数位板的还有 UC Logic 以及 Finepoint 公司。

图 4-15 平板电脑实物图

iPad 由首席执行官史蒂夫·乔布斯于 2010 年 1 月 27 日在美国旧金山欧巴布也那艺术中心发布。iPad 的成功让各 IT 厂商将目光重新聚焦在"平板电脑"上，iPad 被很自然地归为"平板电脑"一族。但是，"平板电脑"这个概念是由比尔·盖茨提出来的，必须能够安装 X86 版本的 Windows 系统、Linux 系统或 Mac OS 系统，即平板电脑最少应该是 X86 架构。而 iPad 系统基于 ARM 架构，根本不能当作 PC，乔布斯也声称 iPad 不是平板电脑。

二、发展历史

来自施乐帕洛阿尔托研究中心的艾伦·凯（Alan Kay）在 20 世纪 60 年代末提出了一种可以用笔输入信息的叫做 Dynabook 的新型笔记本电脑的构想。然而，帕洛阿尔托研究中心没有对该构想提供支持。第一台用作商业的平板电脑是 1989 年 9 月上市的 GRiD Systems 制造的 GRiDPad，它的操作系统基于 MS-DOS。1991 年，另外一台 Go Corporation 制造的平板电脑 Momenta Pentop 上市。1992 年，Go 推出了一款专用操作系统，命名为 PenPoint OS，同时微软公司也推出了 Windows for Pen Computing。跟"ThinkPad"这个词暗示的一样，IBM ThinkPad 系列的原始型号也都是平板电脑。这些早先的例子都失败了，令人诟病的手写识别率根本不符合用户的需求，并且高居不下的价格和重量也很成问题。譬如，Momenta 重达 7 磅（大约 3.2 千克）并且价格高达 5000 美元！

自从 2002 年秋季微软公司大力推广 Windows XP Tablet PC Edition,平板电脑渐渐流行起来。在此之前,平板电脑在工业、医学和政府等顾客群内有小型市场。现在它们的主要用户群为学生和专业人员。区分 Tablet PC(运行 Microsoft Windows XP Tablet PC Edition)和其他平板电脑是很重要的(英文的区别则是 Tablet PC 和 tablet PC,小写"t"),很多厂商都直接称它们为"Tablet"(平板)。它们都是触控笔输入设备,有些软件是专为平板电脑设计的,不能运行在其他设备上。消费者一定要搞清楚软件和硬件的兼容问题,因为"平板电脑"并不是单指微软公司一家的产品。

三、操作系统

很多平板电脑运行 Windows XP Tablet PC Edition——最新版本是 2005 版。Tablet PC Edition 2005 包含了 Service Pack 2 并且可免费升级。2005 版带来了增强的手写识别率并且改善了输入皮肤,还让输入皮肤支持几乎所有程序。在 CES 2005 期间,微软向用户卖弄了一些下一次升级计划中的特性。下次升级将会允许用户直接在桌面上写字、增加手写便笺时的可视性。

随着 Windows Vista 系统的普及,在家庭高级版(Home Premium)、商业版(Business)、旗舰版(Ultimate)中均加入了对平板电脑的支持,甚至还专门为之设计了名为"墨球"的自带游戏。

运行 Linux 是平板电脑的另一个选择。对于一些 Linux 销售和一些平板电脑,工作过程可能会冗长无味,除非直接购买预装了 Linux 的平板电脑,跟早期的 Lycoris Desktop/LX Tablet Edition 一样。Linux 天生就缺乏平板电脑专用程序,但随着带有手写识别功能的 EmperorLinux Raven X41 Tablet,Linux 平板电脑改善了许多。

来自 Novell 公司的 open SUSE linux 也对平板电脑有着部分的支持。它是定制性很强的操作系统,包括 ubuntu linux,也有人自己动手修改使其支持平板电脑,甚至有人提出发行 tabuntu 的 ubuntu 派生版本。

如日立 VisionPlate 平板电脑就可以选装 Linux,并且能够迅速地作为无线 X-Window 系统终端,摆脱了运行实实在在的程序所需要的硬件。相反的,可以让所有在 VisionPlate 上的资源都用来显示在局域网或更广范围网络的其他电脑运行的程序。这种方式可以使平板电脑作为一种无线图形终端用在垂直行销市场,比如餐馆的消费终端上。

2011 年 Google 推出 Android 3.0 蜂巢(Honey Comb)操作系统。Android 是 Google 公司基于 Linux 核心的软件平台和操作系统,iOS 最强劲的竞争对手之一。2011 年 5 月 Google 正式推出了 Android 3.1 操作系统。

四、主要特点

平板电脑的主要特点是显示器可以随意旋转,一般采用小于 10.4 英寸的液晶屏幕,并且都是带有触摸识别的液晶屏,可以用电磁感应笔手写输入。平板式电脑集移动商务、移动通信和移动娱乐为一体,具有手写识别和无线网络通信功能,被称为笔记本电脑的终结者。

平板电脑按结构设计大致可分为两种类型,即集成键盘的"可变式平板电脑"和可外接键盘的"纯平板电脑"。平板式电脑本身内建了一些新的应用软件,用户只要在屏幕上书写,即可将文字或手绘图形输入计算机。

五、主要优势

（1）平板电脑在外观上具有与众不同的特点。有的就像一个单独的液晶显示屏,只是比一般的显示屏厚一些,在上面配置了硬盘等必要的硬件设备。有的外观和笔记本电脑相似,但它的显示屏可以随意旋转。

（2）平板电脑特有的 Table PC Windows XP 操作系统不仅具有普通 Windows XP 的功能,普通 XP 兼容的应用程序都可以在平板电脑上运行,增加了手写输入,扩展了 XP 的功能。

（3）扩展使用 PC 的方式。使用专用的"笔"在电脑上操作,使其像纸和笔的使用一样简单。同时支持键盘和鼠标,像普通电脑一样操作。

（4）便携移动,它像笔记本电脑一样体积小而轻,可以随时转移使用场所,比台式机具有移动灵活性。

（5）数字化笔记,平板电脑就像 PDA、掌上电脑一样,做普通的笔记本,随时记事,创建文本、图表和图片。同时它集成电子"墨迹"在核心 Office XP 应用中使用墨迹,在 Office 文档中留存用户自己的笔迹。

（6）个性化使用。使用 Tablet PC 和笔设置控制,可以定制个性 Tablet PC 操作,校准笔,设置左手或者右手操作;可以设置 Table PC 的按钮来完成特定的工作,例如打开应用程序或者从横向屏幕转到纵向屏幕的方位。

（7）方便的部署和管理。Windows XP Tablet PC Edition 包括 Windows XP Professional 中的高级部署和策略特性,极大简化了企业环境下 Tablet PC 的部署和管理。

（8）全球化的业务解决方案,支持多国家语言。Windows XP Tablet PC Edition 已经拥有英文、德文、法文、日文、中文（简体和繁体）和韩文的本地化版本,还将有更多的本地化版本问世。

（9）对关键数据最高等级的保护。Windows XP Tablet PC Edition 提供了 Windows XP Professional 的所有安全特性,包括加密文件系统、访问控制等。Tablet PC 还提供了专门的 CTRL＋ALT＋DEL 按钮,方便用户安全登录。

平板电脑的最大特点是数字墨水和手写识别输入功能,以及强大的笔输入识别、语音识别、手势识别能力,且具有移动性。

六、主要缺点

（1）因为屏幕旋转装置需要空间，平板电脑的"性能体积比"和"性能重量比"不如同规格的传统笔记本电脑。

（2）译码。编程语言不利于手写识别。

（3）打字（学生写作业、编写 E-mail）。手写输入跟每分钟高达 30～60 个单词的打字速度相比太慢了。

（4）没有键盘的平板电脑（纯平板型）不能代替传统笔记本电脑，并且会让用户觉得更难（初学者和专家）使用。

七、形态分类

1. 滑盖型平板电脑

滑盖平板电脑的好处是带全键盘，同时节省体积，方便随身携带。它合起来就跟直板平板电脑一样，将滑盖推出后能够翻转。它的显著优势就是方便操作，除了可以手写触摸输入，还可以像笔记本一样用键盘输入，输入速度快，尤其适合炒股、网银时输入账号和密码，其代表性产品是 EKING S515 旗舰版、EKING M5。

2. 纯平板电脑

纯平板电脑是将电脑主机与数位液晶屏集成在一起，将手写输入作为其主要输入方式，它们更强调在移动中使用，也可随时通过 USB 端口、红外接口或其他端口外接键盘/鼠标（有些厂商的平板电脑产品将外接键盘/鼠标作为可选件），FSL F979、德国 SIMPAD、广讯通 EKING、viliv、优派、联想、富士通、KUPA 酷跑、爱可视、汉王等厂商的平板电脑即属此类。

3. 商务平板电脑

平板电脑初期多用于娱乐，但随着平板电脑市场不断拓宽及电子商务的普及，商务平板电脑凭其高性能、高配置迅速成为平板电脑业界中的高端产品代表。一般来说，商务平板用户在选择产品时看重的是处理器、电池、操作系统、内置应用等"常规项目"，特别是 Windows 之下的软件应用，对于商务用户来说更是选择的重点。目前，商务平板电脑主要产品和主要生产厂商有：商务平板 FSL F979、德国 SIMPAD、广讯通 EKING、viliv、优派、联想、富士通等，如图 4-16 所示。

图 4-16　商务平板电脑

4. 工业用平板电脑

简单地说，工业用平板电脑就是工业上常说的触摸屏，其整机性能完善，具备市场常见的商用电脑的性能。平板电脑的区别在于内部的硬件，多数针对工业方面的产品选择的是工业主板，与商用主板的区别在于非量产，产品型号比较稳定。由此可以看到，工业主板的价格较商用主板高。另外，在 RISC 架构方面，工业用平板电脑需求比较简单、单一，性能要求也不高，所以很多厂家开始瞄准 RISC 市场。其优点是散热量小，无风扇散热。

工业平板电脑的另一个特点是多数都配合组态软件一起使用，实现工业控制。现在市场上生产平板电脑的厂家很多，但是质量方面比较出众的有西门子、SIMPAD、研华、富士莱，威达电 IEI，主要用在工业自动控制与监控方面。

网络融合时代的营销

第五章

本章标题：

☆ 第五媒体（手机媒体）

☆ 口碑营销到营销口碑

☆ 全媒体营销

☆ 博客营销

☆ 博客营销与 SNS 营销

☆ 博客营销与微博营销

　　市场营销从报纸、电台、电视媒体时代，到互联网时代、移动互联网时代和网络融合时代，商家无不绞尽脑汁思考怎样创新营销模式，在竞争中争夺客户，赢取客户订单。2009 年开始的"3G 时代"让用户群体获取信息的渠道陡然改变，无数商家的目光转移到移动互联网，开始觊觎手机终端应用新领域。那么，在网络融合时代，移动互联网又有哪些创新营销方式值得借鉴呢？

第一节 第五媒体(手机媒体)

一、第五媒体的概念与定义

第五媒体是以手机为视听终端,手机上网为平台的个性化即时信息传播载体。它是以大众为传播目标,以定向为传播目的,以及时为传播效果,以互动为传播应用的大众传媒平台。

美国的《连线》杂志给"第五媒体"下过一个定义,即所有人对所有人的传播。以前的信息传播方式是由传播方来主导,接收者只能被动地接收传播者传递的信息,没有太多的选择空间。"第五媒体"的出现改变了这种局面,个人不但可以接收他人的信息,也可以自己发布信息,表达自己的观点和看法。

传统的四大媒体分别为报纸、电视、广播和杂志。此外,还有户外媒体、网络媒体、新媒体,如手机短信等。随着科学技术的发展,逐渐衍生出新的媒体,例如IPTV、电子杂志等,它们在传统媒体的基础上发展起来,与传统媒体有着质的区别。

总之,从出现的先后顺序来划分:报纸刊物为第一媒体;广播为第二媒体;电视为第三媒体;互联网被称为第四媒体;移动网络应为第五媒体。

但是,就其重要性、适宜性和有效性而言,广播的今天就是电视的明天。电视正逐步变为"第二媒体",互联网正在从"第四媒体"逐步上升为"第一媒体"。虽然电视的广告收入一直有较大幅度的增长,但"广告蛋糕"正日益被互联网、户外媒体等新媒体以及变革后的平面媒体所瓜分。同时,平面媒体涵盖了报刊、杂志、画册、信封、挂历、立体广告牌、霓虹灯、空飘、LED看板、灯箱、户外电视墙等等广告宣传平台;电波媒体涵盖了广播、电视等广告宣传平台。

基于此,就适宜性来讲,媒体应按其形式划分为平面、电波、网络三大类,即:

(1)平面媒体 主要包括印刷类、非印刷类、光电类等。

(2)电波媒体 主要包括广播、电视广告(字幕、标版、影视)等。

(3)网络媒体 主要包括网络索引、平面、动画、论坛等。

也就是说,如果按其形式予以适当调整后明确划分"媒体",我国目前现行的只有"三大媒体"。

与传统模式相比,"第五媒体"具有移动性、实时性、交互性和便携性等特点。个体与个体之间随时可以交流和互动,这是其他媒体形式都不具备的优势。"第五媒体"携带方便,在网络条件具备的情况下可以不受时间、地点和环境的制约。信息的传播和更新速度更快,几乎做到与新闻事件同步,而且传播内容更加丰富多彩。"第五媒体"的出现使信息接收方和传播方处于平等的地位,双方可以在一个平等的平台上交流和对话,普通百姓也可以通过"第五媒体"发表自己的观点,信息传播逐渐走向平民化和大众化。

当然,在一个多元化的社会里,人们对媒体的选择面很宽。而且由于年龄、阅读习惯和生活方式的不同,可以选择任何一种媒体形式。虽然"第五媒体"代表了未来发展的方向,但是目前来看它并不能完全代替纸质媒体和其他媒体的作用。纸质媒体和其他媒体依然具有不可比拟的强大生命力。

我国"第五媒体"发展势头强劲,与"第五媒体"传播方式密切相关的手机上网用户数量正在呈现高速增长态势。截至 2011 年 4 月份,我国手机上网用户达到 3.03亿,手机上网用户在全国互联网用户比重不断提升,占到 66.2%,手机作为"第五媒体"的传播载体,其未来的主导作用已经不可逆转。

随着网络融合时代的到来,互联网从 PC 向移动智能终端变迁,3G 乃至 4G 网络全面铺开,更多的移动智能终端用户将跨越 PC 和手机的鸿沟,拥有更加简便、自由的移动生活,并享受"第五媒体"带来的新体验。3G 推广的目标是最终实现无所不在的网络、无所不在的介入和无所不在的传输。

"第五媒体"的发展经历了从早期简单的短信传播,到彩信、飞信、手机 WAP 网站、手机报、手机电视、视频直播等多媒体方向过渡。"第五媒体"的内容更丰富,表现力更强,新业务群不断涌现。

"第五媒体"的井喷式发展,要求人们更加关注诸如手机、便携电脑等移动智能终端的发展,更加关注基于消费端的信息技术发展,将创造出的新繁荣。未来移动智能终端将继续保持多元化的发展态势,终端用户也将获得多元化、个性化、随时随地接入网络的使用体验。随着产品研发的逐步完善,尤其是以移动多媒体和宽带为主要特征的 3G 通信网络的建设和完善,势必会激发新的用户需求,派生出更多种类的移动智能终端产品。

实现网络融合之后,广大网民和电视观众都将成为未来"第五媒体"的潜在使用者,使用手机和上网本等其他移动终端的人会越来越多,这将使人们对信息和知识的了解发生很大的变化,给生活带来许多意想不到的变化。

网络融合后,网络层面上将可实现互联互通,业务上将互相交叉渗透,应用上将趋向使用统一的 IP 协议。"三网"之间互相竞争、互相合作,数据、语音、图像三种业务共用同一网络、同一平台,并朝着服务多样化、多媒体化、个性化的方向发展。手机、电脑和电视之间的界限,也将因此逐渐模糊。

可以预见,以移动智能终端为载体,以"第五媒体"为信息传播与交流的新形式,以三网融合为信息传输的有效保障,必将推动我国扩大内需、拉动国内消费以及形成新的经济增长点,并带动整条产业链的发展和繁荣。

事实上,"媒体"这两个字已经相对有些狭窄了。媒体的概念只局限于信息的传播和接收。当三网融合出现之后,"第五媒体"可以推进许多科技领域的创新和商业模式的创新。以电子商务为例,买卖双方完全可以在网上完成交易,将大大推进金融交易手段和方式的变化。在这个移动载体平台内,人们可以随时随地控制和料理家庭生活事务,还可以获得诸如医疗单位提供的有关药物和治疗的信息等。随着科学技术进一步发展,以后甚至可以使用手机召开国际会议。

二、第五媒体发展面临的挑战

首先,从技术层面来说。与固定网络相比,移动无线网络对移动网络平台建设提出更高的要求,尤其是在 3G 技术正式投入商业运营后,移动网络平台建设更是直接影响"第五媒体"的发展。移动网络由于其移动性以及无线传输的网络特点,要保证用户随时随地都能使用较高速的 3G 移动业务,在传输带宽、网络覆盖范围和网络优化等技术层面,仍面临较大的挑战。原来移动运营商在建设移动网络平台时更多地考虑网络之间的衔接和运营商之间的融合问题,但随着"第五媒体"的快速发展,网络覆盖面有限、网络传输速度慢以及个性化服务不够等问题逐渐暴露出来。

其次,移动终端的性能也需要进一步开发和拓展。"第五媒体"用户终端的开发,要考虑终端的多样性、终端屏幕较小、用户接触时间零散等特点。目前已有的移动终端品种,无论是其显示输出、信息输入、电池寿命,还是体积和重量,都使"第五媒体"的应用体验受到局限。

再次,从内容方面来说。"第五媒体"继承了另外四种媒体的内容和方式,如何开发真正适合"第五媒体"的个性化服务和内容资源是今后需要解决的一个重大问题。

我国"第五媒体"的信息传播模式主要包括两类:一是与普通电脑上网方式相同的 NET 链接模式;二是专门提供手机上网服务的 WAP 模式。

现阶段我国"第五媒体"的传播内容,主要由互联网内容提供商和无线 WAP 网站提供。无论是内容提供商,还是无线 WAP 网站,都需要与移动运营商合作,才能使其提供的内容得以传播。虽然报纸、广播、电视和互联网的内容资源都可以作为移动信息传播与交流的内容,但"第五媒体"内容资源的获取、加工和传播的创新,仍然是需要认真关注的问题。

最后,从安全层面来说,"第五媒体"的信息传播安全,不但包括移动网络安全,也包括移动内容安全。在移动网络安全方面,由于移动终端所具有的更大的存储容量、更强的互联网访问功能,需要更多的安全保护。目前有大量的恶意软件开始对移动网络发起攻击,间谍软件、恶意软件等攻击软件正在迅速蔓延。反病毒厂商已发现了几百种手机病毒。随着三网融合时代的到来,宽带更宽、网速更快,病毒也将会更加肆虐。

在移动内容安全方面,由于我国"第五媒体"的快速发展,信息管理的难度也在加大。据不完全统计,我国各种独立 WAP 网站站点的数量至少达两万家,这为大量不良信息的存在提供了温床。当前,我国移动运营商在"第五媒体"发展中,除承载了传统的通信服务职责外,还要承担阻断不良信息传播的职责。

由"第五媒体"的安全问题联想到,还应该关注基础系统构建过程中的可靠性问题。系统的可靠性问题正在成为全球性的问题。当系统越来越复杂,涉及的人群越来越广泛的时候,任何一种不可靠的事件都会直接影响到整个社会的生产和生活。现在,社会生活都离不开智能载体,随着科技的不断发展,人类对现代化、智能化的系统依赖性越来越强,一旦系统出现问题,会导致正常生活发生紊乱。系统构建给人类的生产生活带来巨变的同时,其本身存在的脆弱性也成为影响人类生活的隐患。

在保障移动网络传输安全方面,要注重建立我国"第五媒体"网络信息安全监管机制,加强政府从体制机制角度对网络传输安全的监管力度。同时,要引导移动运营商加大投入,提高移动运营商从技术角度解决网络信息安全问题的能力。随着网络融合及运营商的全业务发展,安全威胁已经不仅仅局限在一个层面上,因此需要运营商从多层次、多角度入手,构建更加高端的安全防护架构,以保障移动网络的安全。手机运营商应设置安全警戒线,启用信令监测系统,利用建设手段最大限度地堵住有害信息。

"第五媒体"内容资源的整合,不但可以集成报纸、广播、电视、互联网几大传统媒体的传播内容,更需要开发适合便携移动终端有效传播的应用服务和内容资源,如获取新闻、定制信息、阅读电纸书、实时交流等。当前,我国媒体产业政策仍然处于条块分割状况,因此,很大程度限制了我国"第五媒体"的内容资源整合。所以,今后更多的应该在整合内容资源,拓展多元化的内容服务方面下工夫。

"第五媒体"信息的传播,涉及了内容提供商、内容集成商、移动平台提供商、移动运营商、终端提供商、渠道合作伙伴等诸多环节,移动运营商是整个环节的核心。"第五媒体"的内容安全,需要内容提供商与移动运营商密切配合。当前,传播不良信息的主要源头是网站,对网络进行有效监管,就等于切断了不良信息的源头。

目前,我国移动运营商虽然名义上主导着"第五媒体"产业及其内容监管,但由于没有得到对内容管理的明确授权,因此运营商并没有真正有效地履行监管的职责。因此,应通过移动运营商,以一定的技术监控手段,实现对传播内容的监控。不少专家认为,应尽快建立适合我国国情的"第五媒体"安全监管机制,明确监管主体及其监管职责,加大对"第五媒体"网络安全和内容安全的监管力度。

目前,我国只有电信条例对传输内容有所制约,但作为部门规章,其法律地位低,且并无法律授权的监管权。个别运营商出于自身利益考虑,变相纵容和包庇不良信息传播,使得原本不规范的"第五媒体"信息市场变得更加无序。不少专家认为,国家应尽快出台我国"第五媒体"相关法律、法规,以确定手机信息传播监管主体、监管客体、监管内容和监管权力。

随着智能载体的发展,许多新闻线索并不是记者第一时间发布出来的,越来越多的信息都是由个人首先报道和发布,然后逐渐扩散。信息传播速度很快,在传递过程中可能存在失真现象,接收者和再传输者都可能把一些主观的东西加进去,从而改变信息本身,个别的小事件逐渐演变为对社会产生重大影响的大事件。对于这类问题不能只看其短期效果,应该从长远的角度来看,要相信广大网民对信息有自己独立的判断力,相信正确的文化和价值观仍然是时代的主流。

第二节 口碑营销到营销口碑

口碑(Word of Mouth)源于传播学,被市场营销广泛地应用。

口碑营销是指企业通过朋友、亲戚的相互交流将自己的产品信息或者品牌传播开来。

口碑营销成功率高、可信度强。口碑营销也被业内人士称为"病毒式营销"。因为口碑可以像病毒一样快速传播。不少企业家发现,产品拥有一个良好的口碑,会产生更大的利润价值。因此有众多市场营销人员对其研究。随着移动互联网的快速发展,人们发现 SNS 和微博是很好的口碑营销工具,它们的效率远远高于传统的口口相传的口碑营销。

一、口碑营销三步骤

1. 口碑营销第一步——鼓动

赶潮流者,产品消费的主流人群,即使他们是最先体验产品的可靠性、优越性的受众,也会第一时间向周围朋友圈传播产品本身质地、原料和功效,或者把产品企业、商家系统、周密的服务感受告诉身边的人,以此引发别人跟着去关注某个新产品、一首流行曲或是新业务。

比如为某知名凉茶品牌做的封杀类广告,大范围地吸引了网民的眼球,有效提高了品牌关注度。又如宝洁公司的近来 Tremor 广告宣传引起各方关注和讨论。在口碑营销上 Tremor 广告做足了"势",靠大家的鼓动和煽情提升产品的认知度。宝洁投入了一定时间和精力,但实现了口碑营销的低成本策略。

鼓动消费精英群体,口碑组合化、扩大化,就能拉动消费,使产品极具影响力。的确,像宝洁、安利、五粮液等等这些品牌,在口碑营销上一直在努力,一方面调动一切资源来鼓动消费者的购买欲;另一方面,大打口碑营销组合拳,千方百计扩大受众群,开展"一对一"、"贴身式"组合口碑营销战术,降低运营成本,扩大消费。

2. 口碑营销第二步——价值

传递信息的人没有诚意,口碑营销就是无效的,失去了口碑传播的意义。任何一家希望通过口碑传播来实现品牌提升的公司必须设法精心修饰产品,提高健全、高效的服务价值理念,以达到口碑营销的最佳效果。当消费者刚开始接触一个新产品,他首先会问自己:"这个产品值得我广而告之吗?"有价值才是产品在市场上稳住脚跟的通行证,因而他们所"口碑"的必须是值得自己信赖的有价值的东西。当某个产品信息或使用体验很容易为人所津津乐道,产品能自然而然地进入人们茶余饭后的谈资时,产品才是有价值的,也易于口碑的形成。

3. 口碑营销第三步——回报

当消费者通过媒介、口碑获取产品信息并购买时,他们希望得到相应的回报,如果营利性企事业单位提供的产品或服务让受众的确感到物超所值,才能顺利地在短期内将产品或服务理念推广到市场,实现低成本获利的目的。

二、口碑营销四法则

第一法则：要有趣

在打广告之前，在推出产品之前，在为餐牌增加新的菜色之前，先征求别人的意见。

第二法则：让人开心

开心的顾客是最好的广告员，要让他们兴奋、激动。借着制造真的很好的东西让人开心，推出能够发挥应有功能，而且用起来得心应手的产品。

第三法则：赢得信任和尊敬

做个正派的公司。凡事讲求道德，善待顾客，与消费者沟通，满足他们的需求。

第四法则：要简单

口碑很懒惰。要发挥它的作用，必须帮它一把，必须做两件事：找个超级简单的信息，并协助大家分享这个信息。

三、口碑营销五要点

下面的 5 个要点，是口碑营销成功的必要条件。掌握了这些，不一定能获得营销上的突破，但不注意这些，口碑营销实践肯定就不会有所成就。

1. 寻找意见领袖

倘若你是销售电脑的，那么邀请电脑专业媒体的记者来试用一番，通过他们的生花妙笔来传播产品信息，便可以较高的可信度征服消费者；如果产品的消费人群主要是青年学生，找到班上学习成绩最好的学生或者班长、班主任来体验产品，提供传播渠道帮助他们发布使用心得是不错的方法；要是企业主要生产农作物种子，那么找农业科技人员、村长来讲述品牌故事和产品质量。在 Web 2.0 时代，每个人都可能是一个小圈子里的意见领袖，关键是营销人员是否能慧眼识珠，找到这些意见领袖。意见领袖是一个小圈子内的权威，他的观点能为拥趸者广泛接受，他的消费行为能为"粉丝"狂热模仿。全球第一营销博客、雅虎前营销副总裁 SethGodin 认为，口碑传播者分为强力型和随意型两种，强力型主导传播的核心价值，随意型扩大传播的范围。口碑营销要取得成功，强力型口碑传播者和随意型口碑传播者都不可或缺。

2. 制造"稀缺"，生产"病毒"

病毒营销中的"病毒"，不一定是关于品牌本身的信息，但基于产品本身的口碑可以是"病毒"，这就要求产品足够"cool"，要有话题附着力，才容易引爆流行，掀起一场口碑营销风暴。

还有哪个企业比苹果公司更擅长"病毒"制造和口碑传播吗？一提到 iPhone 3G 这个名字，就能让无数"苹果们"抓狂，让营销业内人士羡妒不已。这样一款产品不仅提供众多个性化的设计,关键是价格还出奇的低廉。不让它的消费者讨论似乎都很难。在这里,消费者的口碑既关于产品本身,又是传播速度极快的"病毒"。重要的是,它总是限量供应,欲购从速。拥有它的人就是时尚达人,仿佛一夜之间便与众不同,身价倍增,他们当然更愿意在亲朋好友间显摆,高谈阔论一番。

3. 整合营销传播

口碑营销并不是什么营销传播领域内的新玩意,也不是什么了不起的大革新、大革命,它只是新媒介时代众多营销方式的一种。口碑营销虽然有宣传费用低、可信任度高、针对性强等优点,但也充满着小市民的偏见、情绪化的言论,口碑在消费者中诞生、传播,对于营销人员而言属计划外信息,本身具有很强的不可控性。因此,口碑营销并不是解决眼下传播效果差、投资回报率低这一顽疾的救命稻草,它只是在营销人员的传播工具百宝箱中又添加了一个新物件而已。

毫无疑问,传播技术的进步让消费者获取消费信息到最后形成购买决策的整个过程发生了变化。传统的广告理论认为,消费者购买某个产品,要经历关注、引起兴趣、渴望获得产品进一步的信息、记住某个产品到最后购买5个阶段,整个传播过程是一个由易到难、由多到少的倒金字塔模型。互联网为消费者口碑传播提供了便利和无限时空,如果消费者关注某个产品,对它有兴趣,一般就会到网上搜索有关这个产品的各类信息,经过一番去伪存真、比较分析后,随即进入购买决策和产品体验分享过程。在这一过程中,可信度高的口碑在消费者购买决策中起到关键作用,这在一定程度上弥补了传统营销传播方式在促进消费者形成购买决策方面能力不足的缺陷。然而,要让众多消费者关注某个产品,传统广告的威力依然巨大。

因此,口碑营销必须辅之以广告、辅助材料、直复营销、公关等多种整合营销方式,相互取长补短,发挥协同效应,才能使传播效果最大化。

4. 实施各类奖励计划

天下没有免费的午餐,这样的道理或许每个人都明白,但人性的弱点让很多人在面对免费物品时总是无法拒绝。给消费者优惠券、代金券、折扣等各种各样的消费奖励,让他们完成一次口碑传播过程,口碑营销进程会大大提速。销售成衣的电子商务企业对这一套可谓轻车熟路,只要消费者购买了产品,大概都能获得一张优惠券,如果把网站推荐给朋友,和朋友分享网站购衣体验,还有更多意想不到的收获。让消费者告诉大家,这样消费者就不由自主地成了商家的宣传员和口碑传播者。

5. 放低身段,注意倾听

好事不出门,坏事传千里。因为没有对消费者的一篇关于电脑质量存在缺陷的博文及时做出反应,Dell电脑2005年的业绩受到冲击。这并非杜撰,而是Dell电脑承认的事实。口碑营销的主要工作之一与其说是将好的口碑传播出去,不如说是管理坏口碑。遗憾的是,世界上还没有管理口碑的万能工具,但这不妨碍营销人士朝这个目标努力。

营销人员当然可以雇佣专业公司来做搜索引擎优化服务,屏蔽掉有关公司的任何负面信息。但堵不如疏,好办法是开通企业博客、品牌虚拟社区,及时发布品牌信息,收集消费者的口碑信息,找到产品服务的不足之处,处理消费者的投诉,降低消费者的抱怨,回答消费者的问题,引导消费者口碑向好的方向传播。值得注意的是,消费者厌倦了精心组织策划的新闻公关稿、广告宣传语,讨厌你说我听、我的地盘我做主的霸道,他们希望与品牌有个平等、真诚、拉家常式的互动沟通机会。在营销传播领域,广告失去了一位盟友,但品牌多了一个与消费者建立紧密关系的伙伴。

被誉为"比尔·盖茨一号广播小喇叭"的微软前博客负责人斯考伯说:"再不经营博客,企业将沦为二流角色。"再不放低身段,倾听来自消费者的声音,历史性的口碑营销机遇也会擦肩而过。

四、口碑营销发展瓶颈

网络口碑营销在发展进程中将会遇到两方面的问题:一是在消费者一方,由于以文字等表达方式发布口碑信息需要一定的表达能力和时间、精力资源,因此依企业的意愿与请求提供有利口碑信息的动力不大;相反,心中的"不满"更可能成为他们提供不利口碑信息的内驱力。人们在日常的消费行为中,不仅需要物质上的满足,还有得到精神上尊重和自我价值实现的需要,而沟通交流正是实现后者需求的必要条件与途径。企业推行网络口碑营销,特别要注重与消费者的沟通交流,这并非是要说服他们把对企业不利的信息改为对企业有利的内容,而是首先要尊重消费者发布"不满"口碑信息的权利,并把批评或质疑的消费者中肯体验视为企业千金难买的"金玉良药"。在通过沟通、交流,展现企业诚信与良好形象之后,再想方设法把消费者的"不满"转化为企业前行的动力,进一步改善各种不足,产出"满意"的产品和服务,重新接受消费者的检验与评判。如此循环渐进,这种"不满"的口碑信息,就会变成"歪打正着"、"坏事变好事"。能正确对待和吸纳消费者的"不满",不仅是对企业家们眼光、气度、智慧等综合素质的考验,而且是企业具有核心竞争力的实在体现。企业要切忌走制造"虚假口碑"的捷径,因为广大网民的眼睛是雪亮的,搞不好就会弄巧成拙。二是在企业一方,目前大多数企业既没有正确认识网络口碑营销的意义与作用,又缺乏与消费者(特别是提供不利口碑的信息者)沟通、交流的主动性和积极性。解决上述问题的关键,在于企业方领导者的胸怀与卓识。从企业的竞争优势和营销理念角度看,企业的竞争优势要建立在为消费者、企业、社会提供优异价值的能力上。现代企业营销从表象看是市场营销策略的应用与组合,是一种经济行为,但从深层次剖析,是人文操作的结果,是企业文化的体现。积极和正确应对消费者"不满"的口碑信息,正是企业营销极其重要的组成部分。它不仅是市场营销部门的职能,而且是企业所有部门应负的责任。以消费者"不满"为市场导向的企业文化管理,反过来将更能强化企业的市场营销。企业要想把消费者的"口碑信息"由不利转化为有利,是靠企业自身诚信与品质的提升,靠"润物细无声"的实际行动来感化。既然"不满"会是消费者撰写"不利"口碑信息的内驱力,那么实实在在的"感动与满足",再加上通过网络社区等渠道致双方情感纽带的建立于紧密,肯定会成为身临其境的消费者提供"有利"口碑信息的动力。只要企业坚持"正向"操作,不管是网上线下,不同的"口碑信息"都可以殊途同归,共同促进企业宗旨与愿景的实现。也正是基于此,网络口碑营销崛起后,才能沿着正确的道路健康、有序地发展。

五、营销口碑

在以消费者为主导的时代中,消费者可获得的信息数量巨大。面对着大量的信息,消费者越来越不喜欢企业的广告和促销活动,而更愿意做出独立的购买决定。这样,营销口碑产生了巨大的影响力。

营销者可能会将数百万美元花费在精心设计的广告活动上,但是,真正让消费者下定决心的往往是简单而且免费的东西:来自所信任来源的口碑推荐。面对过多的产品选择,消费者不再理会传统营销方式的狂轰滥炸,口碑宣传悄然而有效地脱颖而出。事实上,在所有购买决策中,大多数的决策背后的首要因素是口碑。当消费者首次购买某种产品或者当产品相对昂贵时,口碑的影响力最大——因为与其他情况相比,在这种情况下人们会进行更多的调查,寻求更多的意见,并且考虑的时间更长。

口碑影响力或许还会不断上升:数字革命扩大了其影响范围,并加快了其传播速度,使得口碑不再只是一种以个人密切关系为基础的一对一的沟通。如今,口碑以一对多的形式传播:人们会在网上发表产品评论,并通过社交网络传播其意见。有些顾客甚至会建立网站或开博客,来表扬或惩罚某些品牌。随着在线社区的规模、数量和特色都有所提高和加强,营销者逐渐认识到口碑的重要性与日俱增。

但是,衡量和管理口碑绝非易事。要对口碑加以剖析,以便确切地了解它为什么能够发挥作用;它的影响可以用"口碑价值"指数法来衡量,这是衡量品牌产生有效地影响消费者购买决策的信息能力的指标。了解这些信息如何发挥作用以及为何会发挥作用,可以让营销者设计出相互协调而且一致的回应方式,以便在恰当的环境下将恰当的内容传达给恰当的人群。这一做法会对消费者所推荐、购买并保持忠诚的产品产生极大的影响力。这种力量在结构上朝着消费者倾斜,反映了人们时下做购买决策的方式。一旦消费者决定购买一项产品,他们会首先确定经过产品体验、推荐或打知名度的营销活动而筛选出的一组初选品牌。在消费者收集来自各种渠道的产品信息并决定购买何种产品的过程中,他们会对这些以及其他品牌进行积极评估。然后,他们的售后体验会为他们的下一次购买决策提供依据。

尽管在这一过程的各个阶段,口碑的影响程度不同,但是,它是唯一在每一个阶段对消费者的影响力都跻身前三位的因素,也是颠覆性最强的一个因素。口碑推动消费者考虑某一品牌或产品时所起的作用,是不断上升的广告支出根本不能达到的。它的作用也并非昙花一现,适当的信息会在感兴趣的圈子内产生共鸣并扩大,从而影响品牌认知、购买率以及市场份额。在线社区和在线传播方式的兴起,显著提高了产生重大而深远影响效果的可能性。

口碑无疑颇为复杂，并拥有多种可能的根源和动机，营销者主要应该了解以下三种形式的口碑：经验性口碑、继发性口碑以及有意识口碑。

1. 经验性口碑

经验性口碑是最常见、最有力的形式，通常在任何给定的产品类别中都占到口碑活动的 50%～80%。它来源于消费者对某种产品或服务的直接经验，在很大程度上是在经验偏离消费者的预期时所产生的。

当产品或服务符合消费者的预期时，他们很少会投诉或表扬某一企业。经验性口碑分正面和反面两种，反面的会对品牌感受产生不利影响，并最终影响品牌价值，从而降低受众对传统营销活动的接受程度，并有损出自其他来源的正面口碑的效果。反过来，正面的口碑会让产品或服务顺风满帆。

2. 继发性口碑

营销活动也会引发口碑传播。最常见的就是继发性口碑：当消费者直接感受传统的营销活动传递的信息或所宣传的品牌时形成的口碑。这些消息对消费者的影响通常比广告的直接影响更强，因为引发正面口碑传播的营销活动的覆盖范围以及影响力相对来说都会更大。营销者在决定何种信息及媒体组合能够产生最大的投资回报时，需要考虑口碑的直接效应以及传递效应。

3. 有意识口碑

不像前两种口碑形式那么常见的另一种口碑是有意识口碑，如营销者可以利用名人代言来为产品发布上市营造正面的气氛。对制造有意识口碑进行投资的企业是少数，部分原因在于其效果难以衡量，许多营销商不能确信，他们能否成功地开展有意识口碑的推广活动。

对于这三种形式的口碑，营销商都需要以适当的方式从正、反两个方面了解和衡量其影响和财务结果。计算价值始于对某一产品的推荐及劝阻次数进行计数。这种方法有一定的吸引力并且比较简单，但是也存在一大挑战：营销商难以解释、说明不同种类的口碑信息影响的差异。显然，对于消费者来说，由于家人的推荐而购买某产品的可能性显著高于陌生人的推荐。这两种推荐可能传达同样的信息，而它们对接收者的影响却不可同日而语。事实上，高影响力推荐，如来自于所信任的朋友传达的相关信息导致购买行为的可能性，是低影响力推荐的很多倍，这从另一个侧面说明企业更好地利用口碑营销方式的重要性。

第三节　全媒体营销

"全媒体营销"这一概念是随着信息技术和通信技术的发展、应用和普及，从以前的"跨媒体"、"多媒体"逐步衍生而成。其实，这个概念是业界为了方便经营所提出的一个高度凝练的说辞，针对的是当下媒体形式和数量井喷式发展的现状，以及消费者需求难以把握的困局。目前，不管喜欢不喜欢，我们已经从一个"发现概念"的时代进入"创造概念"的时代，新观点、新概念鱼龙混杂，层出不穷，不但影响了微观的分析判断，也干扰到深层的战略思维。

从中国广告主生态调查课题组 2009—2010 年的调查数据来看，2009 年 47% 的受访广告主认为广告主为广告市场的主导力量，与 2008 年相比上升了 4.6 个百分点。在广告主的角度来看，企业与媒体在整体营销与广告市场上是旗鼓相当的两大阵营，而广告公司已经逐渐被边缘化。随着我国广告市场逐渐成熟，广告三角关系开始出现重心的偏移，力量的天平在重新调整平衡点。

业界已经付诸实践的这一概念让学界思考怎么构筑一个新的理论体系或者营销模型。要吃透这个新词，需要从两大方面着手，第一是了解这个概念怎么理解，第二是明白这个东西如何运作。

先看概念剖析。这个概念一来照应了当下的媒体业态；二来照应技术上的融合趋势；三来照应社会需求，也就是消费者需求。这是一个动态的概念，是对全媒体和全方位营销的全面结合。

那么，何谓"全媒体"？随着数字技术和网络技术的成熟和发展，数字媒体日益发达，出现了人们熟知的"融合"现象：新、旧技术的融合与不同媒体壁垒的销蚀同时发生，"多媒体"应运而生。"全媒体"不外是"数字化多媒体"的经营范畴的表述，一个更具张力的归纳和延伸。第一，"全媒体"的概念涉及媒体自身属性的重新定位问题。报业不将是报业，广播不只是广播，泛媒体结局变成人人媒体，事事传播；第二，"全媒体"的概念引发经营组织系统的重组。核心定位既然已经发生调整，原来围绕这个定位的经营组织也不得不作出调整，撤销旧有部门，增添新的经营团队；第三，"全媒体"的概念催生新的传播体系。高度集中的一对多的大众宣传体系逐渐失灵，取而代之是分散的互动的沟通传播体系。

再看这个概念的第二层次，即全方位营销。在营销体系中，与"全媒体"相对应的概念就是"全方位营销传播"，也有译为"整体营销传播（Holistic Marketing Communications）"。所谓"全方位营销传播"，其实就是"组织以顾客为中心，从整个公司的长期视点出发，有机、整合性地展开市场营销活动的过程或是思考方法。"首先，它具有鲜明的"顾客导向"，所有的活动都强调要从顾客的角度重新审视，以和顾客的接触点为中心进行市场营销活动；其次，强调"关系建构"。在消费者日渐聪明的今天，该营销观站在和他们平等的角度，研究如何来建构一种长期关系，作为顾客伙伴来创造新价值；再者，高度重视"相互作用"，强调在和消费者的关系中，通过持续的相互作用创造"共创价值"或"合作价值"的营销过程。在"全方位营销（HMC）"出现之前，流行过"整合营销传播（IMC）"，两者诞生的背景均与 IT、数字化变得越来越普及的社会关系密切，两者最大的区别在于，以前的 IMC 理念几乎都是以企业的战略要素整合为目标，追求企业内部的完善化和效率化，现在的 HMC 则是将顾客放在一起，以包容性的双赢型价值创造为目标。

一、全媒体营销禁忌

1. 切忌盲目之"全"

媒体技术和媒体形式的不断丰富给了广告主更大的营销可能与发展空间,但是受到产品和品牌发展需求、周期阶段以及营销策略制定等因素的限制,并非所有媒体都会适用于广告主的营销策略。在保证营销效果的基础上尝试新的媒体形式,并且寻求最合适的承载方式,这才是全媒体营销的本质。而在媒体选择上,也不应该片面求全,有效地选择才是最佳方案。

正如房地产可能永远都需要与平面媒体结盟,快销品可能始终会选择电视媒体作为战友,IT产品可能会是网络媒体的终生拥趸者,在此之外,适量的、有选择性的多元化媒体配合和使用,对于企业与品牌的宣传推广才是最为有效的。即使是同一产品,在其不同的生命周期阶段中,所适合使用的媒体类型也会有所不同,所以对于"全媒体"的使用,需要把握一个度的原则,找到最适合产品或品牌形象、营销诉求特质的媒体来使用。

2. 切忌空洞之"全"

在"全媒体"操作中,很多人将这个概念进行了过分粗放式和简单化的理解,单纯地认为使用所有媒体形式进行广告播放和展示就能够实现全媒体的效果,赶上这一波的营销潮流。这种做法忽视了全媒体营销中对于各种媒体独特性的关照,忽视了营销最为重要的并非形式和内容这样一个道理。

在全媒体营销方案的制订和策划上,广告主、广告公司和媒体应该在全媒体营销方式通力协作:广告主提供与自身营销目标相关的资料和主题,确定全媒体营销的目标效果;广告公司通过对市场的把握和了解,对广告主的营销目标进行预判,充分搜集媒体的各种信息,从而与广告主进行有效的沟通,最终确定整体营销策划方案和媒体使用、投放方案;媒体则需要紧紧跟随消费者的媒体接触习惯和广告主的营销需求,利用自身的平台和渠道不断拓展新的媒体与广告产品,同时与广告公司有效配合,为广告主提供最合适的全媒体营销服务。在三者共同的努力之下,全媒体营销才能够得以实施,才会是有内容、有核心、有重点、有效果的,根据不同的媒体产品、不同的营销目标共同构成的全媒体营销策略,并且有效地执行下去

无论是"全媒体"还是"全方位营销",这个概念剖析的交接点是平台式的传播和营销模式。一个能够拉动受众参与,从而解决需求信息不透明性的平台放在了广告主、媒体以及广告公司的面前。在此基础上的营销终极目标是达到需求、产品、服务和谐交换。

全媒体营销的应用与实践,也就是广告主、广告公司和媒体三方该如何运作全媒体营销:对于广告主来说,"有效"从来都是营销的根本目的,而全媒体营销的出现为其提供了一个高效的信息送达平台,也为其提供了一个有效的营销方式,从这两方面

发力自然也就能够做到洞若观火。对于广告公司来说,这个概念恐怕是他们最早开始探索的,落实到营销上,互动营销和全方位营销等新的尝试也开始构建起一套新模式。而对于媒体,全媒体营销正是"融合"的最好说明,没有新旧冲突,没有割据对立。传统媒体通过对自身内容的调整和渠道的拓展,可以将品牌力发挥到最大,新媒体成为传统媒体最有力的合作方。于是,在全媒体营销中,三方各取所需,各有所依。

二、用全媒体营销的眼光重新布局

事实上,传统媒体要在全媒体营销中为自身正名说难不难,说易不易,但是绝对是具有可能性,甚至是竞争优势的。

要实现全媒体营销,首先要有多样化的媒体渠道,从而为广告主提供多重产品选择空间。对于媒体来说,最直接、有效的方式就是向其他媒体领域拓展。在这方面,广电等传统媒体具有一定优势:一方面,这些媒体具有较为丰富的媒体运营经验和媒体资源;另一方面,传统媒体的准入制成为新媒体拓展广电、报刊等媒体形式的天然屏障,这也成为在多媒体拓展方面传统媒体和新媒体先天的不对等条件。

其次,随着三网融合的脚步越来越快,广电、报刊纷纷进入了全媒体拓展的时代。广电机构一方面利用 NGB 和三网融合的契机大力发展广电数字媒体,如数字电视、CMMB、网络电视和 IPTV,同时积极拓展至户外媒体以及手机流媒体方面。在广电机构中,上海文广、南方广播影视传媒集团都是全媒体布局的典型代表。报刊媒体在实现自身数字化的同时,也有如人民日报社这样以人民网为基础,拓展至网络、手机和户外等多种媒体领域的榜样。有了更加多样化的渠道,为媒体应对全媒体压力,向广告主提供全媒体投放产品的实现做了保障。

三、全媒体合作与升级

在媒体资源拓展方面,另外一个重要表现就是新、旧媒体之间的合作加强和融合性提升。对于大多数传统媒体来说,自建新媒体渠道是需要一定实力基础的,因此与新媒体合作是一种较容易实现的操作捷径。同时,新媒体行业在经历了早年发展的繁荣与纷乱之后,进入了行业洗牌时期,优势资源开始集中,步入较为稳定和健康发展的阶段,也为媒体之间健康、有序的合作奠定了坚实的基础。近来不断听到传统电视媒体与网络媒体之间的合作,安徽卫视与优酷、五岸传播与搜狐、未来广告与优酷之间的合作都是典型的案例。这种媒体之间的合作一方面是双方优势资源的交流与增补;另一方面也是新的媒体与广告产品诞生的温床,有效地促进了合作双方的发展,提升了双方在全媒体营销时代的竞争力。

在实现全媒体布局与升级之后,即便仍然是原有的媒体广告产品,也能够实现多种媒体和渠道上的播放和使用,提升媒体产品的覆盖力和影响力。再者,多种媒体的联动和组合,可以实现更加互动性、精准化的投放和传递,实现线上与线下的互动,提高媒体产品的有效性和整合性。全媒体营销时代带给媒体的虽然是压力,同时也是巨大的可能性,有着更大的潜力值得挖掘与发挥。

第四节　博 客 营 销

一、博客营销的概念

博客营销的概念可以说没有严格的定义,简单来说,就是利用博客这种网络应用形式开展网络营销。要说明什么是博客营销,首先要从什么是博客说起。现在关于博客概念的介绍已经非常多了,对博客概念的描述大同小异,简单来说,博客就是网络日志(网络日记),英文单词为 BLOG(Web LOG 的缩写)。

博客这种网络日记的内容通常是公开的,用户可以发表自己的网络日记,也可以阅读别人的网络日记,因此可以理解为一种个人思想、观点、知识等在互联网上的共享。由此可见,博客具有知识性、自主性、共享性等基本特征。正是博客这种性质决定了博客营销是一种基于个人知识资源(包括思想、体验等表现形式)的网络信息传递形式。因此,开展博客营销的基础问题是对某个领域知识的掌握、学习和有效利用,并通过对知识的传播达到营销信息传递的目的。

与博客营销相关的概念还有企业博客、营销博客等,都是从博客具体应用的角度来描述,主要区别于以个人兴趣甚至个人隐私为内容的个人博客。无论企业博客还是营销博客,一般来说,博客都是个人行为(当然不排除有某个公司集体写作同一博客主题的可能),只不过在写作内容和出发点方面有所区别:企业博客或者营销博客具有明确的企业营销目的,博客文章中或多或少会带有企业营销的色彩。

成功博客的前提条件是博主必须学习某个领域的知识、掌握并有效利用这些知识。博客对于营销的作用有:

(1) 发布并更新企业、公司或个人的相关概况及信息;

(2) 密切关注并及时回复平台上客户对于企业或个人的相关疑问以及咨询;

(3) 帮助企业或公司零成本获得搜索引擎的较前排位,以达到宣传目的的营销手段。所以说,博客平台是公司、企业或者个人均可利用的信息传播方式。

二、博客营销的本质

博客营销本质在于通过原创专业化内容进行知识分享并争夺话语权,建立起信任权威,形成个人品牌,进而影响读者的思维和购买。博客营销的本质是公关行为,可以概括为:

(1) 以网络信息传递形式表现个人思想;

(2) 以网络信息传递形式表现个人体验;

(3) 以网络信息传递分享个人知识资源。

互联网世界由两部分组成。第一部分是组织把控的网站。这些网站包括水平的门户网站,也包括垂直的专业网站。它们有一个共同的特点,就是存在"把关人"。第二部分是没有组织把控的网站,也就是非常时髦的 Web 2.0 世界。博客,当然是其中非常重要的一部分。BBS 其实也是,特别是一些中型以下规模的论坛。这类网站的特点在于 UGC(即 Users Generate Content,用户发布内容)。

以博客为例,博客之间的互动回应接龙,可以被视为博客圈(blogosphere)中发生的事情。这就像一群人在某一个地方开会,进行热烈的讨论或者互动。但可以想象一个有趣的现象:如果天底下没有任何一个媒体报道,那么,奥运会有商业价值吗?奥运会指定赞助商这个称谓,对于品牌而言,有意义吗?

博客营销就像现实社会中发生的一起社会事件,这起社会事件的表现形式是一场讨论。而公关的目的,也就是制造一起事件。比如,在美国人休斯撰写的《口碑营销》一书中,开篇第一个案例就是一次经典的公关手法运用:一个网站成功地说服了美国政府将一个小镇的镇名改为这个网站的名字,进而,引起了媒体铺天盖地的宣传。

博客营销就是一种公关工具。利用博客营销的人必须很清楚这样一个事实:与其说博客是一种媒体的话,不如说它是互联网虚拟存在的"人"。从来没有任何一个品牌希望现实生活中的人在脑门上贴一块品牌的 Logo 标志来做广告,所有品牌都希望现实中的人在口耳相传时多说说自己的好话,多参与自己的品牌所策划的各种事件活动,从而引发媒体的报道,达到宣传效果。这就是"人"属性和"媒体"属性的差别。

正如同经典的公关行为的目的一样,博客营销的目的并非是看重这些卷入的博客本身作为媒体的影响力(也许有的博客具有很高的访问量,是一个不大不小的网络媒体),重要的是,真正的媒体(包括线上的有把关人的网站)为了互联网这个虚拟社会中所发生的一起事件,后续跟进了多少。

三、博客营销的特点

(1) 博客目标更为精确;

(2) 博客营销与传统营销方式相比,营销成本较低;

(3) 博客广告具有交互性;

(4) 博客是一个信息发布和传递的工具;

(5) 博客与企业网站相比,博客文章的内容题材和发布方式更为灵活;

(6) 与门户网站发布广告和新闻相比,博客传播具有更大的自主性;

(7) 与供求信息平台的信息发布方式相比,博客的信息量更大;

(8) 与论坛营销的信息发布方式相比,博客文章显得更正式,可信度更高。

四、博客营销的优势

1. 细分程度高,广告定向准确

博客是个人网上出版物,拥有其个性化的分类属性,因而每个博客都有其不同的受众群体,其读者往往是一群特定的人,细分的程度远远超过了其他形式的媒体。而细分程度越高,广告的定向性就越准。

2. 互动传播性强,信任程度高,口碑效应好

博客在广告营销环节中同时扮演了两个角色,既是媒体(blog)又是人(blogger),既是广播式的传播渠道又是受众群体,能够很好地把媒体传播和人际传播结合起来,通过博客与博客之间的网状联系扩散开去,放大传播效应。

每个博客都拥有一个相同兴趣爱好的博客圈子,而且在这个圈子内部的博客之间的相互影响力很大,可信程度相对较高,朋友之间互动传播性也非常强,因此可创造的口碑效应和品牌价值非常大。虽然单个博客的流量绝对值不一定很大,但是受众群明确,针对性非常强,单位受众的广告价值自然就比较高,所能创造的品牌价值远非传统方式的广告所能比拟。

3. 影响力大,引导网络舆论潮流

随着"芮成钢评论星巴克"、"Dell笔记本电脑"等多起"博客门"事件陆续发生,证实了博客作为高端人群所形成的评论意见影响面和影响力度越来越大,博客渐渐成为网民们的"意见领袖",引导着网民舆论潮流,他们所发表的评价和意见会在极短时间内在互联网上迅速传播开来,对企业品牌造成巨大影响。

4. 大大降低传播成本

口碑营销的成本由于主要集中于教育和刺激小部分传播样本人群上,即教育、开发口碑意见领袖,因此成本比面对大众人群的其他广告形式要低得多,且结果往往能事半功倍。

如果企业在营销产品的过程中巧妙地利用口碑的作用,必定会达到很多常规广告所不能达到的效果。例如,博客规模赢利和传统行业营销方式创新,都是现下社会热点议题之一,因而广告客户通过博客口碑营销不仅可以获得显著的广告效果,还会因大胆利用互联网新媒体进行营销创新而吸引更大范围的社会人群、营销业界的高度关注,引发各大媒体的热点报道,这种广告效果必将远远大于单纯的广告投入。

五、企业博主类型

互联网上有了博客以后,尤其是博客不再是个人日志,在它可以成为一种营销工具以后,它就具备了广告等其他营销方式所不具备的互动功能,很多企业开始意识到博客的妙用,并积极尝试使用博客,为自己的企业目标服务。

专业的企业博客一般是由以下四类人来充当博客写手。

1. 第一类人:企业家

《南方周末》有一篇通讯,名为"千名企业家开写博客"。企业家(有些是设计人,

也有许多"粉丝")写博客,许多直接表现为写产品文化,是一种在高层次上推介产品的办法。这类博客能够呈现出公司元老的最初见解,他们是真实的人,具有人化的一面,而且至少都是很成功的人。经营得当,能够成功营造出和谐与信赖感,传达公司的重要信息,对产业话题做出回应,让大家了解公司的状况。

2. 第二类人：企业员工

很多企业的博客是由不同职业的员工或几个员工来当写手的,比较有代表性。这样的博客写手一般对公司的某一些方面比较专业,比如软件开发人员、律师、会计师、营销专家等,所以当他们传播消息时,大家都会仔细倾听。他们不仅是传播知识,还会告诉大家消息的真正含义。例如,当微软还在测试新的搜索引擎以前,MSN 搜索小组的博客写手便使用博客发布产品信息,坦承哪些地方还需要改进,并告诉大家产品的开发方向,让大家对产品产生信赖感与期特。

再比如杰里米是雅虎的搜索引擎推广大使,他的超人气博客上面的讨论吸引了来自各行各业的人参与,他本人也积极拓展业界内外的关系。他本人一点没有纯业务的气息,因为他对公司充满了极大的热情,甚至还帮人在雅虎找到工作。

3. 第三类人：企业聘用的写手

"英式剪裁公司"是一家专门使用博客做营销的公司,是由知名营销专家博客写手帮忙打造的,它帮伦敦的裁缝师托马斯·马洪掀起了一股博客营销热潮。事实上,他因为个人博客而成为萨维尔街有史以来媒体曝光率最高的裁缝,曾接受过数十家杂志与报纸的专题访问。

4. 第四类人：消费者

世界 500 强之一的美国宝洁公司的博客在全世界有 2000 万注册客户。宝洁公司投放了大量的奖券,鼓励长远客户在宝洁的博客里为新产品叫好,奖券让他们在世界各地购买宝洁产品的时候得到大折扣。

不管是谁写博客,最后产品和公司形象堂而皇之地传播了出去。把博客当成营销的工具,就是让大家在公开的场合呈现真实的自我,通过展示自我,达到营销的目的。

六、企业博客营销常见形式

不同行业、不同规模企业的博客营销各不相同,各个企业采用的博客营销模式也不尽相同。事实上,博客营销可以有多种不同的模式,从目前企业博客的应用状况来看,企业博客营销有下列 6 种常见形式:

(1) 企业网站博客频道模式;

(2) 第三方 BSP 公开平台模式;

(3) 建立在第三方企业博客平台的博客营销模式;

(4) 个人独立博客网站模式;

(5) 博客营销外包模式;

(6) 博客广告模式。

七、博客营销的目的分类

1. 以营销自己为目的

对于这类博客,博主的目标是通过博客的写作,给自己带来人气和名气,最终带来名利。当然,这类人刚开始写博客的时候并没有目的性,只是随着时间的推移,发现博客有营销自己的功能,也就有心为之了。

2. 以营销公司文化、品牌,建立沟通平台,更好地为公司管理、销售服务为目的

这类博客主都是公司的老板或者高层管理人员,主要看好博客这种营销手段。这类博客营销要做好,最关键的不是博客文章,而是整体的管理策划和引导。

3. 以营销产品为目的

这类博客目的很简单,通过博客文章的写作,达到销售产品和拿到订单的目的。这类博主一般都是小型企业的老板或者销售主管,就是想通过博客营销为自己公司的电子商务服务。由于这类博主的目的简单明了,博客文章的写作对他们才是最实用的。

八、博客营销的技巧

1. 专业而不枯燥

博客营销文章要有一定的专业水平或者行内知识。很难想象一个不懂得自己产品的人,没有产品专业知识的人能做好销售工作。博客文章要始终不渝地为自己的目的服务。营销博客不能什么都写,要围绕自己的产品来布局博客文章。一定要从不同的文章题材中体现专业知识。也就是博文的知识水平要专业,让行内人士一读就能得到认可。用一般人看得懂的语言写出来的专业文章才是好的博客文章,才能达到营销的目的。要增加专业的趣味性,让人喜欢看。

追求博文专业的同时,不要让博文枯燥得令人昏昏欲睡,读起来味同嚼蜡,那样的话就是失去了专业的意义,更起不到营销的效果。

2. 巧妙的广而告之

很多博主简单地认为博客营销就是利用博客来做广告,让更多的人来了解自己的产品,于是干巴巴地写些广告语在自己的博客里;没人看就打上门去,在别人的博客到处留下自己的广告;要是还没作用,就到论坛上去发,结果劳而无功还遭人反感。

还有的人把博客营销文章写成了产品说明书,写成了产品资料,这都不是博客营销。博客营销文章的写作,虽然要达到广而告知的目的,但一定要有巧妙方法。写作技巧总结有如下 6 点:

(1)产品功能故事化。博客营销文章要学会写故事,更要学会把自己的产品功能写到故事中去。通过一些生动的故事情节,让产品功能自己说话。

(2)产品形象情节化。当宣传自己的产品时,总会喊一些口号,这样做虽然能达到一定的效果,但总不能使产品深入人心,打动客户,感动客户。因此最好的方法,就是把对产品的赞美情节化,让人们通过感人的情节来感知、认知产品。这样,客户记住了瞬间的情节,也就记住了产品

(3)行业问题热点化。在博客文章写作过程中,一定要抓行业的热点,不断地提出热点,才能引起客户的关注,也才能通过行业的比较显示出自己产品的优势。要做到这些,要求博文的作者要和打仗一样,知己知彼,百战不殆。

(4)产品发展演义化。博客营销文章要赋予产品以生命,从不同的角度、不同的层次来展示产品。可以以拟人的形式进行诉说,也可以是童话,可以无厘头,可以幽默等等。越有创意的写法,越能让读者耳目一新,也就记忆深刻。

(5)产品博文系列化。这一点非常重要,博客营销不是立竿见影的电子商务营销工具,需要长时间地坚持不懈。因此,在产品的博文写作中,一定要坚持系列化,就像电视连续剧一样,不断有故事的发展,还要有高潮,这样的产品博文影响力才大。

(6)博文字数精、短化。博客不同于传统媒体的文章,既要论点明确、论据充分,又要短小耐读;既要情节丰富、感人至深,又要不花太多的时间。所以,一篇博文最好不要超过 1000 字,坚持"短、小、精、干"是博客营销的重要法则。

3. 博客文章重在给予和分享

虽然上面介绍了很多写营销博文的技巧,但博客营销文章真正能起到营销作用的魂在于文章能给予读者、客户什么样的实惠。博客营销和其他博客的最大区别就在于此,其他的博客可以风花雪月,可以抒发情感,可以随心所欲,但营销博客不可以,不仅要保证每篇博文带来应有的信息量,还要有知识含量、有趣味性、有经验的分享、让客户每次来到这里都有所收获。这是黏住客户最好的方法。

这种经验的给予和分享是博客营销最大的技巧,比其他方法都重要。由于电子商务还是一个正在发展的新事物,所以,有很多博友都迫切地想学习,只要把自己所知道的信息、经验、想法拿出来分享,你就会得到博友们的认可,就会从认可你的人到认可你的产品。例如,一位网友特别想创业,当看了一篇文章《创业金点子》连载之后,和那位作者 QQ 聊了两次,就汇来了一万元做了那位作者的产品的代理商。与其说他认可作者的产品,还不如说他认可了作者这个人。这也就是为什么很多人的文笔很好,也很有才华,但博客营销却做得很不成功。还有的人,博客以各种办法吸引人,色情、隐私、漫骂等等,确实浏览量巨大,但营销的效果却很差,因为这样的博客把自己定位到了另类,虽然看的人不少,只是看热闹而已。还有"阿里巴巴"的一些名博客,由于长期以来给读者留下了一个深刻的印象,已经归入某某作家的行列,已经失

去了商人的身份,所以,他再怎么谈博客营销也起不到营销的真正作用。所以奉劝想利用博客做营销的朋友,一开始就要做到定位准确,乐于给予,善于分享,再加上应有的技巧,那么博客营销文章的效果必将大大增强。

4. 博客文章切磋与交流

与博客写作需要分享的观点类似,与业内人士进行切磋与交流,也是博客文章选题和写作的较好方法。不仅要自己写作和发布博客文章,也要经常关注同行业内人士的观点,这样不仅扩大了自己的知识面,也获得了更多的博客写作素材。

与读者分享与交流,决定了企业博客文章在发布之后还需要了解用户的反馈,对于用户的咨询还有必要做出回复,因此一篇受用户欢迎的博客文章,可以在很长时间内发挥影响,这是一般的企业新闻所不具备的优点之一。

"忆典定制"是一家专门提供个性礼品定制服务的企业,很少投放广告,却通过博客,进行了一次成功的营销。他们在博客上发放免费定制礼品服务,短短几个月里,有几十万人通过博客知道了这家公司。虚拟世界的闲聊引发了现实世界的销量攀升,在不到一年的时间里,其销量迅速翻倍。

九、中小企业的博客营销

博客创造了很多销售奇迹,那么中小企业应该怎么做博客呢?

1. 官方博客

草根企业不要老是开博客来发布广告,可以在博客中分享企业的创业历程、文化、理念以及各方面的技巧。

2. 专栏博客

专栏博客平台网站有一定的权威和影响力。几乎每一个行业或产业都会有几个专栏博客平台,聚集了许多的行业专家,在业界内有一定的话语权,成为商家、经理、销售总监等的营养吸收基地。长期坚持的行业或产业专栏撰写先行者会很快成为该行业或产业的意见领袖,至少有一定的话语权。话语权已经夺得,宣传推广就不在话下了。

3. 第三方博客

第三方的立场一般来说是客观、公正的,所以很多网民都以第三方的说法作为论据和观点参考。这样一来,怎么控制第三方博客上的言论就变得很重要。

不主张企业内部人士以其他名义虚假开建第三方博客,可以联系一些业界朋友或其他非竞争企业开建博客,博客大家一起管理,不同领域人士来做第三方评论。比如做化工的可以评论礼品行业的,做礼品的可以评论饮料行业的,企业间可以相互做评论。虽然不会很专业,不过观点绝对是客观的,客观就会获得尊重和关注。

十、博客的写作技巧

1. 遵循基本

写作的基本法则是一定的。博客不需要拘泥于传统的出版形式,但是如果你希望读者能够轻松阅读,最好还是遵循这些基本法则。

2. 简明扼要

博客写作虽然不需要像出版物那样考虑文章篇幅限制,但读者的时间是宝贵的。网友们通常会阅读许多内容,如果你不直接说出自己的观点,他们不会再看你的博客。

3. 新闻价值

博客需要有新闻价值、有趣、有用和幽默。一些博客没有注意这些,所以效果不理想。

4. 内容实用

有新闻价值固然重要,但"实用"是最重要的。人们喜欢滑稽的东西,但你不是专业的,他们不会订阅你的博客,仅仅因为好玩再次回来。你可能还有其他特长,比如善于讲故事,这也是一个有利因素,但不足以让人们订阅。人们订阅或者经常看你博客的主要原因是,你的内容对他们的日常工作、生活有实用价值。

5. 便于浏览

人们订阅了大量的博客,没有时间每天阅读一遍。所以你得能让他们快速浏览,很快抓住文章主旨。如果文章里全是大段大段的文字,谁也不愿意阅读。文章便于快速浏览的最好方法是列表。人们可以扫一眼就了解主要观点。另一个好方法是高亮显示主要观点。

6. 标题出秀

标题需要简练并且具有吸引力。没有一个好标题,你的文章没人去看。有太多的文章可供浏览,人们只关注吸引自己的标题。当然,文章内容要和标题相符。

7. 第一人称

这可能是博客写作与其他写作的最大区别。在一般的出版物中,惯例是作者保持中立。但博客不同,你就是你,可以带着自己的观点,越表达出自己的观点越好。

8. 延续链接

博客虽然在网络门户里是独立的并自成体系,但也是互联网的一部分,应该充分利用这个优势。让其他文章为你的大作提供知识背景,让读者通过链接继续深入阅读。尽量为他们提供优秀的链接。

9. 做好编辑

满篇错别字,排版不工整,很令人厌恶。和其他写作不同,写博客需要自己校对。应该认真地逐字、逐句校对,甚至重写,因为将来出了问题,只能怪自己。

10. 关注好博客

不但要关注和你话题相近的博客,还要看看另外一些优秀博客。好的博客会随着时间推移逐渐显露出来。看看他们哪些地方做得好,看看其他人错在哪里。坚持不懈地学习,不久你也会成为别人学习的楷模。

11. 更新适度

如果想要做好博客营销,一成不变的博客很难长期吸引客户的关注目光,所以博客要定期更新。更新幅度以每周 2～5 篇最佳。主要根据博主写作时间恒定,更新频率越高,百度对博客的搜索热情也会越高。

12. 真实诚信

博客的内容应该以真诚为主。博客营销以企业用之最多,其主要目的是吸引经销商、代理商及客户的目光并引起共鸣。如果博客内容过于虚假、浮夸会引起客户的反感。

十一、博客营销的方式

博客营销的方式有两条:一条是借题发挥,一条是链接回复。写博客需要思想,写营销博客就需要博客营销的思想。思想是不会从天下掉下来的,特别是博客营销还是一个新的事物,许多新的思想实际上并没有产生,已经产生的一些新的思想一般会有下面几个情况:一个是专家的研究,一个是自己在实践中的发现,一个是优秀博客的经验。专家在这方面的研究,是已经走在前面的东西,读了以后会受益匪浅。但也需要看研究结果和实践是否一样,也可能是需要补正的。经常会去看一些专业性的网站或者专家的博客,领会他们的观点。特别注意的是他们的一些与众不同的东西、有用的专业知识、很有趣的案例以及有洞察力的分析。在欣赏他们的同时也要有自己的一些思考。对于自己在实践中的发现,要十分重视,它们可以随便拈来,就成为一个个小案例,比如一个发现,一个坚持在做的工作产生的效果,一个客户单子的完成,甚至一段对话,等等。它们看来不显眼,但是是属于你自己的实践,是很新鲜的东西。

十二、博客营销的策略

1. 选择博客托管网站、注册博客账号

选择功能完善、稳定,适合企业自身发展的博客系统来搭建博客营销平台,并获得发布博客文章的资格。应选择访问量比较大而且知名度较高的博客托管网站,可以根据全球网站排名系统等信息进行分析判断。对于某一领域的专业博客网站,不仅要考虑其访问量,还要考虑其在该领域的影响力。影响力较高的博客托管网站,其博客内容的可信度相应较高。

2. 选择优秀的博客

在营销的初始阶段,用博客来传播企业信息的首要条件是拥有具有良好写作能力的博客,博客在发布自己的生活经历、工作经历和某些热门话题的评论等信息的同时,还可附带宣传企业,如企业文化、产品品牌等,特别是当发布文章的博客是在某领域有一定影响力的人物,所发布的文章更容易引起关注,吸引大量潜在用户浏览,通过个人博客文章为读者提供了解企业信息的机会。

3. 坚持博客定期更新,不断完善

企业应坚持长期利用博客,不断地更新其内容,这样才能发挥其长久的价值和应有的作用,吸引更多的读者。因此,进行博客营销的企业有必要创造良好的博客环境,采用合理的激励机制,激发博客的写作热情,促使企业博客们有持续的创造力和写作热情。同时应鼓励他们在正常工作之外的个人活动中坚持发布有益于公司的博客文章,这样,经过长期的积累,企业在网络上的信息会越积越多,被潜在用户发现的机会也就大大增加了。

4. 协调个人观点与企业营销策略之间的分歧

从事博客写作的是个人,但网络营销活动属于企业,因此博客营销必须正确处理两者之间的关系。如果博客所写的文章都代表公司的官方观点,那么博客文章就失去了其个性特色,也就很难获得读者的关注,从而失去了信息传播的意义。但是,如果博客文章只代表个人观点,而与企业立场不一致,就会受到企业的制约。因此,企业应该培养一些有良好写作能力的员工进行写作,他们所写的东西既要反映企业,又要保持自己的观点性和信息传播性,这样才会获得潜在用户的关注。

5. 建立自己的博客系统

当企业在博客营销方面开展得比较成功时,可以考虑使用自己的服务器,建立自

已的博客系统,向员工、客户以及其他外来者开放。但服务器托管方是不承担任何责任的,所以服务是没有保障的,如果中断服务,企业通过博客积累的大量资源将可能毁于一旦。如果使用自己的博客系统,可以由专人管理,定时备份,从而保障博客网站的稳定性和安全性。而且开放博客系统将引来更多同行、客户来申请和建立自己的博客,使更多的人加入到企业的博客宣传队伍中来,在更大的层面上扩大企业影响力。

十三、博客营销的价值

1. 博客可以直接带来潜在用户

博客内容发布在博客托管网站上,这些网站往往拥有大量的用户群体,有价值的博客内容会吸引大量潜在用户浏览,从而达到向潜在用户传递营销信息的目的。用这种方式开展网络营销,是博客营销的基本形式,也是博客营销最直接的价值表现。

2. 博客营销的价值体现在降低网站推广费用方面

网站推广是企业网络营销工作的基本内容,大量的企业网站建成之后都缺乏有效的推广措施,因而网站访问量过低,降低了网站的实际价值。通过博客的方式,在博客内容中适当加入企业网站的信息(如某项热门产品的链接、在线优惠券下载网址链接等)以达到网站推广的目的,这样的"博客推广"也是极低成本的网站推广方法,降低了一般付费推广的费用,或者在不增加网站推广费用的情况下,提升了网站的访问量。

3. 博客文章内容为用户通过搜索引擎获取信息提供了机会

多渠道信息传递是网络营销取得成效的保证,通过博客文章,可以增加用户通过搜索引擎发现企业信息的机会,其主要原因在于,一般来说,访问量较大的博客网站比一般企业网站的搜索引擎友好性要好,用户可以比较方便地通过搜索引擎发现这些企业博客内容。这里所谓搜索引擎的可见性,也就是让尽可能多的网页被主要搜索引擎收录,并且当用户利用相关的关键词检索时,这些网页出现的位置和摘要信息更容易引起用户的注意,从而达到利用搜索引擎推广网站的目的。

4. 博客文章可以方便地增加企业网站的链接数量

获得其他相关网站的链接是一种常用的网站推广方式,但是当一个企业网站知名度不高且访问量较低时,往往很难找到有价值的网站给自己链接,通过在自己的博客文章为本公司的网站做链接则是顺理成章的事情。拥有博客文章发布的资格增加了网站链接的主动性和灵活性,这样不仅能为网站带来新的访问量,也增加了网站在搜索引擎排名中的优势。

5. 以更低的成本对读者行为进行研究

当博客内容比较受欢迎时,博客网站也成为与用户交流的场所,有什么问题可以在博客文章中提出,读者可以发表评论,从而了解读者对博客文章内容的看法,作者也可以回复读者的评论。当然,也可以在博客文章中设置在线调查表的链接,便于有兴趣的读者参与调查,扩大网站上在线调查表的投放范围。同时,直接就调查中的问题与读者交流,使得在线调查更有交互性,其结果是提高了在线调查的效果,降低了调查研究费用。

6. 博客是建立权威网站品牌效应的理想途径之一

如果想成为某一领域的专家,最好的方法之一就是建立自己的博客。如果坚持下去,你所营造的信息资源将带来可观的访问量。这些信息资源,包括收集的各种有价值的文章、网站链接、实用工具等,可为持续不断地写作更多的文章提供很好的帮助,形成良性循环。资源的积累实际上不需要多少投入,但回报是可观的。对企业博客也是同样的道理,只要坚持对某一领域的深度研究,并加强与用户多层面交流,对于获得用户的品牌认可和忠诚提供了有效的途径。

7. 博客减小了被竞争者超越的潜在损失

博客(BLOG)在全球范围内成为热门词汇之一,不仅参与博客写作的用户数量快速增长,浏览博客网站内容的互联网用户数量也在急剧增加。在博客方面所花费的时间成本,实际上已经被其他方面节省的费用所补偿。比如,为博客网站所写作的内容,同样可以用于企业网站内容的更新,或者发布在其他具有营销价值的媒体上。反之,如果因为没有博客而被竞争者超越,那种损失将是不可估量的。

8. 博客让营销人员从被动的媒体依赖转向自主发布信息

在传统的营销模式下,企业往往需要依赖媒体来发布企业信息,不仅受到较大局限,而且费用相对较高。当营销人员拥有自己的博客园地之后,可以随时发布所有希望发布的信息,只要这些信息没有违反国家法律,并且信息对用户是有价值的。博客的出现,对市场人员的营销观念和营销方式带来了重大转变,博客赋予每个企业、每个人自由发布信息的权力。如何有效地利用这一权力为企业营销战略服务,取决于市场人员的知识背景和对博客营销的应用能力等因素。

十四、博客营销的效果评判

既然把博客作为一种营销工具,把博客营销作为一种重要的网络营销,那么一定要对博客营销的效果有一个判断标准,以指导博客营销。

1. 博客营销的效果标准应该贯穿博客营销过程的始终

博客营销是一种营销方法，是把博客作为营销工具。博客营销作为网络营销的手段之一，有着其他网络营销方法无法比拟的优势。但优势再大，对于博客营销的个体，也应该有一个判断的标准，而且这个标准应该贯穿整个博客营销过程的始终。用博客营销的效果标准来指导博客活动，会让博客营销活动始终围绕着利于生意来展开，会让博客营销活动更健康，博客营销更有侧重点。

2. 博客营销的效果标准是最大限度地追求赢利

作为一种网络营销手段，其最终目的是为了通过博客营销最大限度地获利。博客营销作为网络营销手段之一，不管采取什么样的方式，都要投入一定的人力、财力，要投入相当的时间和精力。在一定的投入下，你获利了吗？你的投入和获利成正比吗？你的获利具有持续性吗？这些都是值得博客营销人经常考虑的问题。

3. 对于博客营销，每个人的标准会不同

你投入了多少时间和精力来博客营销，这些与你的获利成正比吗？

你投入了很多财力和精力来博客营销，它比其他类的网络营销获利更大吗？

你投入博客营销的财力与你博客营销所得的获利成正比吗？

你是关注博客营销的表面现象，还是更关注博客营销的实际效果？不是看博客营销的表面效果（不是你的博客做得有多好了，有了多少流量，有了多少博文被搜索引擎所收录，有多少博客有很好的收录效果），而是要看你通过博客营销卖出了多少产品，对企业的宣传产生了多大作用。

说到向博客营销要效益，要获利，这是对的，但也不要太狭隘，不能百分百地盯着这个"利"字，要看到博客营销带来的网络营销意识上的进步，给你带来的人脉上的增加，给你带来的写作水平上的提高。不过，通过博客营销获利的这个基本标准和前提不能丢。

十五、如何提高流量

提高流量也叫做增加访问量，访问人就是受众。访问量增加，意味着影响力增加，行销效果越好。

（1）访问量的关键是高质量的内容。

（2）站点的定位。定位不清，很难吸引固定的用户群，甚至妨碍已经到来的用户。为了行销的最终效果，有时候放弃部分不合适的用户是必要的。例如，定位在新闻和媒体，即使爱好诗词，也应该放弃因诗词而到来的朋友。

（3）保持适当的更新频率。更新不可太频繁，也不应该很久都不更新。更新频率和博客性质相关，如果是评论，1天或者2天1篇是不错的频率，很多朋友都喜欢每天看到新内容。

（4）吸引读者回复和交互。说出疑问是引发讨论最好的方式，朋友们都很真诚，愿意贡献出自己所学。

十六、博客营销六大定律

1. 定律一：搜索引擎优化最重要

信息都被搜索引擎所获取，全是拿其他人的信息作个摘要，然后网民们都去提取这些信息。对于信息的获取来说，搜索引擎为王牌是当之无愧的，因为它的"蜘蛛"程序几乎在互联网中无所不及地去收集信息。

现在 90% 以上的中国网民都会用搜索引擎获取想要的信息，所以说在搜索引擎中获得绝佳的排名是至关重要的。于是竞价排名诞生了，SEO 诞生了。基于此，搜索引擎营销方法是信息展示和网站主要流量的来源。

博客的一大优势就是不用参与竞价就能获得需要的关键词的前列排名，所以做好博客关键词搜索引擎优化是使博客高效的首要工作，一劳永逸。当然，不要作弊。

2. 定律二：博客信息放长线

来访留言和电子邮件通常是博客互动通信的首要来源。如果你花了一整天的时间来查看留言和邮件，并一一回复，或者只是浏览邮件内容，那么你真的无法完成任何重要的事情。你必须接受这样的事实，博客文章里有一些留言未回访、收件箱里有一些未读邮件是正常的，可以稍后再处理。就像钓鱼，这是个长线距离。

3. 定律三：博客计划今天始

大部分网络工作者养成了制订长期计划，最终却一半任务都没完成的习惯。他们甚至试着去实现每一项计划，认为这种尝试能帮助他们完成这些任务。

不管你制定了多少日程和计划表，博客还是那个完成这些任务的人。如果你没按时完成或者只是超负荷完成一份长期计划表，那么你会给第二天留下更多的任务，并且给自己增加压力。因此冷静地分析自己的能力和局限，制定出一天里真正能完成的任务，就很重要。

4. 定律四：健康、财富双胞胎

这是真理。当你长时间工作，坐在椅子上，两眼盯着电脑，没有外边的新鲜空气进来的时候，这就变得更重要了。如果你做得不恰当，会引起一些严重的健康问题。如果你健康状况不佳，就别指望高效的工作。所以保持健康身体，完成了一天的工作后，就到外边去，呼吸些新鲜空气，散散步，做做运动，去健身房，去球场，或者做点什么别的运动来补偿一下劳作的身体。

5. 定律五：应用工具好营销

互联网是个网络应用的海洋，就像有成千上万种应用程序帮你制订各种博客营销计划。从中找到适合你的应用,让工作更高效,就显得重要了。你应该做些初始的调查,从和你在同一领域且经验丰富的网络工作者那里听取建议,他们知道哪些是用来交易最好的工具。

6. 定律六:时间陷阱要警惕

网络是无穷无尽的,早晚你都会掉到这个陷阱里,成天玩网络游戏,参与到社区网络里,不是说这些东西没用,而是一旦沉溺其中,它们会没命地吸食你的博客时间。因此,好主意是有效地管理这些时间吞噬者,从中脱离出来。

第五节　博客营销与 SNS 营销

博客对网民购物决策形成较大影响,网民对博客广告的信任度高于社区网站广告,25%受访者相信博客广告,与此形成对比的是,只有19%相信社区广告。40%的一般博客读者以及50%经常阅读博客的读者在看完博客上的广告后,有所行动。其中,与科技产品购买相关的,有31%的读者认为博客有用,其他对受访者有影响的博客类型还包括媒体和娱乐行业(15%),游戏、玩具和运动用品(14%)、旅游(12%)、汽车(11%)、健康保健(10%)。

网民对博客的忠诚度比社区高。造成这个原因估计是博客的内容质量与互动质量比社区高。除此之外,社区是一个人气极其集中的地方,"林子大了什么鸟都有",比如说一些论坛,经常会有一些乱七八糟的帖子,难免造成用户反感,而博客的作者一般就那么一个或几个,内容的质量可以控制得很好。而且博主与访问者之间的互动更加容易,加上博客广告与文章内容相关性强,会更容易留住访问者。

因此,对于多数的企业来说,没必要去建一个论坛。特别是中小企业,除了建设公司网站,应该尝试经营一个博客,为公司形象、产品进行宣传。一来可以节省广告费,二来可以认识众多行业相关的朋友或者顾客。

社交网络(SNS)的发展,对博客营销提供了一个更有效的手段。社交网络把兴趣相同、专业相同的人群进行了聚合,而且都源于熟人圈子,其相互的信任度更高。因此,社交网络正在逐步成为更为有效的营销工具,博客营销和 SNS 营销相互渗透将成为主流的网络营销方式。

第六节　博客营销与微博营销

一、博客营销与微博营销的比较

由于近几年博客概念的普及,人们对微博的认识和接受也就顺理成章了。显然,微博的普及要比博客容易得多。由于博客营销的价值已经被广泛认可,作为企业营销人员,很快把注意力集中到微博营销上来。每当一种新的互联网应用成为大众化的工具,都会相应地产生新的网络营销模式,所以大家争相探索微博营销也就不足为怪。微博营销与博客营销的本质区别,可以从下列三个方面进行简单地比较:

第一,信息源的表现形式差异。博客营销以博客文章(信息源)的价值为基础,并且以个人观点表述为主要模式,每篇博客文章表现为独立的一个网页,因此对内容的数量和质量有一定要求,这也是博客营销的瓶颈之一。微博内容短小精悍,重点在于表达现在发生了什么有趣(有价值)的事情,而不是系统的、严谨的企业新闻或产品介绍。

第二,信息传播模式的差异。微博注重时效性,同时,微博的传播渠道除了相互关注的好友("粉丝")直接浏览之外,还可以通过好友的转发向更多的人群传播,因此是一个快速传播简短信息的方式。博客营销除了用户直接进入网站或者 RSS 订阅浏览之外,还可以通过搜索引擎搜索获得持续的浏览,博客对时效性要求不高的特点决定了博客可以获得多个渠道用户的长期关注,因此建立多渠道的传播对博客营销是非常有价值的,而对于未知群体进行没有目的的"微博营销"通常是没有任何意义的。

第三,用户获取信息及行为的差异。用户可以利用电脑、手机等多种终端方便地获取微博信息,发挥了"碎片时间资源集合"的价值,也正因为是信息碎片化以及时间碎片化,使得用户通常不会立即做出某种购买决策或者其他转化行为,因此作为硬性推广手段只能适得其反。

二、微博营销的典型案例

2008 年圣诞购物旺季期间,戴尔(Dell)通过向其 Twitter 账户的美国订户发布"购买笔记本电脑七折优惠"的打折信息,创收百万美元。戴尔作为一个以渠道和销售见长的全球第二大 IT 品牌,对于 Blog、FriendFeed、Facebook、Youtube、Twitter等社会化媒体的成功运用一直备受外界瞩目。此次 Twitter 打折战,正是其社会化媒体营销战略中的一部分。戴尔为旗下每个产品线都建立了一个 Twitter 网页。

利用 Twitter"主观、感性、个性化"信息特点和"人以群分"的群体特征,针对不同目标群体发布信息,戴尔在 Twitter 用户中已吸聚了一定的人气。而其中,又以提供产品打折信息的 @DellOutlet 账户、提供 Dell 消费类产品信息的 @DellConsumer 账户和提供 Dell 家用类产品信息的 @DellHomeOffers 账户订户(followers)最多。此次打折消息的发布,正是针对 @DellOutlet 账户的订户。

戴尔公司官方公布的 Twitter 数据:戴尔 @DellOutlet 账户作为 Twitter 订户数量排名前 50 名的账户,拥有超过 50 万的订户。戴尔拥有 35 个官方 Twitter 账号和数量更多并不断增长的个人账号。在全球经济寒冬的背景下,一个带有群体温馨意味的订户内部打折消息,自然让许多消费者欣喜若狂。而戴尔这次貌似普通的互联网促销活动,除了收获百万美元账面收入外,更增加和维系了能为企业创造利润的顾客,为此后的社会化媒体营销模式积累经验,打下基础。

三、案例启示: 关注新兴社会化媒体赢取营销先机

1. 巧用 Twitter"Follower 机制"

"Follower 机制"是 Twitter 的一大特色。此次打折活动中,戴尔强调,该项优惠仅仅面向美国的 Twitter 订户,希望以此致谢 Twitter 用户。这种方式既提升了戴尔 Twitter 账户的关注度,又利用排他性的内部优惠提高了订户(followers)的忠诚度。

2. 在适当的时间做适当的事

戴尔选取活动时间点有三大特征:一是全球金融海啸对全美消费力造成重创;二是美国圣诞购物旺季;三是 Twitter 风头正盛的 2008 年岁尾。在这个关键时刻,戴尔的促销活动再一次擦亮了它"销售为王"和关注新兴社会化媒体、勇于创新求变的金字招牌。另外,尽管促销活动仅仅针对 Twitter 订户,戴尔依然在其 Blog、Facebook 等社会性媒体上展开全方位宣传,大大提升了其对潜在消费者的冲击力度。

3. 沟通聆听用户心声,发出自己的声音

在戴尔 Twitter 账户中,订户除了可以直接发表意见,还可以连接到 DellForum、DellIdeastorm、Direct2Dell 等其他社会化媒体上添加想法。戴尔除了开设 35 个官方账户(这个数据还会增加),还鼓励员工开启个人账户,并允许其在上班时间使用 Twitter。

此外,信息的传播有非常细的内容划分,不同内容用不同账户发布。当然,订户意见过于琐碎、收集困难和员工 Twitter 使用的安全问题是戴尔在接下来的 Twitter 营销战略制定过程中必须注意的重要问题。

网络融合技术的展望

第
六
章

本章标题：

☆ 三网融合的管理机制

☆ 手机电脑与网络电视

☆ 我们期待的三网生活

☆ 苹果公司的耀眼表现

☆ 微软和诺基亚绝地反击

☆ 安卓网络融合的利器

　　科技改变生活，在这一点上互联网的发展过程是最好的诠释。现在互联网已经成为人民生活中不可缺少的一部分，很多人的生活都因为互联网的出现而发生了巨大的改变。网络融合是一个新的契机，互联网、电信网、广电网和物联网的融合，将会给我们开启更为震撼的"云"的世界。

第一节　三网融合的管理机制

在市场竞争趋向白热化的今天,渠道对于企业产品的营销至关重要,成熟的营销渠道能够使每一个愿意或希望购买商品的消费者都能够快速、方便地买到商品,从而实现销售的最大化,所以有观点认为"得渠道者得天下"。对于刚刚从垄断走向竞争、从单一的电视传输走向三网融合的综合业务的广电网络运营商而言,加强营销渠道建设和管理就显得更为重要和急迫了。

一、广电网络运营商的渠道特点及分类

1. 广电网络运营商的渠道特点

(1) 广电行业属于服务性行业,广电网络运营商的收入和利润来源于用户持续通过网络使用其视频和信息服务,营销(服务)渠道的最主要功能在于使那些能让公司赢利的服务持久地被用户使用。因此,广电网络运营商渠道"转移"的更多的是服务而非实体商品,渠道建设和管理应更注重服务。

(2) 广电与其他服务行业的不同之处还在于它全程全网服务的特点,因此,在广电网络运营商的渠道建设中应以网状结构来考虑渠道的覆盖。

(3) 随着三网融合、视频传输领域由垄断走向竞争,用户对于视频服务提供商和业务的选择自由度大幅提高,使得广电网络运营商渠道中的销售、新产品展示和形象推广功能比重必须大规模提高。

(4) 现阶段,广电网络运营商普遍缺乏健全、高效的渠道网络,面向目标用户的渠道资源极度缺乏。随着三网融合、新业务的开展,要想以低成本覆盖市场、加强服务,广电渠道必然走向多元化,新的渠道包括各种外部渠道的引进势在必行。

2. 广电网络运营商渠道的分类

一般而言,对于营销渠道,按不同的标准有不同的分类。如按是否有中间商来划分,营销渠道可分为直接渠道与间接渠道;按经过的流通环节或层次的多少来划分,可以分为零层渠道、一层渠道、二层渠道和三层渠道等。

这里主要按渠道所有权,将广电网络运营商的渠道分为自有渠道和外部渠道,自有渠道又按渠道形态分为实体渠道、直销渠道和电子渠道,共 4 种形式。

(1) 实体渠道

实体渠道是指运营商自有的以实体网点形式向客户提供业务与服务的场所,主要是独立的营业厅,也可以是店中店,或者专柜形式。根据我国人口多、普遍教育水平偏低、消费习惯倾向于保守、对新的销售方式不易接受等特点,在当前及未来相当长的一段时期内,实体渠道将是广电网络运营商的最主要渠道之一。实体渠道的建

设和运营,应遵循"形象统一、服务统一、管理统一"的原则。

（2）直销渠道

直销渠道是指以面对面、一对一的方式向特定客户群直接提供服务的人员队伍。

（3）电子渠道

电子渠道是指以 IT 的方式向客户提供非面对面服务的手段和设施。电子渠道分为呼叫中心、网上营业厅、电视营业厅等多种形式。一个完备的电子渠道可以实现营销、销售和服务三大职能,提供全方位的客户营销、服务和体验。

（4）外部渠道

外部渠道指属第三方单位所有的、广电网络运营商通过联营、代理或授权等方式允许其代理部分业务和服务的社会渠道,包括营业厅、商场、代办点等。

二、目前广电网络运营商在渠道建设中存在的问题

1. 营业厅主渠道的问题

在模拟电视时代,广电单位的组织结构是与"用户管理"的理念相适应的,没有营销渠道,只有"用户管理站"。随着广电网络转制为企业,这些单位也开始了从"用户管理站"到"用户服务站"再到"营业厅"的转变过程。但是换个名字容易,建设真正的作为主渠道的营业厅还存在很多问题。

（1）营业厅职能单一,无法实现全程全网全业务

因为在垄断经营时代,用户管理站是条块分割的,一个区域的用户管理站只能受理本区域分公司的业务,无法受理跨区用户业务;营业厅基本上都是电视业务营业厅,无法受理数据业务。显然,这就使得各个营业厅变成了"××区营业厅"而不是全网营业厅,是"××业务营业厅"而不是全业务营业厅,限制了营业厅的作用,无法实现全程全网全业务。

（2）营业厅建设滞后,布局不合理

从选址到规模都不适合作为真正的营业厅。对于如何选择营业厅,有个很通俗的观点——"地点、地点,第三还是地点",由此可见营业厅选址的重要性。广电现有营业厅都是从用户管理站演化而来,建设初期就没有科学地选址,存在很多问题。图 6-1 所示是 A 公司 21 家营业厅营业面积、营业窗口和每窗口用户流量的比较图。

A 公司因为是由区分公司,按区建设营业厅,没有从全市角度考虑布局,因此营业厅布局明显不合理。21 家营业厅中,营业厅 Y1、Y2、Y5、Y7、Y11 等覆盖用户数多、营业厅规模偏小,显然在营业厅选址和建设方面缺乏通盘考虑。

（3）营业厅面积狭小、硬件设施落后

依然以 A 公司为例,21 家营业厅中,平均营业面积为 60 平方米,营业面积狭小,经营现有的业务已不堪重负。另外,营业厅硬件服务设施比较落后,如 21 个营业厅中只有几个营业厅有取号机和服务评价器,有 1/3 的营业厅没有安装监控摄像头。

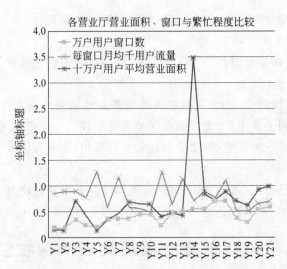

图 6-1　A 公司 21 家营业厅营业面积、营业窗口和每窗口用户流量比较图

（4）营业厅人员组织结构缺乏统一标准

各营业厅人员岗位设置不一，缺乏统一标准，如有的营业厅没有设立营业厅值班经理。另外，营业厅的柜员人数偏少，没有科学排班，难以保证窗口的正常开放。

2. 电子渠道建设刚刚起步、营销功能几乎没有

目前，我国大的广电网络运营商都建立了客服中心（Call Center），大的客服中心已经拥有几百个坐席，从规模上讲已经不小了。但是，大多数广电客服中心的职能都很单一，基本上都处于"客户抱怨中心"的状态，没有起到"客户服务中心"的作用，更谈不到"主动销售中心"。很多广电企业虽然也设立了网上营业厅，但功能比较弱，对用户吸引力不大。

3. 空有人数众多的片区管理员队伍，却没有发展直销渠道

模拟电视时代，因为模拟电视无法进行终端控制，需要有专门的人员进行催费、查黑户等工作，因此有大量的基层片区管理员（"片管员"），其主要职责是催费，有的还承担简单的用户故障维修工作。至于市场发展，由于是垄断的，几乎不需要花费力气，片管员们也大多不擅长于此。

到了数字电视时代，原先需要大量人力的催费工作因为数字电视可以用技术手段进行终端控制变得不再重要。片区管理员多年积累的社区人脉关系和丰富的待人接物经验，正是直销人员所需要的。而目前，大多数广电网络运营商还没有认识到建立直销渠道的重要性，导致一方面原先的片区管理员面临转型甚至失去岗位；一方面直销渠道建设工作严重滞后。

4. 几乎没有外部渠道

在广电网络运营商实力相对弱小、自有营业厅建设成本居高不下的情况下，借助

第三方单位的一些现有渠道,迅速覆盖目标用户、提高营销能力就成为一条捷径。但目前,由于受原先垄断经营的影响,大多数广电企业都没有开拓外部渠道,全靠自有的几个营业厅支撑。

总的来说,现阶段广电网络运营商渠道建设还处于非常初级的阶段,渠道方式单一,基本上都是实体渠道,且网点稀少、职能单一,直销渠道、电子渠道、外部渠道等基本没有或刚刚开始建设。这样一种营销渠道的现状显然是无法适应三网融合环境下的市场竞争需求的。

三、广电网络运营商如何加强渠道建设和管理

1. 大力完善营业厅主渠道

（1）明确定位

随着视频服务市场逐步由卖方市场向买方市场转变,广电网络运营商逐渐由单纯的有线电视业务向全业务拓展,原先的营业厅职能定位已不能适应新形势。首先,必须打破营业厅在业务受理的用户地域限制和业务种类限制,使得营业厅变成真正"全程全网全业务"的综合性营业厅;更重要的是,必须要强化营业厅的业务及产品展示功能、对外形象窗口功能,不仅要服务现有用户,还要服务所有潜在用户,使得营业厅的职能从单一的业务受理窗口向业务受理窗口、品牌形象宣传窗口、新产品展示窗口、客户体验窗口转变。

（2）按原则进行营业厅建设

① 全局规划、适度新（扩）建

实现营业厅的合理布局、规模适当是一个复杂的系统工程,要考虑覆盖地域大小、居民居住密度、行政区划、交通便利情况,以及运营商自身实力等宏观因素,微观上还需考虑能否找到合适的房屋。

因此,对于营业厅建设,首先必须从全局战略发展的高度考虑,确保建成后5年不落后、能支撑各项新增业务。

其次,营业厅布局、选址必须考虑到覆盖用户群,确保选址能尽量大地覆盖所服务的用户,在营业厅的布局、选择上应考虑以"立足用户,建立营业厅与社区间的服务辐射关系"为基本原则,进行营业厅对居民社区覆盖的宏观规划,并对现有营业厅难以覆盖的区域考虑补建营业网点。

最后,营业厅布局必须考虑成本,不能无限度地求大、求全、求新,应按照"营业厅合理布局"的原则,适度新建一些营业厅。同时,对于营业厅营业面积相对较小而业务量较大的,需要扩建或者迁建。

② 统一建设标准

营业厅的统一建设标准包括多个方面:

营业厅房屋硬件标准,对于全业务营业厅要求总面积不得小于380平方米、营业面积不得小于120平方米;

营业厅选址标准,如要求必须是临街、一层门面房,要求必须有能设置外部LOGO 墙的地方;

营业窗口设立标准,建议对于全业务受理的营业厅,其营业厅窗口数不能少于5个;

营业厅内部布局标准,如必须设置用户等待区、办公区、产品展示区;

营业厅内部装修标准,如业务受理窗口是开放式的还是分隔式的。如果是分隔式的,窗口高度的要求等。

③ 营业厅分级建设

面临着营业厅建设成本居高不下,同时需要尽量多的布点以适应竞争和服务用户的需要这样一对矛盾时,建议实行营业厅分级。重点建设一些交通便利,营业面积大的旗舰营业厅,这些营业厅应是全业务、跨区受理的,全年 365 天开业,以树立广电"全程全网全业务"的形象。另外,以较低成本建设一些只办理本区业务或部分业务的次一级营业厅,其地段要求不必太佳,可以偏僻点,面积小一点,节假日可以不营业,以降低成本。最后,发展一些代办点,允许受理一些基本业务,以方便社区居民。

(3) 加强营业厅服务,统一相关规范流程

要建立统一的《营业厅服务规范》,内容应涵盖营业厅整体布局规划及服务设施配置规范、营业厅员工的行为准则(包括服务形象、行为规范)以及营业厅服务规范流程(业务咨询服务、业务受理服务、用户投诉处理以及现场营销等)、营业厅现场管理(设备管理、宣传管理、例会管理、安全保密管理、卫生管理、突发事件处理制度、报表管理、基础资料管理等)等方面,用于指导营业厅日常服务和管理,以建设规范化、一体化的服务体系,实现广电网络运营商端到端服务的全程标准化、可监控、可管理的客户服务和营业厅建设目标。

(4) 加强营业厅硬件服务设施建设

所有营业厅都应增加数字电视、宽带上网等各项业务和服务的演示系统;统一安装监控摄像头,做到各个营业厅全时段随时可监控;安装取号机及服务评价系统,让营业厅等待环境变得更加有序,并提高客户服务质量的监督力度;设立服务咨询柜台;为营业厅统一配置空白宣传挂板或海报架;配备用于服务用户的桌椅、饮水机、书报架等。

(5) 在营业厅建设和管理中引入"可视化管理"

可视化管理(Visual Management)是利用形象直观而又色彩适宜的各种视觉感知信息来组织现场生产活动,达到提高劳动生产率的一种管理手段,也是一种利用视觉来进行管理的科学方法。"可视化管理"通过醒目的信号灯、标识牌,把产品生产过程中所出现的正常的、异常的状态显示出来,变成不管是新进的员工,还是新的操作手,都可以与操作经验丰富的老员工一样,一看就知道、就明白存在着什么样的问题。本质上,"可视化管理"就是用眼睛看得懂而非大脑想得通的管理方法。

在广电网络运营商营业厅建设和管理中,应该根据可视化管理的思路,将营业厅划分为业务办理区、用户等待区、咨询服务区、演示体验区等四大板块,对不同板块的

区域空间、外围环境、办公区域、员工服饰、仓储物料、作业环境、作业过程、生产活动、作业人员、设备安全、生产环境安全、消防安全等多项管理目标,运用定位、画线、挂标示牌等方法实现管理的可视化。比如,营业厅各业务办理手续及资费一览表上墙、服务质量和经营指标上墙、员工佩戴胸牌、设立填表台、所有表格单据都有样表、业务办理区有明显导引标识等。

2. 开拓电视营业厅、电话营业厅、网上营业厅等电子渠道

营业厅再建,网点也是有限的,并且作为后起的运营商,与有一定影响力的运营商拼实体营业厅数量是不经济的。广电网络运营商应充分利用技术进步,大力建设电子渠道,即客服中心、网上营业厅等虚拟营业厅,而不必一味地新建实体营业厅。事实上,国外很多先进的广电网络运营商最主要的营销渠道就是客服中心,甚至高于营业厅。另外,由于人们在消费的过程中很多时候存在看到什么感兴趣的马上就决定的"冲动型"和"现场型"消费方式,这种情况尤其在年轻人群中占相当的比例,电子渠道可以实现运营商与用户间便捷、非接触式的业务受理,业务订阅和缴费可以做到实时,为冲动型消费者提供一个便利的消费渠道。特别是对广电网络运营商而言,在双向业务开展之后,可以建立起独一无二的"电视营业厅"渠道,用户可以通过交互电视来订购广电运营商的高清交互点播业务、宽带上网业务、缴纳费用,甚至代理第三方业务,如"煤水电气公共事业缴费"等,成为广电网络运营商与对手竞争的利器。

因此,电子渠道在满足年轻用户消费需求的同时,减少了建设实体营业厅的成本压力,又有利于展示广电独特的优势,广电网络运营商有必要大力开拓。

3. 以现有片区管理员队伍为基础,建立直销渠道

在激烈竞争的时代,作为一个提供面向居民家庭服务的运营商,广电网络运营商必须建立起一支强大的 DSR(Direct Service Representative,直销服务代表)队伍,主动走进用户家中,推介产品,提供贴身的服务。可采取"客服中心+直销代表"的组合模式。这种模式没有营业厅,可以有效规避营业厅费用,并充分发挥客服中心主动销售的作用,大大降低销售成本。此外,通过主动接触客户、访问客户,尽可能使得客户足不出户就能享受到服务,客户办理手续只需打电话至客服中心,需要设备的则由直销人员直接送到家中。这不仅会提高客户满意度,在"快鱼吃慢鱼"的今天,客户服务响应快,还意味着比竞争对手快一步赢得客户、取得市场优势。

要建立直销队伍,建议充分利用广电运营商原先的片区管理员队伍,发挥其社区工作经验足、熟人熟脸的优势,从有线电视催费转型为新业务、新产品的上门面对面营销。

4. 大力发展外部渠道

事实证明,在三网融合的竞争中,对于相对弱势的广电网络企业而言,仅靠薄弱的自有渠道是不能满足市场开拓的需求的。因此,必须大力发展外部渠道,特别是大

力开发电器卖场这个渠道。

（1）有利于扩大影响，与 IPTV 等竞争

电器卖场人流密集，同时，相当比例的客流都是对视频服务有需求的人，无疑是广电运营商展示其视频业务的最佳地点。因此，开拓电器卖场外部渠道，将广电运营商有线数字电视信号接入电器卖场，突出"所见即所得"，即用户在卖场看到的视频服务，就是用户在家可以享受到的视频服务。有了这一点，对展示广电网络运营商数字高清节目、普及数字电视知识起到极大的促进作用，特别是与 IPTV 相比，有利于树立广电网络运营商的高端视频服务提供商的形象，成为运营商对外产品展示的最佳窗口。

（2）有利于销售

显然，目前苏宁、国美等电器卖场在电视终端销售市场上占据了统治地位。用户买了电视机，肯定是潜在的视频服务消费者，必须第一时间抓住机会，力争在用户选择电视机终端的时候就开始视频服务的营销。因此，在电器卖场销售广电运营商的硬件（高清交互机顶盒、高清一体机等）及服务（付费频道、交互节目、增值服务等），有利于利用电器卖场的市场主导地位及由"所见即所得"引发的现场用户的消费冲动，与电视机"捆绑式销售"，给用户一站式服务，从而提高运营商相关软、硬件产品或服务的销售量。

（3）有利于以低成本扩大销售网点，实现市场覆盖最大化，并且方便用户

对于广电网络运营商这样综合实力尚不很强的企业而言，不可能在人流密集、交通便利的繁华地段无限制地建店，因此，利用外部渠道就是一个低成本覆盖的最佳策略。在如电器卖场各门店进行销售，还可以为用户购买运营商的产品或服务开辟更加便利、快捷的途径，解决用户想订阅产品或服务只能到营业厅、手续办理不便的烦恼。

目前，像重庆、北京等地广电网络运营商已经尝试与电器卖场合作，在卖场销售运营商的部分产品。如何进一步扩大外部渠道，与银行、超市、社区便利店等合作，为用户提供更加便利的产品订阅渠道，是运营商下一步要做的工作。

5. 进行渠道创新，开拓新的渠道

除上述营销渠道外，广电网络运营商还应该进行渠道创新，开拓新的渠道，比如采取"病毒式营销"。所谓"病毒式营销"，是通过用户的口碑宣传网络，信息像病毒一样传播和扩散，利用快速复制的方式传向数以千计、数以百万计的受众。也就是说，通过提供有价值的产品或服务，"让大家告诉大家"，通过别人为你宣传，实现"营销杠杆"的作用。病毒式营销的核心是厂家要走进消费者的内心，使其自发成为"病毒"的传播者。

病毒式营销使用最多最成功的地方是互联网，典型案例就是开心网的流行。交互数字电视实现病毒式营销也有着得天独厚的条件。用户在交互数字电视平台上，如果喜欢什么节目，完全可以如互联网般向朋友推荐甚至自己订阅送给朋友，从而将节目的影响迅速蔓延。因此，广电网络运营商完全可以引入病毒式营销方式并大力

推广。

以上简要分析了广电网络运营商营销渠道的特点、目前的情况和存在的问题,重点讨论了如何完善实体渠道——营业厅,发展直销渠道、开拓电子渠道,开拓电器卖场等外部渠道,以及进行渠道创新等。总之,市场经济,用户为本,要抓住用户,渠道是核心。作为网络运营商,广电网络运营商有自有渠道的基础,但相比电信等竞争对手相差甚远。因此,必须大力加强渠道建设,让用户随时随地想订阅和享受服务时都能有方便、快捷的渠道供他选择,这就是加强渠道建设的目标所在,也是竞争取胜的基础所在。

第二节　手机电脑与网络电视

手机电脑即可以运行 XP 系统的新一代智能手机,也可称为手机电脑,是既可以上网又可以同时打电话的,外形如手机,但具有笔记本上网功能的一种新型手机。手机电视是指以手机为终端设备,传输电视内容的一项技术或应用。实现方式主要有三种:第一种是利用蜂窝移动网络实现;第二种是利用卫星广播的方式;第三种是在手机中安装数字电视的接收模块,直接接收数字电视信号。其标准有以下三种。

(1) CMMB:CMMB 是 China Mobile Multimedia Broadcasting(中国移动多媒体广播)的简称。它是国内自主研发的第一套面向手机、PDA、MP3、MP4、数码相机、笔记本电脑多种移动终端的系统,利用 S 波段卫星信号实现"天地"一体覆盖、全国漫游,支持 25 套电视节目和 30 套广播节目。

(2) DVB-H:DVB 是 Digital Video Broadcasting(数字视频广播)的缩写,是由 DVB 项目维护的一系列国际承认的数字电视公开标准。DVB-H 标准是建立在 DVB 和 DVB-T 两个标准之上的标准。它支持的是手机等小型终端设备,天线更小巧,移动更灵活,使无线电频谱信号的传输更有效。

(3) T-MMB:T-MMB 系统通过时域复用和信道复用等技术,并利用 DAB 系统的子信道和复用控制在全球首次实现了基于 DAB 发射端的多标准(DAB、T-DMB 和 DAB-IP)信号输出,解决了发射端的多标准兼容性。其意义在于:有可能使覆盖欧洲、中国、印度、加拿大和澳洲的 DAB 继已实现全球漫游的 GSM 手机之后,成为另一个具有全球漫游服务功能的系统。

目前我国的手机用户已超过 9 亿,还在快速发展中。试想一个电视频道能开发 10% 的中国用户,每位用户每年支付 10 元节目服务费,就有超过 9 亿的份额,而中国移动每年仅仅是简单的文字短信收入一项就达百亿元。手机电视在日、韩等国的快速发展已经证明其本身是有着巨大发展潜力的产业,在全球范围内兴起不会是昙花一现,未来集合丰富资讯与互动交流的手机电视必定会创造更大的市场空间与商业价值。

一、手机电视产业发展面临的竞争

由于电视收视设备的技术进步和网络传输的发展,很多家庭已经采用了将卫星电视节目和传统的电视收视设备连接的方式,实时尽享各类卫星和中央电视台节目,以及众多的网络影院,让以往强制捆绑机顶盒(主副机)收视模式壁垒得以打破。这一变化让广电系统感受到压力,与中国移动联合开展的 G3 手机电视业务和自主研发的各类移动多媒体终端业务被认为是变革尝试。

探索未来媒体产业发展,需要思考媒体整合,重新规划电视产业。手机电视的发展将赋予电视产业全新的生命力,同时需要面对多层次、多方位的竞争对手,未来电视、报纸、广播、互联网站的资讯竞争将在无线网络展开。

CMMB 网络建设将会加快。2009 年,CMMB 取得了突破性的进展,已经完成技术研发、标准体系、设备产业化、服务奥运、规模试验、运营体系建立等工作,走出了一条以自主创新、民族工业为支撑的产业化发展之路,并进入了商用阶段。同时 CMMB 的中文名称已统一为"手持电视"。第一个业务品牌"睛彩"也正式推出,CMMB 运营商也由"中广移动"更名为"中广传播"。2010 年,CMMB 加快组建、完善省级和市级运营主体,初步形成全国统一的运营格局。

手机电视行业竞争加剧。目前存在广播方式的 CMMB 手持电视与流媒体方式的两种手机电视播出模式。由于手持电视这一业务中的"手机"必然需要电信行业的网络支撑,"电视"必然需要广电行业的内容支持,使得广电与电信双方必须合作。由于我国手机电视国家标准为电信行业业务主导的 TMMB,而市场推广更广泛的是广电行业主导的 CMMB,必须会出现广电与电信行业对手机电视业务的竞争。2010年,这种竞争加剧表现为三个方面:第一,目前广电 CMMB 只能与中国移动的 ID 合作推出 CMMB 手机电视,中国移动自己的流媒体手机电视也在推广;第二,没有得到与 CMMB 合作机会的中国电信与中国联通也在做相应的手机电视业务尝试;第三,新华社、《人民日报》等下属机构已经进入手机电视领域。此外,还要与互联网门户网站的媒体资源竞争;与央视、文广传播等媒体集团的节目品质竞争;与大型报业集团和广播电台的跨行业竞争;与网络运营商的客户资源及服务竞争。这样,广电与电信行业之间,电信行业内部的企业之间以及传媒行业的介入,使手机电视领域的市场争夺趋向激烈。

二、手机媒体可能成为最强势的新媒体

手机电视只是手机媒体众多业务的一种,短信、彩信、音乐、彩铃、WAP 网络、游戏等与手机电视业务一起构成一条完整、多元的手机媒体产业链。手机不同于传统的电视机,手机用户跟传统电视用户的需求也不同。因此,手机电视的发展离不开为手机媒体自身量身定做的节目。我国采用 CMMB 手机电视接收模式发展的手机电视有一个巨大的优势,就是可以完全摆脱现有传统电视节目的束缚,更大自由地探求

完全为手机媒体量身定做的节目。

1. 手机电视节目来源

将来手机电视节目无外乎有两种来源。一种是来源于广电系统。无论是与现有传统电视节目完全一样的,还是在现有节目基础上重新按照手机特点编排或者重新制作的。另一种是来源于一批专为手机电视制作节目的公司。无论哪种节目来源,都有利于节目制作水平的提高。广电部门有多年节目制作经验的积累,同时有大量电视制作人才的储备,有节目制作需要的场地、设备等,所有这些广播电视的优势,都有利于制作手机电视节目。同时,单独的节目制作公司与广电自由节目制作者的竞争更有利于节目制作水平的提高。

2. 手机剧崭露头角

随着手机电视应用范围不断扩大,2010 年出现了一种新的艺术形式——"手机剧"。手机剧具有五个特点:第一,拍摄时,近景镜头使用比例相对较多;第二,画面上字幕的比例相对增大;第三,故事情节相对紧凑;第四,以连续剧方式为主,以符合手机剧短小的特点;第五,具有较强的交互功能。观众在观看的同时,还可以评论,甚至对角色或人物的命运提出自己的建议,以影响手机剧的进程。国内已经有一些企业开始着手进行手机剧的编排。另外,电影公映之前的片花以及从未在电视台播出的电视剧,也可以通过手机电视的渠道对外放映。

3. 手机电视业务

什么样的节目更适合手机电视播放呢?结合手机电视用户收看时间短,易受干扰,易被打断,用户移动导致环境变化等特点,那些精练短小、强吸引力的节目(如新闻现场直播、信息、教育在线、手机电视短剧、卡拉 OK、音乐、娱乐互动等)更适合手机电视播放。在无重大新闻事件的时候,娱乐类、资讯类、点播下载显然是吸引用户的主要内容。

4. 手机电视潜在的商机

从商业价值的角度来看手机电视,短期内是很难体现其价值的;从资本回报的层面来审视手机电视,相当长的一段时期内投资是较大的。但这并不能否定手机电视产业的巨大价值。十多年前当互联网还未普及到人们的日常工作生活中时,新浪网就开始了掘金开垦,当时由于网络技术瓶颈,使用互联网的人很少,更不知道门户网站的概念是什么。人们只能是 163 电话拨号上网。而今短短十年,新浪网一举成为中国乃至世界华人的首选门户网站,每日访问量数亿,每年主营收入达数亿元,这或许对于尚未开发普及的手机电视来说是个值得深思的启示。

手机电视是一种具备通信功能的通信终端,以年轻用户为主,生活节奏快;付费习惯多元化现象明显,付费意识和付费方式受内容驱动;盈利和推广是以前向服务费和互动增值服务费为主,后向广告费用为辅,通过内容及营销政策驱动市场。同时在传统电视运营体系内,由于管理机制、从业资格和用户的消费习惯已经基本形成,进入门槛较高,创新服务提供商难以充分发挥自由满足用户需求的能力优势。但手机电视业务并不纯粹是传统电视业务的移动化延伸,由于其传输网络以及用户消费习惯的差异程度较大,手机电视业务的发展必须将传统电视服务和互联网视频服务双方的优势加以整合,进行创新性运营体系构建和商业模式探索。

手机电视产业在开发和产业主体上要大胆假设,谨慎求证,力争在产业策略、用户资源、商业模式等方面进行长远规划。围绕未来手机电视业务市场多元化发展的趋势和特点,不同的服务提供商应根据自身的资源优势采取不同的发展策略。

手机电视用户市场的需求个性化及盈利模式多元化的特点让创新服务提供商有了难得的发展机会,因此,如何与平台运营商依据手机电视用户需求打造个性十足的一体化服务方案,进而挖掘手机电视产业的跨行业综合商用价值,成为有能力为手机电视用户提供创新服务的厂商的重要发展目标。

根据未来手机电视业务多元化发展特点,广电业务提供商应从三个方面入手:一是加强电视业务特点的运作能力,向手机电视用户延伸;二是发挥品牌优势,拓展新的领域,以覆盖更多的用户群体;三是根据手机电视业务的消费习惯和消费特点进行创新服务设计。通过与互联网和移动互联网的服务提供商合作,增强自身在手机电视市场的综合服务能力。对于创新服务提供商,应充分发挥自己的创新优势,在深入把握手机电视终端、网络用户消费特点的基础上,结合自身资源,发挥灵活创新能力,使自身提供服务比传统服务提供商更加符合手机电视用户的消费需求,从而在手机电视这一细分市场后来居上,形成品牌效应。在为自己带来规模化用户的同时,也提高与各个平台运营商合作的话语权,从而为进一步拓展手机电视产业的商业增值能力打下坚实的基础。

进入数字时代,传媒产业应该遵循网络经济规律,使媒体内容作为信息产品不断实现共享与增值,将传统的销售理论、广告模式与通信模式相结合,共同构建一个新的产业链,创造一种新的商业模式。未来的手机电视领域也许是移动模式与广播模式共存,分别服务于不同用户领域,但对整个产业的良性发展而言,最好的选择应是二者通力合作,甚至是二者合一的发展模式,这似乎是手机电视健康发展的必由之路。

三、IPTV 网络电视

网络电视又称 IPTV(Interactive Personality TV),它将电视机、个人电脑及手持设备作为显示终端,通过机顶盒或计算机接入宽带网络,实现数字电视、时移电视、互动电视等服务。网络电视的出现给人们带来了一种全新的电视观看方法,它改变了以往被动的电视观看模式,实现了电视以网络为基础按需观看、随看随停的便捷方式。

IPTV 有如下一些特性：

（1）同时从网络中很多节点获取数据（P2P 技术），使节目频道更加可靠和稳定。

（2）可以建立起用户自己的频道并通过 Internet 对外广播。

（3）流媒体支持.asf、.wmv、.rm、.rmvb 等媒体类型。

（4）支持媒体文件的重播功能。

（5）一个内置的电视频道转播器，可以将其他媒体服务器上的内容进行分发。

（6）支持 mss、rstp、http 等网络流媒体传输协议。

（7）具有对广播源质量和频道质量监视的功能，帮助观看者选择一个质量高的频道。

（8）当用户在观看的时候，可以对观看的媒体片段进行录制。

（9）所有的节目都保存在内存中，对硬盘几乎无任何损害。

（10）支持对流媒体发布者和观看者的认证功能。

（11）支持在一台机器上的多个频道的发布。

（12）一个很小的绿色软件，不需要修改注册表，不会修改系统文件。

（13）支持 URL 的使用，可以将频道通过网页上的链接对外发布。

四、网络电视的特点

1. 网络电视作为一种媒体，开办网络电视需广电总局批准

国家广播电影电视总局规定，在境内通过包括国际互联网在内的各种信息网络传播广播电影电视类节目，须报国家广播电影电视总局批准，而且对信息安全、播出质量提出了要求。这里所指的网络电视，即通过国际互联网传播的电影电视类节目，要经广电总局批准，经营网络电视的公司要在工商部门注册登记，而且播出节目要接受广电总局的审查。

2. 在国际互联网上开办网络电视业务，属增值电信业务，需信息产业部颁发许可证

网络电视是宽带多媒体互联网服务和内容服务，属增值电信业务范围。按国家和信息产业部颁布的相关法令、法规，实行许可制度。经营增值电信业务，必须依照《中华人民共和国电信条例》的规定取得国务院信息产业主管部门或省、自治区、直辖市电信管理机构颁发的电信经营许可证，从事增值电信业务按电信条例规定应当具备下列条件：

① 经营者为依法设立的公司；

② 有与开展经营活动相适应的资金和专业人员；

③ 有为用户提供长期服务的信誉或者能力；

④ 国家规定的其他条件。

从事经营性宽带多媒体互联网信息服务,除应当符合《中华人民共和国电信条例》规定的要求外,还应当具备下列条件:

① 有业务发展计划及相关技术方案;

② 有健全的网络与信息安全保障措施,包括网站安全保障措施和信息安全保安管理制度,用户信息安全管理制度;

③ 服务项目属于本办法第五条规定范围的,已取得有关主管部门同意的文件。

3. 网络电视不同于现有的电视和有线电视

网络电视是数字电视,利用数字电视技术和国际互联网传输的条件,并结合了互联网信息服务的特点。它采用的 Real Network 流式媒体技术是目前最先进的流式媒体技术,解决了内容为主的 Web 信息服务向视频内容服务转变,已有多种成熟的编码格式,可以完成视频和网站信息内容的结合,按流媒体的方式从演播中心经过网络传到千家万户。网络电视要求原制作的电视节目质量较高,经过数字压缩和编码制作后,按用户的要求(包括制作成本、网络条件、用户接收端条件、用户线带宽条件和资费标准)压缩制作成不同的节目,有广播节目也有点播节目,有可以达到目前DVD 质量的,也有达到 VCD 质量的,比一般电视传送图像质量要好。这一方面说明网络电视首先实现了数字电视的要求;另一方面,网络电视可以根据高端用户的要求,提供不同质量的电视节目,实现了个性化服务。

4. 网络电视不同于广播和电视

不管普通广播、有线广播,也不管电视或卫星直播电视、有线电视网电视,都是一点对多点,只能提供较好的发送质量,不能很好地保证接收质量(尤其是开通初期)。而网络电视从开始试验播出就提出端到端的质量,从网络上就提出高的质量要求,必须按网络电视的传送要求提供高质量的网络,以及安全、可靠的网络管理系统,使得网络电视质量得到保证。

5. 网络电视属于收费电视的一种

从经营理念上解决国际互联网信息内容不收费和电视及 CATV 收费很低廉这一客观存在的事实。由于是根据提供的内容质量及用户提出的特殊要求收费,网络电视必须有一套不同于电视和 CATV 的版权管理系统、安全认证系统和计费系统。这一套系统不同于电信部门的电话计费系统,它不但能按时间长短、按占用的带宽,而且可以按信息内容的种类、使用课件的次数等计费。用户的资料系统、计费系统和收费系统安全、可靠是网络电视整体运营的条件之一。

6. 网络电视由国际互联网承载

国际互联网是一个"尽力而为"的网络,传送质量不能保证。如何保证网络的质量,除网络在满足网络带宽、时延、抖动等方面的要求以外,还要采用增加带宽冗余、设立 QoS 优先级或建立专门开网络电视的专网等措施,保证端到端的质量,还要求不但在骨干网、城域网,而且在接入网也要能保证网络质量。在网络中,端到端的QoS传输是通过在整个网络配置QoS特征的方式设立优先权来实现,网络电视必须放在"最佳"级别来优先处理,以便实现很好的业务传输,将会利用智能排队技术来控制延时和抖动,保证端到端的QoS。但是在全国公用宽带IP网上,有很多业务也要求优先,有时很难保证网络电视视频流按最佳级别来实现。这时就要求组成一个专用IP通信网来传送网络电视节目,以保证QoS。

网络电视有广播和点播两种方式,需要宽带IP网络,尤其是整个骨干网络上的路由器支持组播功能。要求组播能够实现跨自治域服务。目前163网上的有些设备尚无法满足要求,需要改造升级。网络电视不同于无线电视必须架设室内天线、室外天线或共同天线,也不同于有线电视或卫星电视,而是必须经过宽带接入进入国际互联网(或有线电视传输网),目前宽带接入的方式有很多,最主要有以下几种:

① 基于普通电话线的XDSL宽带接入方式;

② 基于经过双向改造的有线电视网,采用光纤同轴混合(HFC)网络加CABLE Modem方式;

③ 宽带固定无线接入方式;

④ 宽带以太网(包括城域大以太网)接入方式。

网络电视为了达到一定的收视质量,要求用户线有一定的带宽(一般应大于500Kbps)。经过试验,收视高质量网络电视应在800Kbps以上。网络电视节目具有交互式、个性化,要求用户线路必须是双向的上行速率,要能满足100Kbps。用户线路要求成本低、稳定、安全、可靠。采用宽带以太网,要具备用户管理、安全管理、业务管理和计费管理。局端设备支持对用户的认证、授权和计费,还要有能对用户IP地址进行动态分配以及汇聚用户端设备网管信息的功能。网络电视的用户接入线路设备将不同于电视的共用天线由房产单位建设,网络电视的入户线路需要用户自行投入或房地产开发商联合驻地网服务商建设。但是对于用户来讲,用户开户和购置设备都是不小的投资,建设成本高,维护成本也高。高消费群体将是网络电视业务的主要用户。

总之,网络电视不同于普通电视和CATV。为了开展网络电视业务,需要建设一个宽带多媒体互联网平台和相关支持系统。

五、宽带多媒体互联网平台

为了在国际互联网上开展网络电视业务,必须建立一个宽带多媒体互联网平台,并且具有以下系统和功能。

1. 内容制作和业务分发系统

网络电视的节目内容可以由网络电视部门自己制作,也可以在国内外媒体市场购买,由于网络电视要求质量高,节目内容实用性强,质量能满足用户个性化要求,制作的费用高,而且要不断开拓新的设备、新的技术,提高节目内容的水平,所以,网络电视业务开展初期应以外购内容为主体。

网络电视除视频节目制作以外,还要有网站内容制作,要配合视频节目内容提供更多信息。视频节目和网站内容要经过数字编码压缩制作过程,像普通网站一样,还要具有视频节目播出系统、监控系统、管理系统,使得节目播出质量达到要求。监管系统包括广电总局对国际互联网上经营视频内容的监管。

网络电视不同于一般 ICP 经营的视频内容,也不单单是一种酒店客户或高级居民小区经营的 VOD 点播功能,而是根据广大用户的需求采用不同压缩比,制作适应不同带宽的节目内容。可以采用广播(直播)形式,也可以采用点播形式。网络电视内容涉及面广,实现个性化和互动是它的特点,所以内容制作系统不但工作量大,而且制作难度大。网络电视不同于电视和 CATV,它具有娱乐性、观赏性,还要为个性化服务,具有信息服务的功能。

2. 核心流程的管理系统

前端采集编码系统将模拟信号或数字信号按照标准编码后传递到服务器,服务器再将数据传递到客户端的计算机或者机顶盒,客户端对数据解码后回显到显示器或电视机。

3. 业务的基础支撑平台

从总体上讲,网络电视根据终端分为三种形式,即 PC 平台、TV(机顶盒)平台和手机平台(移动网络)。

通过 PC 收看网络电视是当前网络电视收视的主要方式,因为互联网和计算机之间的关系最为紧密。目前已经商业化运营的系统基本上属于此类。基于 PC 平台的系统解决方案和产品已经比较成熟,并逐步形成了部分产业标准,各厂商的产品和解决方案有较好的互通性和替代性。

基于 TV(机顶盒)平台的网络电视以 IP 机顶盒为上网设备,利用电视作为显示终端。虽然电视用户大大多于 PC 用户,但由于电视机的分辨率低、体积大(不适宜近距离收看)等缘故,这种网络电视目前还处于推广阶段。

网络电视作为极有发展潜力的新兴产业,其产业链已经初步形成,它的出现无疑将改变人们的生活,为人们带来全新的生活方式,同时给运营商带来新的业务增长点。

六、IPTV 为运营商带来的机遇

在我国,电信运营商发展 IPTV 业务的最大动力是由于收入增长上的乏力。首先,传统的话音业务在移动通信、VoIP 等新技术、新业务的冲击下开始萎缩;其次,运营商大力发展宽带网络,却没有从中得到足够的收益,宽带的赢利方式还局限在接入费用的收取上,运营商急需寻找新的盈利手段。借助 IPTV 业务,电信运营商可以增加收入。同时,由于宽带接入的发展快于宽带业务的发展,用户的增长速度开始趋缓,IPTV 的兴起为电信运营商继续发展宽带创造了良好的机遇;再次,宽带接入的繁荣并没有带来内容服务上的繁荣,宽带网络上的业务和应用多数还停留在窄带时期,宽带用户的消费需求远远没有满足;最后,IPTV 扩展了电信业务的使用终端,这大大扩展了电信运营商的用户群体。据中国互联网络信息中心(CNNIC)2011 年 7 月 19 日发布的《第 28 次中国互联网络发展状况统计报告》,截至 2011 年 6 月底,中国网民规模达到 4.85 亿;我国手机网民规模为 3.18 亿,手机网民在总体网民中的比例达 65.5%,成为中国网民的重要组成部分。微博用户数量以高达 208.9%的增幅,从 2010 年年底的 6311 万爆发增长到 1.95 亿,成为用户增长最快的互联网应用模式。上网计算机 2008 年 7 月统计为 8470 万台,目前估计为 1 亿台左右;而我国电视机总量估计超过 4.5 亿台。通过增加 STB,把现有电视转化为综合型信息终端,将不仅满足不善于使用电脑的用户对个性化定制节目、互动娱乐以及高速互联网接入的业务需求,而且解决了家庭中共用计算机的冲突和不方便等问题。

作为一种基于宽带网络的交互式视频业务,IPTV 为电信运营商创造了新的发展机遇,电信运营商发展 IPTV 能够促进宽带接入的继续发展,既满足了用户的消费需求,也增加了收入。同时,IPTV 的出现为运营商从传统电信服务商向新型综合信息服务提供商的转型创造了条件,可以藉此建立更为稳定的竞争优势。

七、发展 IPTV 面临的挑战

IPTV 的发展同时面临着诸多障碍,政策管制、网络改造、市场竞争环境等都在一定程度上制约着 IPTV 的发展。

我国电信运营商发展 IPTV 首先面临着政策管制上的挑战。按照目前的管制情况,固网运营商要想在宽带上经营 IPTV 业务,必须获得广电总局核发的"信息网络传播视听节目许可证"以及信息产业部核发的"增值业务许可证",双许可证的制度阻碍了电信运营商直接取得 IPTV 的运营资格。目前全国唯一一张信息网络传播视听节目许可证发给了上海文广。电信运营商只能通过合作的方式开展 IPTV 业务。除了产业政策的问题之外,我国电信运营商开展 IPTV 业务还将面临以下挑战。

(1)网络改造和升级问题。从网络状况来看,尽管我国的宽带骨干网已经基本上建设完成,但是目前的宽带接入条件尚不能完全满足 IPTV 发展的需求。为了提供高质量的视频内容,对我国现有的宽带接入进行升级改造将是十分必要的,这将需要大笔的投资。

(2)差异化服务的问题。IPTV 可以提供几类不同的业务,一般而言,电视类业务如直播电视、点播电视是发展初期的主要业务,如果电信运营商提供的直播电视与现有的广电业务区别不大,点播业务资费超过了用户日常购买碟片的水平,用户可能就不会选择 IPTV。在我国,对电视内容的管理非常严格,盗版的现象屡禁不止,因此电信运营商在部署 IPTV 时,如何实现与现有业务提供者之间的差异化服务非常重要。

整体看来,我国 IPTV 已经进入了业务导入期。IPTV 的出现对现有的电信业务网络和媒体传播机制带来了很大的冲击,在带给产业链上各个参与者利益的同时,也为监管机构带来了管制上的难题。"好风凭借力,送我上青天",在各方利益主体的驱动下,加以监管政策的放松,相信 IPTV 在国内将会有一个美好的发展前景。

第三节　我们期待的三网生活

现在都在讲"三网融合",到底"三网融合"是什么样的呢?其实"三网融合"的方式有很多种,其中核心的理念就是各种产品的"互联互通"。

先让我们看一幅场景:烈日之下,带着手机去买西瓜。先把西瓜放在地上,用手拍打几下,手机立刻就会给这个西瓜打分。"三星"表示"这个西瓜熟了";"二星"表示"还可以";如果是"一星",表示这个西瓜没熟不能买。用手机给挑好的西瓜拍张照片,发给正坐在家中等待的朋友,电视上就会显示出一会儿就可以吃到嘴里的西瓜长得什么样。

要能够达到"互联互通",不同产品之间需要有一定的协议标准。目前,"闪联"(电子信息产品协同互联,IGRS,简称闪联)是一项很重要的国际标准,由国内厂商联想、TCL、创维、康佳、长虹、长城等共同建立,目前已经涵盖了黑色和白色家电;此外,还有 DLNA 标准,这是英特尔、索尼、松下等外资品牌倡导的另一大国际标准。

目前,"闪联"已经发展到了 IGRS 2.0 技术,使得大量设备在任何地方都可以无缝接入,并形成资源共享和协同服务。家庭里的各种信息设备可以组成一个内部网络,这个内部网络还可以与外部 Internet 的内容互联。

在此统一标准之下,我们不仅可以在 PC 上浏览新闻、聊天、打游戏,还可以在 Internet 上购买高清电影,并高速下载;家庭当中的电视机、电冰箱、洗衣机,甚至是家里的电灯开关,都能够巧妙地连在一起,协同作用,构成了未来"智能家庭"的初步场景,如图 6-2 所示。

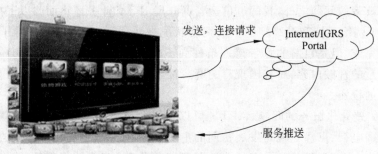

发送,连接请求　Internet/IGRS Portal

服务推送

图 6-2　未来平台

1. 互联网电视

互联网电视近两年已经为很多人所熟悉,TCL、创维、海信、康佳等国产彩电品牌纷纷有相关产品问世。将电视与互联网连接到一起，可以在电视上收看很多互联网上的内容，视频、图片、游戏等都可以通过电视一网打尽，可以实现影视在线、教育在线、视讯同步以及各种体感游戏，实现信息与娱乐的功能。

目前，互联网电视已经进入到比较成熟的阶段。基于 IGRS 2.0 技术的平台，通过发送连接请求，完成注册认证，可实现电视与互联网服务的连接，来自 Internet 的音视频服务及资讯通过"闪联"协议推送至"闪联"网络电视。

2. 家庭电源线互联

家庭实现互联网链接的，不光只有传统上大家非常熟悉的网线，电源线其实也是一个网络传输的载体。有消息说，国家电网也有望通过与电信运营商的合作参与到"三网融合"中来。

目前，通过"闪联"与松下合作的 IGRS-PLC 技术，可以实现利用家庭当中的电源线进行数据传输，连接到家中的任意电源插座，便可以上网，减少了网络布线的麻烦，家居环境更为整洁。

此外，通过 IGRS-PLC 终端适配器，可以连接到网上远程媒体服务端，以服务推送的方式将媒体数据推送至专门的解码器播放。普通电视还可以借此成为具有网络功能的高清电视，享受远程媒体服务端带来的网络海量高清影视、教育、PPS 等各种优质在线服务，如图 6-3 所示。

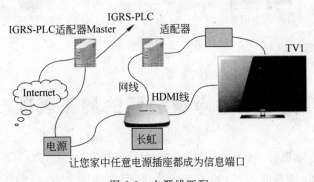

图 6-3　电源线匹配

3. 家庭网络存储娱乐中心

通过各种娱乐设备，在家庭中可以打造一个网络存储娱乐中心。它的建立，是将电视与网络高清播放机（IGRS DMA）相连，向一台功能定性为家庭存储中心和娱乐服务中心的网络连接设备 NS2200 连接，并向其发送媒体服务请求。

随后，由网络上推送过来的各种多媒体资源通过有线网络推送到网络高清播放机上进行播放。

家庭当中的数码相框也可以作为显示装置，以同样的方式实现播放，展示一个奇幻的家庭多媒体显示世界。

4. "灵犀"的无线连接器

要实现家庭中各种网络设备的互联,需要相连的设备。有线网络连接是其中的一种方式,但是会带来布线复杂,影响家居摆设。基于 IGRS 1.0 或 2.0 技术的"灵犀"无线连接器,可起到无线互联沟通所有设备的作用。

有了它,用户只需通过简单设置并将其插入电视 USB 接口,电视即可与电脑之间自动建立起无线连接。可以将电脑中的多媒体内容直接无线传输至这些设备,在电视上就可以欣赏电脑中的经典电影、天籁音乐和精美图片。

基于 IGRS 2.0 技术,"灵犀"无线连接器通过无线 AP 连接到互联网后,电视可以通过"灵犀"无线连接器播放互联网上的在线多媒体内容,而不需通过电脑连接到互联网。用户通过电视遥控器,便可以点播互联网上的在线多媒体服务(见图 6-4 三网融合)。

图 6-4　三网融合

第四节　苹果公司的耀眼表现

iPhone 由苹果公司(Apple,Inc.)首席执行官史蒂夫·乔布斯在 2007 年 1 月 9 日举行的 Macworld 宣布推出,2007 年 6 月 29 日在美国上市,将创新的移动电话、可触摸宽屏 iPod 以及具有桌面级电子邮件、网页浏览、搜索和地图功能的突破性互联网通信设备这三种产品完美地融为一体。iPhone 引入了基于大型多触点显示屏和领先性新软件的全新用户界面,让用户用手指即可控制 iPhone。iPhone 还开创了移动设备软件尖端功能的新纪元,重新定义了移动电话的功能,如图 6-5 所示。

iPhone 是结合照相手机、个人数码助理、媒体播放器以及无线通信设备的掌上设备。

iPhone 是一部 4 频段的 GSM 制式手机,支持 EDGE 和 802.11b/g 无线上网(iPhone3G/3Gs/4 支持 WCDMA 上网,iPhone4 支持 802.11n),支持电邮、移动通话、短信、网络浏览以及其他无线通信服

图 6-5　苹果 iPhone

务。iPhone 没有键盘，而是创新地引入了多点触摸（Multi-Touch）触摸屏界面，在操作性上与其他品牌的手机相比占有领先地位。

iPhone 包括了 iPod 的媒体播放功能，操作系统是采用了修改后的 Mac OS X 操作系统（iOS，本名 iPhone OS，自 4.0 版本起改名为 iOS），配置 200 万以上像素的摄像头（1 代、2 代为 200 万像素，3 代为 320 万像素，支持自动对焦，4 代提升到 500 万像素）。此外，设备内置有感应器（即所谓的重力感应），能依照用户水平或垂直的持用方式，自动调整屏幕显示方向。iPhone（4 代）使用 1GHz Apple A4 处理器。

移动电话、宽屏 iPod 和上网装置，iPhone 将三大功能集于一身，通过多点触摸（Multi-Touch）技术，手指轻点就能拨打电话，应用程序之间转换也易如反掌，还可以直接从网站复制、粘贴文字和图片。可以短信和彩信直接发送文字、照片、音频、视频和联系人信息，还可以转发整段对话或其中的重要部分；Spotlight Search 可以让用户在同一个地方搜遍 iPhone 中的各种不同内容，包括联系人、电子邮件、日历以及备忘录，等等。用语音备忘录可随时随地记录并分享用户的灵感、备忘事宜、会议记录或任何录音。

现在，中国的 iPhone 使用率已经非常高了，很多网站、实体店都有 iPhone 配件以及整机出售，为中国通信产业的发展做出了巨大的贡献，同时解决了不少人的就业问题。iPhone 无疑是非常伟大的产品，甚至有人打出"无所不能的 iPhone"这样的口号。

一、iPhone 的操作系统

iOS 是 iPhone OS 或 OS X iPhone 的简称，是由苹果公司为 iPhone 开发的操作系统。它主要是给 iPhone 和 iPod touch 使用，就像其基于 Mac OS X 操作系统一样，它也是以 Darwin 为基础。iPhone OS 的系统架构分为四个层次：核心操作系统层（the Core OS layer）、核心服务层（the Core Services layer）、媒体层（the Media layer）和可轻触层（the Cocoa Touch layer）。操作系统占用大概 240MB 的内存空间。iPhone OS 的用户界面如图 6-6 所示。

iOS4 在默认主界面的概念基础上能够使用多点触控直接操作。控制方法包括滑动、轻触开关及按键。与系统互动包括滑动（swiping）、轻按（tapping）、挤压（pinching）及旋转（reverse pinching）。此外，通过其内置的加速器，可以令其旋转装置改变其 y 轴，令屏幕改变方向，这样的设计令 iPhone 更便于使用。

图 6-6　iOS4 默认主界面

屏幕的下方有一个 home 按键，底部是 dock，有四个用户最经常使用的程序的图标被固定在 dock 上。屏幕上方有一个状态栏，显示有关数据，如时间、电池电量和信号强度等。其余的屏幕用于显示当前的应用程序。启动 iPhone 应用程序的唯一方法就是在当前屏幕上点击该程序的图标，退出程序时按屏幕下方的 home 键。

在 4.0.1 版本的固件中，iPhone 的主界面包括以下自带的应用程序：SMS（简讯）、日历、照片、相机、YouTube、股市、地图（AGPS 辅助的 Google 地图）、天气、备忘录、实用工具文件夹（IOS4 以上的固件有文件夹功能）、iTunes（将会被链接到 iTunes Music Store 和 iTunes 广播目录）、App Store 以及系统设定。还有四个位于最下方的常用应用程序，包括电话、Mail、Safari 和 iPod。

二、iPhone App

随着智能手机的盛行以及 3G 增值业务的发展，手机网络商店、软件商店等增值业务商店迅速风靡。3G 业务中的软件增值服务更是必不可少的一项。目前比较主流的有中国移动 MM 商店、多普达安卓市场、诺基亚 OVI 商店，等等。当然，作为开创软件商店模式先河的，还是苹果的 App Store，随着 iPhone 在全球范围内盛行，App Store 也逐渐壮大起来。行货版 iPhone 进入中国内地市场后，中文版的 App Store 自然成为 iPhone 迷们最好的资源库。

三、iPhone 4

苹果 iPhone 自问世以来便一直是媒体和大众聚焦的热点，尤其是围绕新一代产品的各种传闻更是极大地提升了 iPhone 的关注度。尽管第四代 iPhone 已经于 2010 年 9 月份上市，有关第五代 iPhone 的传言已经在坊间开始流传。据内部消息，新发布的苹果第五代 iPhone 将会装载 800 万像素摄像头，并且摄像头模块组件将会由索尼提供。

由于苹果 iPhone 在设计理念上更突出的是操作体验上的提升，所以在一些硬件规格上的变化并不太多。不过，有时候为了体现出与前一代产品的差异和功能上的升级，除了需要更强大的处理器带来更流畅的速度之外，内置摄像头几乎成了苹果 iPhone 在硬件升级上非常吸引人的地方。iPhone 5 同样将内置摄像头作为升级版本的主要特色之一，并且在摄像头组件和模块方面采用索尼的产品。而在之前，iPhone 一直采用的都是 OmniVision 作为 iPhone 摄像头传感器的供货商。甚至还有越来越多的人认为高分辨率影像将是 iPhone 的主打功能，其新机甚至或将会被命名为 iPhoneHD，可支持录制、播放 480p 格式以上的视频，等等。图 6-7 所示为 iPhone 4。

由于北美运营商（AT&T 和 Verizon）很快会开通基于 LTE 技术的 4G 网络，所以第五代苹果 iPhone 除了如第四代 iPhone 那样提供两种网络制

图 6-7　iPhone 4

式的版本之外,预计还将增加对 4G 网络的支持,届时不仅真正有可能以 iPhone 4G 的型号面市,而且按照苹果以往的宣传策略来看,更快速的 4G 网络也会成为新一代 iPhone 广告推广的重点内容。值得一提的是,尽管新版本 iPhone OS4.0 带来了人们一直期待的多任务操作模式,但从技术原理上来说,并不能算真正的多任务,属于苹果兼顾手机的流畅程度的权宜之计。因此,在经历又一年的开发和改进之后的第五代 iPhone,将会在此方面进一步得到提升和改进,加上对 4G 网络的支持,在苹果广告中再次出现"迄今为止最快的 iPhone"的字样。

iPhone 4 屏幕升级到 3.5 英寸 IPS 屏,分辨率达到了 960×640 像素。Retina Display 显示技术的加入为用户带来了更好的视觉感受。在摄像头方面,iPhone 4 首次加入了前置摄像头,支持视频通话。同时,机身背面的主摄像头升级到了 500 万像素,并配置了 LED 闪光灯。双麦克风降噪,大大提升了通话质量。

iPhone 4 采用主频为 1GHz 的苹果 A4 处理器,使 iPhone 4 具备强劲的动力。iPhone 4 的待机时间达到 300 小时。同时,iPhone 4 中加入了三周陀螺仪,拥有重力感应、指南针、光学感应器和距离感应器,为用户带来了全新的使用感受。

iPhone 4 分为 16GB 和 32GB 两个版本,提供全黑色、纯白色两种选择,售价分别为 199 美金和 299 美金。同时将推出 8GB 版 iPhone 3GS,售价为 99 美金。

第五节　微软和诺基亚绝地反击

面对苹果 iPhone 和 iPad 以及谷歌 Android 平台的冲击,微软与诺基亚联手拟推出 Windows Phone。

一、Windows Phone 界面

Windows Phone 具有桌面定制、图标拖拽、滑动控制等一系列前卫的操作体验,主屏幕通过提供类似仪表盘的体验来显示新的电子邮件、短信、未接来电、日历约会等,让人们对重要信息保持时刻更新。它还包括一个增强的触摸屏界面,更方便手指操作;以及一个最新版本的 IE Mobile 浏览器。该浏览器在一项由微软赞助的第三方调查研究中,和参与调研的其他浏览器和手机相比,可以执行指定任务的比例超过 48%。很容易看出,微软在用户操作体验上所做出的努力,微软的总裁史蒂夫-鲍尔默也表示:"全新的 Windows 手机把网络、个人电脑和手机的优势集于一身,让人们可以随时随地享受到想要的体验。Windows Phone 力图打破人们与信息和应用之间的隔阂,提供适用于人们包括工作和娱乐在内完整生活的方方面面,最优秀的端到端体验。"图 6-8 所示为 Windows Phone

图 6-8　Windows Phone 界面

界面。

Windows Phone 主要基于 Windows Mobile 6.5 操作系统,但微软由此开始改变称呼,不再将它们称作 Windows Mobile 手机,而是直接叫做 Windows Phone 7。

Windows Phone 7 的主要特点是:

(1) 增强的 Windows Live 体验,包括最新源订阅,以及横跨各大社交网站的 Windows Live 照片分享等。

(2) 更好的电子邮件体验,在手机上通过 Outlook Mobile 直接管理多个账号,并使用 Exchange Server 进行同步。

(3) Office Mobile 办公套装,包括 Word、Excel、PowerPoint 等组件。

(4) 在手机上使用 Windows Live Media Manager 同步文件,使用 Windows Media Player 播放媒体文件。图 6-9 所示为 Windows Phone 7 手机。

图 6-9   Windows Phone 7 手机

(5) 重新设计的 Internet Explorer 手机浏览器支持 Android Flash Lite。应用程序商店服务 Windows Marketplace for Mobile 和在线备份服务 Microsoft My Phone 也同时开启,前者提供多种个性化定制服务,比如主题。

二、微软 Windows Phone 7 的优势

1. 合作伙伴众多

全球首个微软 Windows Phone 7 手机已经在新西兰售出,LG、HTC、戴尔以及其他制造商相继在美国市场中出售 10 款 Windows Phone 7 手机。

微软将与运营商 T-Mobile 和 AT&T 展开合作,在美国市场中推出 5 款新的 Windows Phone 7 手机。此后,微软还将与 Verizon 和 Sprint 等网络运营商合作,推出其他 Windows Phone 7 手机。

2. 用户界面革新

就智能手机市场方面来讲,微软可以说是资深人士,自最初的 Pocket PC 手机开始就已经进军手机市场,但是微软所取得的成绩并不理想。不过,Windows Phone 7 可以说是微软的一次颠覆之作,它结合了 Zune 媒体播放器的内容以及 iPhone 和 Android 智能手机中所具备的一些流行功能。

3. 全新的设计理念

据了解,微软 Windows Phone 7 中新的界面源自于 Zune 播放器,使用"标题"代替显示信息以及启动应用程序的图标。可以说,将系统的内容整合到 Windows

Phone 7 的外观和感觉中,是微软进行的一次大胆尝试。

微软将 Windows Phone 7 中的特殊标题功能命名为"hubs",它可以将系统的内容连接到用户所熟悉的主题中。例如,People hub 中包含 Facebook feeds、文本信息、地图和联系信息,音乐＋视频 hub 中结合了所有媒体应用程序和内容,图片 hub 中包含了所有的图片。

Windows Phone 7 中所包含的互联网浏览器是 IE8 的移动版,其中不包括 Flash 支持。微软和 Adobe 正努力合作。

4. 众多特色功能

微软 Windows Phone 7 中包含的特色功能如下:整合 Bing、Bing 地图、Outlook、Xbox Live 和 Office 办公套件。

对于那些需要用到 Word 文档环境、Excel 表格环境和 PowerPoint 演示环境的用户而言,Windows Phone 7 可以说是最理想的移动选择。

5. 游戏玩家互动

对于游戏爱好者而言,Windows Phone 7 中整合的 Xbox Live 网络可以让他们使用账户与朋友展开互动游戏。目前,全球有 2000 多万用户使用 Xbox Live 游戏社交网络服务。

6. 应用程序商店

此外,微软还针对 Windows Phone 7 推出了一个应用程序商店,名为 Marketplace,为用户提供各种各样的应用程序。

总体而言,Windows Phone 7 是一款非常不错的移动操作系统,但能否打败苹果的 iPhone、谷歌的 Android,人们将拭目以待。

第六节　安卓网络融合的利器

Linux 系统是一个源代码开放的操作系统,目前有很多版本流行。但尚未得到较广泛的支持。

Linux 与其他操作系统相比是后来者,但 Linux 具有两个其他操作系统无法比拟的优势。其一,Linux 具有开放的源代码,能够大大降低成本。其二,既满足了手机制造商根据实际情况有针对性地开发自己的 Linux 手机操作系统的要求,又吸引了众多软件开发商对内容应用软件的开发,丰富了第三方应用。然而,Linux 操作系统有先天的不足:入门难度高、熟悉其开发环境的工程师少、集成开发环境较差;由于微软 PC 操作系统源代码的不公开,基于 Linux 的产品与 PC 的连接性较差;尽管目前从事 Linux 操作系统开发的公司数量较多,但真正具有很强开发实力的公司很少,而且这些公司之间相互独立地进行开发,很难实现更大的技术突破。但安卓(Android)的进入,改变了这一状况。

由谷歌公司推出的开放源码的安卓(Android),立刻得到了包括中国移动在内的全球 34 家主要设备、终端和运营厂商的支持。不仅成为 SmartPhone 的主要开发平台,还成为 SmartTV 的主要开发平台,大有"一统天下"之势。

一、Android 的特点

Android 是一个充满了潜力的操作系统。首先,这是一个为智能手机开发的操作系统;其次,它是没有带着旧的思维定式的操作系统;最后,它是一个开放的操作系统。这些使 Android 具有与过去完全不同的操作系统特质。一方面,它架构简洁,符合智能手机的需要。在简洁的架构下,手机的响应效果较好。其实在这个操作系统的开发过程中,已经有多个智能手机操作系统的开发经验可以作为参考,而且手机电话向智能手机转变,它可以摒弃不适合智能手机的特点,采用最有价值的方案和思路。比如 UI 设计,它基本采用平铺式的结构,而不采用层级菜单。图 6-10 所示为谷歌 Nexus One 安装了 Android 2.1 版本操作系统。

图 6-10 谷歌 Nexus One 安装了 Android 2.1 版本操作系统

另一方面,Android 采用开放的模式,因为它的核心开发者 Google 不是手机制造商,所以手机厂商使用这个系统不会有心态上的压力,可以相信,会有越来越多的厂商采用该系统。中国移动在此基础上改造、开发了 OMS 系统。因此该系统会有远大前途。今天,它已经成为摩托罗拉和索尼爱立信重新崛起的重要支撑。

Android 作为谷歌移动互联网战略的重要组成部分,将进一步推进"随时随地为每个人提供信息"这一企业目标的实现。谷歌的目标是让移动通信不依赖于设备,甚至是平台。出于这个目的,Android 将完善,而不是替代谷歌长期以来推行的移动发展战略:通过与全球各地的手机制造商和移动运营商成为合作伙伴,开发既实用又有吸引力的移动服务,并推广这些产品。

Android 平台的研发队伍阵容强大,包括 Google、HTC(宏达电)、T-Mobile、高通、摩托罗拉、三星、LG 以及中国移动在内的 30 多家企业都将基于该平台开发手机的新型业务,应用之间的通用性和互联性将在最大限度上得到保持。"开放手机联盟"表示，Android 平台可以促使移动设备的创新，让用户体验到最优越的移动服务。同时，开发商将得到一个新的开放级别，更方便地进行协同合作，从而保障新型移动设备的研发速度。因此，Android 是第一个完整、开放、免费的手机平台。如图 6-11 所示为第一个基于 Android 操作系统的 G1 手机，其外观相当漂亮。

Android 系统具有如下 5 个特点。

图 6-11　Android G1 手机

1. 开放性

Google 与开放手机联盟合作开发了 Android，这个联盟由包括中国移动、摩托罗拉、高通、宏达电和 T-Mobile 在内的 30 多家技术和无线应用的领军企业组成。Google 通过与运营商、设备制造商、开发商和其他有关各方结成深层次的合作伙伴关系，希望借助建立标准化、开放式的移动电话软件平台，在移动产业内形成一个开放式的生态系统。

2. 应用程序无界限

Android 上的应用程序可以通过标准 API 访问核心移动设备功能。通过互联网，应用程序可以声明它们的功能可供其他应用程序使用。

3. 应用程序是在平等的条件下创建的

移动设备上的应用程序可以被替换或扩展，即使是拨号程序或主屏幕这样的核心组件。

4. 应用程序可以轻松地嵌入网络

应用程序可以轻松地嵌入 HTML、JavaScript 和样式表。应用程序可以通过 WebView 显示网络内容。

5. 应用程序可以并行运行

Android 是一种完整的多任务环境，应用程序可以并行运行。在后台运行时，应用程序可以生成通知，以引起注意。

二、Android 的功能

为什么 Android 手机如此受用户青睐？下面来看看 Android 究竟有什么功能吸引用户。

1. 智能虚拟键盘

虚拟键盘的出现意味着基于 Android 1.5 的移动设备可以同时支持物理键盘和

虚拟键盘。不同的输入方式可满足用户在特定场景的需求。Android 虚拟键盘可以在任何的应用中提供,包括 Gmail、浏览器、SMS,当然也包括大量的第三方应用。它包括自动校正、推荐、习惯文字的用户词典。用户可以通过振动屏幕来进行触觉反馈。不同于竞争对手的手机平台,Android 1.5 支持第三方虚拟键盘应用的安装,如图 6-12 所示。

2. 使用 Widgets 实现桌面个性化

用户可以使用 Widgets 武装桌面,大多数小的 Web 应用程序是从网络获得实时数据并展示给用户。Android 预装了 5 个桌面 Widgets,包括数字时钟、日历、音乐播放器、相框和搜索。不同于 iPhone,Android 1.5 通过内置的应用程序库安装第三方Widget,如图 6-13 所示。

图 6-12　虚拟键盘

图 6-13　Widgets 实现桌面个性化

3. 在线文件夹快速浏览在线数据

类似于 OS X Leopard 的 QuickLook 特征,Android 的在线文件夹可显示常见的数据条目,比如联系人、喜欢的应用、E-mail 信息、播放列表、书签、RSS 种子等,并不需要运行系统程序处理特定的数据条目。当在线文件夹数据更新时,就像通过"云"或是本地创建新的数据。什么是最好的? 开发者可以拓展通用数据条目和注册新数据类型的内置支持。例如,Twitter 客户程序可以注册 tweet 作为新数据类型,因此可以让用户从朋友那里创建 tweet 的在线文件。Android 1.5 可以为用户的个人桌面提供一组在线文件夹,帮助用户快速、方便地浏览联系人、股市、书签等信息。

4. 视频录制和分享

Android 1.5 加入了录制和分享视频的功能,对回放和 MPEG-4、3GP 等视频格式有了更好的支持。用户可以通过 E-mail、MMS 或直接上传到 YouTube 等方式来分享录制的视频,使用隐私控制来决定是分享给朋友还是每个人。上传视频的同时,用户可以继续使用手机,甚至可以继续录制和上传新的视频。如图 6-14 所示,通过 YouTube 分享录制的视频。

5. 图片上传

在线分享图片需要更少的点击。完成照相后,当浏览图片或选择 Google 在线图片服务"Picasa"时,只需轻点"分享",就会拥有 1GB 的免费图片存储空间。

6. 更快更兼容的浏览器

Android 的基于 Webkit 内核的浏览器带来了重要的调速装置(SpeedPumb),感谢新的 Webkit 渲染引擎和优化的 Java 脚本编译器(SquireIFish)。当使用包含大量 Java 脚本的复杂 Web 应用时,可以体验到更佳的性能。除提高速度外,Android 的浏览器还支持 Web 页面内的复制和粘贴操作,用户可以选中文本,复制它,然后粘贴到搜索框中进行搜索。

7. Voice Search 语音搜索

带有语音识别技术的 Google 手机于 2008 年 11 月份面世,它支持语音搜索功能。该功能增强了默认的搜索能力,已超过纯文本搜索。当用户大声说出要搜索的内容后,Android 将上传数字信号并记录到 Google 服务器中。在服务器中,艺术级别的语音识别技术能将语音转化为特定的文本搜索,使之通过 Google 搜索引擎,并通过地理位置的筛选,将结果反馈到手机设备。图 6-15 显示了 Google 文本和语音搜索桌面。

图 6-14 通过 YouTube 分享录制的视频   图 6-15 Google 文本和语音搜索桌面

8. 立体声蓝牙和免提电话

除了增强的免提电话体验,Android 1.5 还支持立体声蓝牙(A2DP 和 AVCRP),

并有自动配对功能。

9. 强大的 GPS 技术

Android 内部提供了大量 GPS 组件,用户可以很轻松地获得设备当前位置等信息,让导航等功能更加完美。

10. Android 系统硬件自动检测

Android 可自动检测和修复 SD 卡的文件系统,允许第三方应用显示 Android 系统的硬件特征。为了让用户下载到和自己的设备更匹配的应用,可以检测用户设备的硬件信息,让满足应用所要求的设备安装该程序。当更多的 Android 设备建立在不同的硬件上时,这个功能显得很实用。

三、Android 的系统构架

Android 的系统结构如图 6-16 所示。

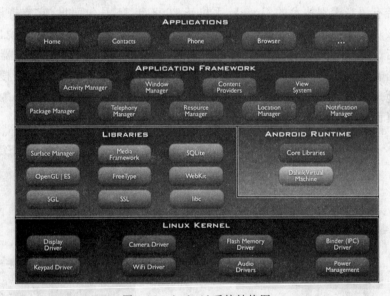

图 6-16　Android 系统结构图

Android 分为 4 层,从高到低分别是应用层、应用框架层、系统运行库层和 Linux 内核层。下面将对这 4 层进行简要的分析和介绍。

1. 应用层

应用是用 Java 语言编写的运行在虚拟机上的程序,即图 6-16 中最上层的部分,如图 6-17 所示。其实,Google 最开始时就在 Android 系统中捆绑了一些核心应用,比如 E-mail 客户端、SMS 短消息程序、日历、地图、浏览器、联系人管理程序,等等。

图 6-17　应用层

2. 应用框架层

这一层是编写 Google 发布的核心应用时所使用的 API 框架，开发人员同样可以使用这些框架来开发自己的应用，简化了程序开发的架构设计，但是必须遵守框架的开发原则。这一层中列出了一些组件，如图 6-18 所示。

图 6-18　应用框架层

（1）丰富而又可扩展的视图（Views）：可以用来构建应用程序，包括列表（lists）、网格（grids）、文本框（text boxes）、按钮（buttons），甚至可嵌入的 Web 浏览器。

（2）内容提供器（Content Providers）：它可以让一个应用访问另一个应用的数据（如联系人数据库），或共享它们自己的数据。

（3）资源管理器（Resource Manager）：提供非代码资源的访问，如本地字符串、图形和布局文件（layout files）。

（4）通知管理器（Notification Manager）：应用可以在状态栏中显示自定义的提示信息。

（5）活动管理器（Activity Manager）：用来管理应用程序生命周期并提供常用的导航退回功能。

（6）窗口管理器（Window Manager）：管理所有的窗口程序。

（7）包管理器（Package Manager）：Android 系统内的程序管理。

3. 系统运行库（C/C++ 库以及 Android 运行库）层

当使用 Android 应用框架时，Android 系统会通过 C/C++ 库来支持用户使用的各个组件，使其能更好地为开发者服务。下面是一些核心的库及其功能，如图 6-19 所示。

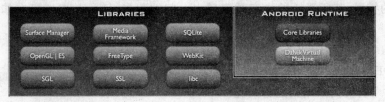

图 6-19　系统运行库层

① Bionic 系统 C 库：C 语言标准库，系统最底层的库，C 库通过 Linux 系统来调用。

② 多媒体库(Media Framework)：Android 系统多媒体库，基于 PacketVideo OpenCORE。该库支持多种常用的音频、视频格式的回放和录制以及一些图片，比如 MPEG4、MP3、AAC、AMR、JPG，PNG 等。

③ SGL：2D 图形引擎库。

④ SSL：位于 TVP/IP 协议与各种应用层协议之间，为数据通信提供支持。

⑤ OpenGL/ES 1.0：3D 效果的支持。

⑥ SQLite：关系数据库。

⑦ Webkit：Web 浏览器引擎。

⑧ FreeType ：位图(Bitmap)及矢量(Vector)。

每个 Java 程序都运行在 Dalvik 虚拟机之上。与 PC 一样，每个 Android 应用程序都有自己的进程，Dalvik 虚拟机只执行.dex 可执行文件。当 Java 程序通过编译后，还需要通过 SDK 中的 dx 工具转化成.dex 格式，才能正常地在虚拟机上执行。

Google 于 2007 年年底正式发布了 Android SDK，作为 Android 系统的重要特性，Dalvik 虚拟机第一次进入了人们的视野。它对内存的高效使用，以及在低速 CPU 上表现出的高性能，确实令人刮目相看。Android 系统可以简单地完成进程隔离和线程管理。每一个 Android 应用在底层都会对应一个独立的 Dalvik 虚拟机实例，其代码在虚拟机的解释下得以执行。很多人认为 Dalvik 虚拟机是一个 Java 虚拟机，因为 Android 的编程语言恰恰就是 Java 语言。这种说法并不准确，因为 Dalvik 虚拟机并不是按照 Java 虚拟机的规范来实现的，两者并不兼容；同时还有两个明显的不同：Java 虚拟机运行的是 Java 字节码，Dalvik 虚拟机运行的则是其专有的文件格式 DEX(Dalvik Executable)的文件。在 Java SE 程序中的 Java 类会被编译成一个或者多个字节码文件(.class)，然后打包到 JAR 文件，Java 虚拟机会从相应的 CLASS 文件和 JAR 文件中获取相应的字节码；Android 应用虽然也是使用 Java 语言编程，但是在编译成 CLASS 文件后，还会通过一个工具(dx)将所有的 CLASS 文件转换成一个 DEX 文件，Dalvik 虚拟机从其中读取指令和数据。

Dalvik 虚拟机非常适合在移动终端上使用，相对于在桌面系统和服务器系统运行的虚拟机而言，它不需要很快的 CPU 速度和大量的内存空间。根据 Google 的测算，64MB 的 RAM 已经能够让系统正常运转了。其中，24M 被用于底层系统的初始化和启动，另外 20MB 被用于高层启动高层服务。当然，随着系统服务的增多和应用功能的扩展，其所消耗的内存越来越大。归纳起来，Dalvik 虚拟机有如下几个主要特征。

(1) 专有的 DEX 文件格式

DEX 是 Dalvik 虚拟机专用的文件格式。为什么弃用已有的字节码文件(.class 文件)而采用新的格式呢？

① 一个应用中会定义很多类，编译完成后即有很多相应的 CLASS 文件。CLASS 文件中会有不少冗余的信息，而 DEX 文件格式会把所有的 CLASS 文件内容

整合到一个文件中。这样，除了减少整体的文件尺寸和 I/O 操作，也提高了类的查找速度。

② 增加了新的操作码的支持。

③ 文件结构尽量简洁，使用等长的指令，借以提高解析速度。

④ 尽量扩大只读结构的大小，借以提高跨进程的数据共享。

（2）DEX 的优化

DEX 文件的结构是紧凑的，但是如果用户希望运行时的性能进一步提高，需要对 DEX 文件进一步优化。优化主要是针对以下几个方面：

① 调整所有字段的字节序（LITTLE_ENDIAN）和对齐结构中的每一个域。

② 验证 DEX 文件中的所有类。

③ 对一些特定的类进行优化，对方法里的操作码进行优化。

（3）基于寄存器

相对于基于堆栈实现的虚拟机，基于寄存器实现的虚拟机虽然在硬件、通用性上要差一些，但是它在代码的执行效率上更胜一筹。

（4）一个应用，一个虚拟机实例，一个进程

每一个 Android 应用都运行在一个 Dalvik 虚拟机实例中，而每一个虚拟机实例都是一个独立的进程空间。虚拟机的线程机制、内存分配和管理、Mutex 等的实现都依赖底层操作系统。所有 Android 应用的线程都对应一个 Linux 线程，虚拟机因而可以更多地依赖操作系统的线程调度和管理机制。不同的应用在不同的进程空间里运行，加之对不同来源的应用都使用不同的 Linux 用户来运行，可以最大限度地保护应用的安全性和独立运行。

4. Linux 内核层

Android 的核心系统服务基于 Linux 2.6 内核，如安全性、内存管理、进程管理、网络协议栈和驱动模型等都依赖于 Linux 2.6 内核。Linux 内核同时也作为硬件和软件栈之间的抽象层，如图 6-20 所示。

图 6-20 Linux 内核层

Android 更多的是需要一些与移动设备相关的驱动程序，主要的驱动如下所示：

（1）显示驱动（Display Driver）：基于 Linux 的帧缓冲（Frame Buffer）驱动。

（2）键盘驱动（KeyBoard Driver）：作为输入设备的键盘驱动。

（3）Flash 内存驱动（Flash Memory Driver）：基于 MTD 的 Flash 驱动程序。

（4）照相机驱动（Camera Driver）：常用的基于 Linux 的 v4l2（Video for Linux 2)驱动。

(5) 音频驱动(Audio Driver)：常用的基于 ALSA(Advanced Linux Sound Architecture)的高级 Linux 声音体系驱动。

(6) 蓝牙驱动(Bluetooth Driver)：基于 IEEE 802.15.1 标准的无线传输技术。

(7) Wi-Fi 驱动(Camera Drive)：基于 IEEE 802.11 标准的驱动程序。

(8) Binder IPC 驱动：Android 的一个特殊的驱动程序，具有单独的设备节点，提供进程间通信的功能。

(9) Power Management(能源管理)：比如电池电量等。

四、Android 的应用程序框架

上面讲解了 Android 的系统构架，详细介绍了 Android 的应用层、应用框架层、系统运行库层和 linux 内核层。在开发应用时，都是通过框架来与 Android 底层交互，接触最多的就是应用框架层了。

什么是应用程序框架呢？框架可以说是一个应用程序的核心。框架是所有参与开发的程序员共同使用和遵守的约定，大家在此约定上进行必要的扩展，但程序始终保持主体结构的一致性。其作用是让程序保持清晰、一目了然，在满足不同需求的同时不互相影响。

Android 系统提供给应用开发者的就是一个框架，所有的应用开发都必须遵守这个框架的原则。开发应用，就是在这个框架上进行扩展。Android 框架提供了如下功能供我们使用：

(1) android.app：提供高层的程序模型和基本的运行环境。

(2) android.content：包含对各种设备上的数据进行访问和发布。

(3) android.database：通过内容提供者浏览和操作数据库。

(4) android.graphics：底层的图形库，包含画布、颜色过滤、点、矩形，可以将它们直接绘制到屏幕上。

(5) android.location：定位和相关服务的类。

(6) android.media：提供一些类管理多种音频、视频的媒体接口。

(7) android.net：提供帮助网络访问的类，超过通常的 java.net.* 接口。

(8) android.os：提供了系统服务、消息传输和 IPC 机制。

(9) android.opengl：提供 OpenGL 的工具。

(10) android.provider：提供访问 Android 内容提供者的类。

(11) android.telephony：提供与拨打电话相关的 API 交互。

(12) android.view：提供基础的用户界面接口框架。

(13) android.util：涉及工具性的方法，例如时间、日期的操作。

(14) android.webkit：默认浏览器操作接口。

(15) android.widget：包含各种 UI 元素(大部分是可见的)在应用程序的布局中使用。

五、Android 2.2 的升级改进

2010 年对于 Android 来说是顺风顺水的一年，在市场份额、技术和口碑方面都取得了不俗的成绩。特别是发布了重要的 Android 2.2 版本后，使得 Android 在市场上迅速取得不俗的业绩，一举超越了 iPhone，成为紧随 Symbian 平台排名第二的手机平台。

2010 年 3 月 8 日，谷歌公司发布 Android 本机开发程序包（Native Developer Kit，简称 NDK）第三代版本，使得第三方程序员可以直接研发提高 Android 手机图像处理能力的程序。

2010 年 5 月 19 日，Google I/O 大会上发布了 Android 系统 2.2 版，有以下重要改进。

1. Flash 10.1 功能

谷歌 Android 2.2 增加了 Flash 功能。

2. 网络共享功能

谷歌 2.2 版 Android 操作系统支持 USB tethering（网络共享功能），实现手机与笔记本电脑共享网络连接。另外，2.2 版本还支持 Wi-Fi hotspot 功能，这意味着新系统可以让用户的 Android 手机变成一个移动的 Wi-Fi 热点，进而对附近设备进行 Wi-Fi 网络分享。

3. 应用程序自动更新功能

Android 2.2 版本支持程序自动更新功能。对于用户来说，经常会发现手机中有很多应用程序等待更新，如果手动点击并等待每一个应用程序，会让用户产生厌烦心理，并且要花费很多时间。2.2 版本能够完全解决这一问题。

4. 系统性能大幅提升

除了上述功能特征之外，Android 在系统运行速度方面也提升不少。按照国外媒体的介绍，Android 2.2 版操作系统是运行最快的系统。

Android 2.2 版本在内核中增加了新的 JIT 编译器，它能够让用户的手机更有效地处理代码。经过浮点运算的测试，Android 2.1 版本的 Nexus One 手机为 6～7 MFLOPS，将 Nexus One 更新至 Android 2.2 版后，测试结果高达 23～40 MFLOPS，效能提高了 5 倍。

另外，Android 2.2 系统的 Linux 内核也实现升级，至最新的 2.6.32 版本。新内核对 Android 系统的稳定性和性能方面都有很好的改善作用。

5. 允许应用程序存储至 SD 卡

此前 Android 系统的内部存储有限，直到现在也没有得到解决，只有少数 Android 手机具有合理的存储。Android 2.2 版本允许在 SD 卡中存储应用程序，这在很大程度上改善了手机内部存储过小的问题。相应的，谷歌会采用一种方法来加密其 Android 应用，以防止用户调换 SD 卡安装应用程序。

6. 其他人性化改善

在其他方面，2.2 版本的 Android 操作系统增加了轨迹球 LED 指示灯变色，增加了对 3D 性能的优化，FM 收音机功能也将在新系统中全面支持。

六、Android 2.3 的升级改进

2010 年 12 月 7 日凌晨 1 点左右，谷歌官方终于发布 Android 2.3 Gingerbread SDK（国内译作姜饼），这让传闻多时的"姜饼系统"终于尘埃落定，广大用户也可以静静地等待官方升级或第三方 ROM 进行体验。新版系统对系统界面进行了改进，同时加入 NFC 近距离通信等新功能。

Android 2.3 操作系统不仅智能手机会采用，平板电脑产品也将升级到 Android 2.3。下面介绍该系统的新功能。

1. 更加简单、易用、高效的界面

新版界面整体基于 Android 2.2，但对系统图标、菜单进行了调整，按照 Google 的说法是使用户更容易学习、更快地使用，同时更省电。比较明显的一个改进是状态栏的图标，还有菜单栏多了一项程序管理。

2. 更快、更直观的文字输入

Android 2.3 在文字输入方面做了改进，以提高输入速度。首先改进了虚拟键盘，按键的颜色做了调整，更易于辨识；增强了输入联想功能，数字输入的时候可以不用切换键盘，通过组合键来输入。

3. 改进的复制、粘贴功能

之前 Android 系统具备文本复制功能，但是操作方式不是很易用，这次做了改进。长按文本时，会跳出选择范围的拨杆。

4. 改进的电源管理

Android 2.3 的电量状态显示信息更加详细了，除了之前的项目，现在可以显示某个程序的耗电量。

5. 程序管理改进

通过让程序管理更方便以便节能,在主界面上点按菜单键,可以快速进入程序管理。

6. 新的通信方式改进

这里包含几个不同的改进,首先是网络电话(Internet Calling),这项功能可以给联系人添加一个 SIP 联系账号,并可启动快速通话。不过该项功能需要硬件厂商和当地运营商支持这项服务。其次是近距离通信功能(NFC),Google 的意思是让 Android 2.3 系统智能手机读取信息标签,快速获取信息或网址,也可以用来刷卡进行近距离支付。这一功能同样需要硬件厂商的支持,并且需要有使用这项功能的环境。此外,Android 2.3 还改进了下载内容管理。

7. 拍照支持前、后摄像头

Android 2.3 还有一项新的功能是支持设备使用双摄像头。在拍照界面,可以选择是前置摄像头还是后置摄像头。

七、新版 Android Market

上面是 Android 2.3 系统的主要功能升级。此外,在面向开发者提供的 API 接口方面也有诸多升级。比如,Android 2.3 提供给开发者的 API 支持陀螺仪、旋转向量、线性加速。总的来说,是对游戏、多媒体以及通信功能这三方面开放了多项 API,未来 Android Market 里的程序将更加丰富多样。

谷歌还更新了最新版本的 2.2.6 版电子市场,主要针对应用的交易系统和游戏体验效果进行较大的改进。这次更新适用于 Android 1.6 及其以上系统版本,这是 Google 为了赶上并超越 iOS 应用体验做出的最新调整。谷歌更新 Market 的同时宣布,将在不久以后向使用 Android 1.6 及更高版本操作系统的智能手机用户推出新版 Android Market,着重为用户对于应用程序的搜索和买卖提升便捷性。

新版 Android Market 将采用封面浏览形式的首页操作界面,用户可以以手指轻弹的方式选择点击应用程序图标。此外,谷歌还将在 Android Market 的首页增添时下最受智能手机用户欢迎的内容,比如 Live Wallpapers 以及 Widget,等等。

新版 Android Market 的一大重要变化是,针对不同品牌的智能手机在运行 Android 系列应用软件时出现的硬件崩溃的问题,谷歌承诺将根据不同的智能手机来制定特定的技术支持预案,以方便应用程序研发人员更好地传播和管理程序。

2.2.6 版 Market 中增加了桌面 Widget 和动态壁纸两种新的标签分类,单个应用的介绍、评价等内容将在同一页面显示,应用购买之后的退款时间延长至 15 分钟,单个 APK 文件的大小限制增加至 50MB,屏幕大小和分辨率也可以在自动识别后下载对应的安装包。

最新 2.2.6 版 Android Market 更新的内容：

（1）增加桌面 Widget 和动态壁纸两种新的标签分类，单个应用的介绍、评价等内容将在同一页面显示。

（2）应用程序页面条理性增强，在单一页面上显示了所有的信息，包括内容排名等。

（3）改进了应用的交易，并让开发者更容易发布和分发他们的应用。

（4）改版后的界面效果将更美观，用户可以容易地点击应用和游戏的按钮。

（5）新版 Market 可以根据屏幕大小和分辨率进行自动识别，然后下载对应的安装包。

（6）应用购买之后的退款时间缩短至 15 分钟。

（7）主页面和类别页面引入了新的转盘功能，用户可以通过转盘快速翻阅推荐的应用，还可以直接跳转到下载页面。

相信从 Android Market 下载过程序的用户都遇到过分辨率不兼容和游戏无法运行的问题，谷歌本次的更新基本解决了这一问题，开发者现在可以专注于特定的屏幕解决方案，甚至可以精确到像素密度，以此确保只有能够运行该应用程序的手机用户可以看到该应用，避免购买之后无法在手机上运行。目前已经有最新的 2.2.6 版电子市场安装文件下载，喜欢尝鲜的用户可以尝试。

结　束　语

安卓(Android)平台不但成为智能手机(SmartPhone)的主流应用开发平台,也成为智能电视(SmartTV)和平板电脑的主要开发平台。由于安卓的开源性,使其得到大量主流智能手机厂商、主流智能电视厂商和平板电脑厂商的强力支持。中国的移动、联想、华为、HTC、海信等主流开发商,国外的摩托罗拉、索尼爱立信等都纷纷投入了安卓阵营。在网络大融合的时代,安卓成为网络融合应用的重要支撑平台,是推进网络融合应用发展的利器。

随着网络融合大时代的来临,人们可以通过移动终端遥控生活,通过移动地址启动财务,通过移动娱乐点缀生活。不管今天如何,明天一定是美好的,相信大部分创业者都坚信在不远的将来,"互联网＋移动互联网＋物联网"将撑起"云计算"的新世界;"智能手机＋平板电脑＋智能电视"将成为人们生活、工作中不可或缺的一部分,就像今日的电力、电脑、互联网……不管路途有多难,相信风雨过后就有彩虹,相信黑夜之后就是黎明,相信追逐胜利的过程是痛苦的,但痛苦的过程才是最值得体验的,因为人生本就是一场体验之旅!

个人电脑时代和互联网时代,造就了比尔·盖茨、乔布斯、马克·扎克伯格、柳传志、马云、马化腾、李彦宏、陈天桥、史玉柱等一大批英雄,我们坚信,网络大融合的时代,一个全新的更为广阔的移动互联网、物联网、云计算时代将会造就更多更多的比尔·盖茨、乔布斯、马克·扎克伯格、柳传志、马云、马化腾、李彦宏、陈天桥、史玉柱……

——这是一个由消费者主导的时代!

——这是一个新潮应用引领的时代!

——这是一个不断诞生英雄的时代!

参 考 文 献

1. 徐旺生.中国古代乡村社会的结构和性质——中国古代国家与农民关系研究之二.古今农业，2008(1)

2. [美]R.R.帕尔默.工业革命：变革世界的引擎.北京：世界图书出版公司,2010

3. [美]阿尔文·托夫勒.第三次浪潮.北京：中信出版社,2006

4. [印]巴拉古路萨米.计算机基础.北京：清华大学出版社,2010

5. 2010—2013年中国3G产业调研及投资咨询分析报告.慧典市场研究报告.http://www.hdcmr.com/2010_2013nian3g59552BaoGao.html

6. 孙里.三网融合和3G技术将加速移动通信媒体发展.商情,2009(50)

7. 张智江,童晓渝等.3G终端软件技术与开发.北京：人民邮电出版社,2007

8. 赵子忠.数字新媒体的核心.北京：北京广播学院出版社,2005

9. 田青毅,张小琴.个人移动多媒体.北京：清华大学出版社,2009

10. 王长潇.新媒体论纲.广州：中山大学出版社,2009

11. 殷俊等.新媒体产业导论——基于数字时代的媒体产业.成都：四川大学出版社,2009

12. 田智辉.新媒体传播：基于用户制作内容的研究.北京：中国传媒大学出版社,2008

13. 喻国明,陈永.营销革命.北京：中国人民大学出版社,2009

14. 艾荷南.3G营销.北京：清华大学出版社,2009

15. [荷]柏唯良.细节营销.朱宇译.北京：机械工业出版社,2009

16. 张春林.畅想三网融合.科技展望,2010(10)

17. 国务院三网融合工作协调小组办公室.关于三网融合试点工作有关问题的通知.http://www.gov.cn/zwgk/2010-08/02/content_1669528.htm

18. 诺达咨询公司.三网融合系列——中国三网融合发展现状及发展趋势研究报告2010.百度文库.http://wenku.baidu.com/view/4fd538f24693daef5ef73d84.html

19. 刘颖悟.三网融合与政府规制.北京：中国经济出版社,2005

20. 马金良.有花堪折,切勿追月——三网融合带来新型消费方式.百度文库.http://wenku.baidu.com/view/99dab89951e79b89680226a9.html